HEXENERWACHEN

DIE HEXEN VON KEATING HOLLOW
BUCH ELF

DEANNA CHASE

Übersetzt von
HELENA TAMIS

Die Hexen von Keating Hollow 11: Hexenerwachen

Originaltitel: Waging of the Witch © 2021 Deanna Chase

Copyright für die deutsche Übersetzung: Die Hexen von Keating Hollow 11: Hexenerwachen

© 2022 Helena Tamis

Lektorat: Nadine Manz

Lektorat Original: Angie Ramey

Cover Art: © Ravven

Deutsche Erstausgabe

ISBN Print: 978-1-953422-65-1

Bayou Moon Press, LLC

www.deannachase.com

ÜBER DIESES BUCH

Georgia Exler war schon immer ein Sonderfall unter den Hexen. In einer Familie aus versierten Hexen ist sie die Einzige, die ihre magischen Fähigkeiten niemals entdeckte ... bis sie nach Keating Hollow kam. Mit gebrochenem Herzen wegen des tragischen Unfalltods ihres Mannes nach zwei Jahren Ehe zieht die Schriftstellerin zu einem Neuanfang in das Städtchen. Sie will nur ihr nächstes Buch beenden und ein paar neue Freunde finden. Aber als die Ereignisse ihres Lebens den Liebesroman nachstellen, den sie gerade schreibt, fragt sie sich, ob sie vielleicht doch noch ihre Magie gefunden hat. Wie soll sie nur ihren Figuren ein glückliches Ende schreiben, wenn sie so viel Angst hat, weil alles, was sie schreibt, anscheinend wahr wird?

Logan Malone hat nicht nur einmal seine große Liebe verloren, sondern zweimal. Er hat sich auf ein ruhiges Single-Leben zwischen den Mammutbäumen eingestellt und schreibt von Hoffnung und Neuanfängen. Das, was er schreibt, und das, was er will, sind zwei Paar Stiefel – glaubt er zumindest. Als er sich mit einer Schriftstellerin anfreundet, liegt plötzlich Magie in der Luft, und die Wälle, die er errichtet hat, brechen ein. Klappt es beim dritten Mal, oder wird er Keating Hollow verlassen, bevor er die Gelegenheit bekommt, es herauszufinden?

KAPITEL 1

eorgia Exler nahm einen großen Schluck von ihrem Birnen-Martini und spuckte ihn beinahe wieder aus, als sie hörte, wie ihr Name auf der neu errichteten Bühne in der Brauerei von Keating Hollow ertönte.

„Komm schon, Georgia!", rief Hanna Pelsh grinsend auf ihrem Platz im Scheinwerferlicht. „Es ist Zeit, für diese kleine Wette zu bezahlen, die wir letzten Monat geschlossen haben. Jetzt schwing mal deinen schicken Hintern hier rauf und zeig uns ganz genau, was du drauf hast."

Nein!, erwiderte Georgia tonlos, schüttelte den Kopf in die Richtung ihrer jetzt ganz bestimmt ehemaligen Freundin. In einem angeschickerten Augenblick der Schwäche hatte sie mit Hanna gewettet, wer in Keating Hollow als nächstes schwanger werden würde. Irgendwas musste wohl im magischen Wasser dieser Stadt sein, denn die halbe Einwohnerschaft schien verrückt nach Babys. Hanna hatte gewettet, dass Faith Townsend als nächstes dran kam, während Georgia spekuliert hatte, dass Shannon und Brian wirkten, als würden sie ewig ihre Flitterwochen weiterführen, und genau deshalb würde Shannon die nächste sein, wenn sie nicht mal eine Verschnaufpause machten. Und prompt hatte Faith angekündigt, dass sie im dritten Monat war und früh im nächsten Jahr ihr erstes Kind erwartete.

Was bedeutete, dass Georgia die Wette verloren hatte. Und der Knaller? Als Bezahlung musste die Verliererin ihre Komfortzone verlassen und etwas tun, was sie nie zuvor getan hatte, und die Gewinnerin durfte aussuchen, was für eine Aktivität das war.

Georgia bedauerte zutiefst, dass sie ihrer Freundin je erzählt hatte, dass sie noch nie Karaoke gesungen hatte, und auch kein Verlangen danach hatte, jemals auf einer Bühne zu stehen und sich zum Narren zu machen.

Das war das letzte Mal, dass sie Hanna Pelsh etwas anvertraut hatte.

„Oooh, sieht aus, als wäre Georgia etwas schüchtern." Hanna warf ein ermutigendes Lächeln auf die restlichen Gäste. „Ich glaube, sie braucht ein wenig Ermutigung, was? Georgia! Georgia! Georgia!", sang sie.

Die Menge machte mit, sodass der Lärm in der Bar sich zu beinahe unerträglichen Höhen hochschraubte.

Georgia verzog das Gesicht, zwang sich aber, aufzustehen, weil sie wusste, dass sie da nicht rauskommen würde, ohne wie ein totaler Feigling dazustehen. Das war das letzte, was sie wollte, insbesondere wenn man die Tatsache bedachte, dass ihr Autoren-Kollege Logan Malone in der Ecke saß und sie interessiert beobachtete. Sie würde Hanna ermorden, weil sie sie vor diesem attraktiven Mann so dämlich dastehen ließ.

Mit zusammengebissenen Zähnen begab Georgia sich zu der kleinen Bühne. Sobald sie neben Hanna stand, flüsterte sie: „Ich hoffe, mit deiner Lebensversicherung ist alles in Ordnung."

Hanna lachte nur, in ihren dunklen Augen blitzte der Schalk. „Ich mach mir keine Sorgen." Sie zwinkerte Georgia zu, bevor sie zu Candy hin nickte, ihrer jüngeren Cousine, die sich um die Karaoke-Maschine kümmerte. „Leg los."

Der poppige Beat von Madonnas „Like a Virgin" erfüllte die Brauerei und brachte Georgia zum Stöhnen. Sie liebte alte Madonna-Songs genauso sehr wie jedes Mädchen, aber dieses Lied konnte sie doch nicht abziehen, ohne wie ein Frosch zu klingen, der dringend Halspastillen benötigte. Sie hob eine Hand, um anzuzeigen, dass sie kurz brauchte, und dann ging sie hinüber zu Candy, um nach einem anderen Lied zu fragen. Candy nickte und machte sich daran, den Song zu wechseln.

Als die verträumte Melodie von „Landslide" von Fleetwood Mac anfing, spürte Georgia eine Art Zauber über sich kommen. Sie verlor sich in der Musik, vergaß die Menge, die erst vor einigen Augenblicken so begeistert für sie gesungen hatte. Die Bar und die ganzen Gäste darin verschwanden, und sie glitt zurück in den Augenblick, nachdem sie den Anruf bekommen hatte, dass ihr Mann bei einem Ski-Unfall ums Leben gekommen war. In den folgenden Tagen hatte sie nur seine Lieblingsband hören und beten können, dass Nick auftauchen und erklären würde, dass alles eine schreckliche Verwechslung gewesen war.

Nur dass es nicht dazu gekommen war. Stattdessen hatte sie sich jedes Wort von jedem Song auf dem Album *The Dance* eingeprägt in der Bemühung, sich dem Mann näher zu fühlen, den sie mit Haut und Haaren geliebt hatte.

Die Musik strömte durch sie hindurch, und Georgia gestattete es sich, in die Melodie einzutauchen, von ganzem Herzen zu singen. Sie spürte das Brennen von Tränen, ignorierte aber auch sie. Sie sang das Lied für Nick und fühlte sich ihm irgendwie wieder nahe, als hätte er sie nie verlassen.

Die Wärme seiner Umarmung in ihrer Erinnerung war nur zu echt. Sie sonnte sich darin, ließ zu, dass ihr Herz sich wieder ganz anfühlte.

Aber dann hörte die Musik plötzlich mittendrin auf, und Candy stieß einen gemurmelten Fluch aus, der an die kaputte Karaoke-Maschine gerichtet war. „Wart mal, Georgia. Ich brauche nur ganz kurz, um die Musik wieder einzuschalten."

Der Zauber, der über Georgia geströmt war, verschwand völlig, sodass sie zitternd auf der Bühne stand, mit frischen Tränen auf den Wangen, während sie hinaus auf die nun schweigenden Gäste der Bar starrte. Sie öffnete den Mund, um sich für die Störung zu entschuldigen, aber es wollten keine Worte kommen. Ihre Glieder waren wie erstarrt, und allmählich machte sich Panik breit, die gleiche Panik, die sie überfallen hatte, als sie von Nicks plötzlichem Tod gehört hatte.

Georgia drehte sich um, wollte von der Bühne fliehen, aber bevor sie auch nur einen Schritt machen konnte, sah sie Logan Malone auf die Bühne laufen. Er schnappte sich eine Gitarre vom Ständer und ging zu ihr, spielte bereits die Akkorde des Songs, den sie gesungen hatte.

Logan lächelte sie ermutigend an und sagte: „Ich weiß, dass ich für alle hier spreche, wenn ich dich bitte, unbedingt diese wunderbare Version von ‚Landslide' zu Ende zu singen."

„Ich kann doch nicht …", setzte sie an, doch als seine Finger weiter über die Saiten der Gitarre strichen, ließ die Panik allmählich nach, und ihr schneller Puls wurde langsamer. Logan hielt ihren Blick fest und nickte ihr ermutigend zu.

Georgia schaute in seine silbergrauen Augen und ließ die Musik durch sich hindurchströmen. Der Schmerz ihres Verlusts war immer noch da, aber dass sie sich auf Logan konzentrierte, linderte das Ziehen in ihrem Herzen und hielt sie im Augenblick, anstatt sie zurück in eine Zeit zu werfen, die von so viel Schmerz erfüllt gewesen war, dass sie gedacht hatte, sie würde sich nie mehr erholen. Ihre Stimme war rau, als sie sich in den Text stürzte, und zum ersten Mal, seit sie Nick verloren hatte, glomm in ihrer Seele ein Funken wahren Glücks. Es war die Liebe zur Musik, und ihre Gabe zu teilen, die sie geliebt und direkt mit dem Tod ihres Mannes verloren hatte.

Bis sie den letzten Ton gesungen hatte, standen ihr wieder Tränen in den Augen. Nur dass es dieses Mal Glückstränen waren, und zum ersten Mal seit Monaten fühlte sie sich wirklich lebendig.

„Du meine Güte!", rief Hanna in ihr Stabmikrofon. „Ich glaube, wenn das eine Talentshow wäre, wüssten wir alle, wer diesen Abend gewonnen hätte. Oder nicht?", fragte sie die Menge.

Im Raum brachen Jubelrufe aus, und jemand stieß ein einen durchdringenden anerkennenden Pfiff aus.

Georgia spürte, wie ihr Gesicht vor Verlegenheit warm wurde, und plötzlich musste sie irgendwo anders sein, nur nicht auf dieser Bühne. Sie nickte der Menge zu und winkte rasch, bevor sie von der Bühne lief und durch eine Seitentür der Brauerei verschwand. Die kühle Herbstluft traf auf ihre nackten Arme, und sie atmete durch, füllte ihre Lunge, während sie sich an die kühle Zementmauer des Gebäudes lehnte.

Ihre Gefühle waren ein buntes Chaos.

Was zum Teufel ist da drin passiert?, dachte sie. Erst war sie von den Erinnerungen an ihren Mann mitgezogen worden und dann im silbrigen Blick eines weiteren Mannes gefangen gewesen, den sie kaum kannte. Beides machte ihr Angst und ärgerte sie.

Die Tür schwang auf, und Logan marschierte heraus, seine langen Beine trugen ihn etwa zehn Schritte weit, bevor er innehielt und sich nach ihr umschaute.

Georgia versuchte, mit der Zementmauer zu verschmelzen, aber sie hatte nicht spontan die Fähigkeit entwickelt, einfach so zu verschwinden, darum sah er sie beinahe sofort.

Logan stieß ein erleichtertes Seufzen aus und kam rasch zu ihr an das Gebäude. Er legte einen Arm um sie und zog sie an sich, sodass sie an seiner Schulter lehnte. „Geht es dir gut?"

„Alles klar", sagte sie und zog sich sanft von ihm zurück. Nur dass es nicht daran lag, dass sie nicht dicht bei ihm sein wollte. Ganz im Gegenteil. Sein Geruch nach Holz zog sie an und brachte sie dazu, den Kopf an seiner Brust vergraben zu wollen, während er ihr in beruhigenden Kreisen über den Rücken strich. Das Bild war so lebendig, dass sie beinahe seine Hand auf sich spüren konnte, obwohl sie über eine Armeslänge Abstand zwischen sie gebracht hatte.

„Bist du sicher?", fragte er, seine Stirn legte sich in besorgte Falten. Seine Stimme war voller Mitgefühl und Zärtlichkeit, als er fortfuhr: „Dieses Lied und die Gefühle, die aus dir hervorgekommen sind … das wäre genug, um selbst mich in die Knie zu zwingen."

Georgia schluckte, versuchte, den Kloß in ihrer Kehle loszuwerden. „Mit mir ist alles in Ordnung." Aber die Worte klangen selbst in ihren Ohren hohl. Sie zuckte hilflos mit der Schulter. „Vielleicht bin ich noch ein bisschen wacklig auf den Beinen, aber das wird schon. Es ist nichts, was ich nicht schon durchgemacht habe."

Er nickte, in seinem silbrigen Blick lag viel Mitgefühl. „Ist schon merkwürdig, wie Musik einfach die Gefühle aus uns herauskitzelt, oder?"

Sie stieß ein leises Lachen aus. „Ich hätte es besser wissen sollen. Ich kann dieses Lied nicht mal hören, ohne in Tränen auszubrechen."

„Darum hatte dein Vortrag so viel Kraft. Danke, dass du da draußen dein Herz so ausgeschüttet hast." Er lächelte sie schwach an, aber es erreichte nicht ganz seine Augen. „Nicht viele Leute machen das heutzutage."

Georgia betrachtete den Mann in einem neuen Licht, sah zum ersten Mal den Schmerz hinter seiner Freundlichkeit. Sie hätte sich nie als empathisch bezeichnet, aber in diesem Augenblick spürte sie einen Hauch seiner Traurigkeit, die definitiv in ihm vergraben lag, und sie fühlte eine Verbindung zu ihm, die sie noch niemals zu einer anderen Person gespürt hatte. Nicht einmal Nick. Darum wollte sie die Arme um ihn legen und ihn an sich ziehen, aber sie zögerte. Sie kannte diesen Mann kaum. Das wäre doch auf jeden Fall seltsam, oder? Stattdessen griff sie vor und drückte ihm die Hand. „Danke, dass du mich da oben gerettet hast, als die Maschine nicht mehr wollte. Wenn du nicht zur Rettung gekommen wärst, hätte ich vermutlich wirklich schlechte Flachwitze rausgehauen."

Seine silbernen Augen glitzerten. „Ach, echt? Was denn zum Beispiel?"

Mit einem Lachen schüttelte sie den Kopf. „O nein. Wir kennen einander nicht mal annähernd gut genug, dass ich mich vor dir so zum Affen mache." Sie grinste, beugte sich vor und küsste ihn auf die Wange. In ihrem Bauch flogen Funken, während ihre Lippen über seine raue Wange streiften, und Georgia schnappte kurz sehnsüchtig nach Luft, als Logans Hand unten auf ihrem Rücken landete. Ein paar Sekunden lang standen sie da, betrachteten einander. Ihr Blick landete auf seinen vollen Lippen, und sie konnte nicht verhindern, dass ihre Zunge vorschnellte, um über ihre Lippen zu lecken.

Logan räusperte sich, aber seine Stimme war immer noch leicht rau, als er sagte: „Wie schade auch. Ich bin immer für einen guten Flachwitz zu haben." Er trat zurück, und plötzlich war ihr kalt, obwohl sie nicht glaubte, dass das an der kühlen Luft lag. Seine Lippen zogen sich leicht nach unten, bevor er sagte: „Es war schön, dich wiederzutreffen. Gute Nacht, Georgia."

Dann drehte er sich um und ging hinaus auf den Parkplatz.

Georgia sah ihm nach und fragte sich, was zum Teufel gerade passiert war.

KAPITEL 2

„Na, wenn man vom Teufel spricht", sagte Chad Garber, als Logan das *Magical Notes* betrat, den einzigen Musikladen der Stadt. Er warf einen Blick auf Levi, den jungen Mann hinter dem Tresen, und fügte an: „Ich habe noch nie einen glatteren Übergang gesehen als gestern Abend in der Brauerei, als er auf die Bühne kam, und anfing zu spielen, damit Georgia ihr Lied zu Ende bringen konnte. Die einzige Frage ist, weshalb hat er sich nicht wie ein Rockstar anhimmeln lassen? Stell dir vor, er hätte zugegeben, dass er einer der Leadgitarristen für Jump Back war. Dann wären aber die BHs aus drei Bezirken angesegelt gekommen."

„Ja, sogar Silas hat geschwärmt, nachdem ich ihm das Video gezeigt habe", erwiderte Levi, der sich mit der Hand durch die dunklen, lockigen Haare fuhr. Seine Lippen krümmten sich zu einem Lächeln. „Wie schön, dass er im Moment nicht im Land ist. Ich brauche keine Rivalen."

Logan verdrehte die Augen vor den beiden. Er hätte wissen sollen, dass sie die Ereignisse des gestrigen Abends nicht unkommentiert stehen lassen konnten. Nicht, nachdem er zugegeben hatte, dass er, bevor er Schriftsteller geworden war, in einer Band gespielt hatte, die einen Erfolg mit dem Titelsong für *Little Liam* gelandet hatte, einer Kindersendung, die über zehn Jahre lang im Kabelfernsehen gelaufen war und Sprüche wie *Verpopel dich* oder *Quatsch mit Hose* hervorgebracht hatte. „Witzig. Macht nur so weiter, und ich bringe mein Geld woanders hin."

Chad schnaubte. „Als würdest du den ganzen Weg bis nach Eureka fahren, um Schlagzeugunterricht bei Hogan zu nehmen, dem Mann, der so viel Gras raucht, dass er sich nicht mal erinnert, welches Jahrzehnt wir haben."

Mit einem Lachen schüttelte Logan den Kopf. „Ich habe auf keinen Fall ein Interesse daran, noch mal Stunden bei Hogan zu nehmen. Aber es gibt immer noch Onlinekurse."

Sie wussten alle drei, dass Logan seine Drohungen nicht wahr machen würde. Eigentlich war Logan bereits ein kompetenter Drummer. Er frischte seine Fertigkeiten nur gern auf und verbrachte Zeit mit anderen Musikern, ohne den Druck zu haben, in einer Band zu spielen. Das hatte er schon mal gemacht und war nicht mehr daran interessiert.

„Ernsthaft, Mann", sagte Chad, ein Hauch Ehrfurcht in seinem Tonfall. „Das war verdammt gut gespielt gestern Abend. Du hast uns was vorenthalten."

Logan zuckte mit den Schultern. Es war Jahre her, seit er vor einem Publikum gespielt hatte. Und es hätte vermutlich auch noch Jahre gedauert, hätte er nicht plötzlich den Drang verspürt, seiner Autorenkollegin unter die Arme zu greifen. In dem Augenblick, in dem er Georgia Exler getroffen hatte, hatte er gewusst, dass sie all seine Barrieren durchbrechen würde. Das war der Grund, weshalb er sich vom *Incantation Café* ferngehalten hatte, seit diesem ersten Tag, an dem sie sich kennengelernt hatten. Sie war einfach zu … faszinierend gewesen. Logan war nach Keating Hollow gezogen, um sein neuestes Buch zu beenden, nicht, um sich mit einer weiteren Frau einzulassen. Das hatte er schon getan. Zweimal. Er war damit fertig. Er brauchte nur noch sein Schreiben und die Musik.

Aber seine Begegnung mit der umwerfenden Schriftstellerin am Vorabend hatte seine Entschlossenheit beinahe aufgelöst. Er war nur Sekunden davon entfernt gewesen, sie um ein Date zu bitten. Teufel, er hätte sie beinahe an die Seitenwand der Brauerei geschoben und sie wie verrückt geküsst. Er konnte sich nicht erinnern, wann er schon mal jemanden so sehr gewollt hatte. Stattdessen hatte er darum das Einzige getan, was er tun konnte. Er war nach Hause gegangen und hatte auf die leeren Seiten seines neuesten Romans gestarrt und sich eingeredet, dass es ihn nicht in den Wahnsinn treiben würde, sich dieses malerische magische Städtchen mit Georgia Exler zu teilen.

Schade auch, dass er mit Gedanken an sie schlafen gegangen war und aufgewacht war, nachdem er geträumt hatte, sie hätte die ganze Nacht in seinem Bett verbracht. Darum war er zu *Magical Notes* gekommen. Er musste seine Gedanken von ihr lösen, und da es mit Schreiben nicht geklappt hatte, hatte er gedacht, sich mit dem Schlagzeug auf einen neuen Song zu stürzen, wäre die nächstbeste Lösung.

„Ich habe dir doch erzählt, dass ich in einer Band war", sagte Logan als Antwort auf Chads Kommentar über sein Gitarrenspiel.

„Ja, aber deine Band hat nicht mal annähernd so was rausgebracht, was du gestern Abend gemacht hast", beharrte Levi. „Das war doch auf dem Level von Lindsey Buckingham. Nicht die immer gleichen drei Akkorde für ein Kinderlied. Echt beeindruckend."

Chad nickte. „Levi hat recht. Absolut fantastisch, Mann. Wenn du jemals zusammen spielen willst, oder Unterricht geben, oder Teufel, eine Band gründen, lass es mich wissen. Ich bin dabei."

Logan lachte nervös. „Ich glaube, ihr beiden tragt etwas dick auf, aber danke für den Boost für mein Ego."

„Überhaupt nicht, Mann", sagte Levi. „Ich bin da ganz bei Chad. Ihr beiden solltet eine Band gründen. Ich komme auf jeden Fall und höre zu."

„Nur, wenn du bei uns mitmachst", erwiderte Chad. „Du wirst echt gut mit dem Schlagzeug."

Levi schnaubte. „Ich kann ein paar Lieder raushauen, aber ich bin nicht annähernd so begabt wie du oder Logan. Ihr haltet mal besser ein Bewerbungsverfahren für jemanden ab, der sehr viel mehr Erfahrung hat."

Chad schüttelte den Kopf. „Auf gar keinen Fall." Er wandte sich an Logan. „Ich habe noch nie gesehen, wie jemand so schnell Schlagzeug lernt. Ich glaube, es hat etwas mit seiner Geistmagie zu tun. Sein Timing ist perfekt. Echt was ganz Besonderes." Chad begab sich ans Klavier und fing nebenbei an zu spielen. Er nickte den anderen beiden zu. „Sehen wir doch mal, wie wir klingen."

Levi setzte sich sofort hinters Schlagzeug und fand einen Rhythmus.

Logan schaute sie an, dann lächelte er vor sich hin, als sie mit „Sweet Child of Mine" von Guns N' Roses loslegten. Wie konnte er da Nein sagen? Dieses Gitarrenriff war einer seiner Lieblinge.

Er ging rüber und schnappte sich eine weiße E-Gitarre, stöpselte sie ein und klimperte auf den Seiten, bis die Akkorde ihn überwältigten wie immer. Musik erfüllte den Laden, und Logan war völlig darin verloren, gab alles, was er hatte, in dieses Lied. Seine Gedanken beruhigten sich, seine ganzen Sorgen über seine jüngste Schreibblockade verschwanden. Seine Seele füllte sich mit dieser Magie, die ihn durchdrang, wenn er etwas schuf, das er liebte. Es war beinahe, als würde er in eine andere Welt transportiert, eine, auf der er vom Schmerz seiner Vergangenheit befreit war, und die Zukunft voller Versprechungen wartete.

Er war einfach nur am Leben.

Sie spielten alle drei aus vollem Herzen, und als der letzte Ton verklang, füllte Stille den Raum, bis jemand langsam anerkennend zu klatschen begann.

Da er gerade erst aus seinem Nebel der Musik auftauchte, drehte Logan sich um, und seine Augen wurden groß, als er sah, wie Georgia Exler mit verwundertem Blick auf ihrem herzförmigen Gesicht im Laden stand. „Wow, und da dachte ich noch, du wärst Schriftsteller. Klingt, als solltest du mit Axl Rose auf Tour gehen."

Logan stellte die Gitarre behutsam zurück auf den Ständer und schob sich die Hände in die Hosentaschen. „Wir haben einfach nur Dampf abgelassen."

„Das klang wie eine Aufnahme-Session." Sie nickte Chad und Levi zu. „Echt gut gemacht. Ihr solltet auf Tour gehen."

Levi grinste. „Das wär doch was, oder? Schade auch, dass Chad das Touren aufgegeben hat. Ganz zu schweigen davon, dass ich ein Praktikum in der Klinik mache. Aber Logan hier? Er hat auf jeden Fall einen Platz in einer anderen Band verdient. Einer, die sich nicht davor fürchtet, sich sein Talent zunutze zu machen."

„Levi", sagte Logan warnend.

„Du warst in einer Band?", fragte Georgia, ihre Miene interessiert. „Ich dachte, du hättest eine Baumschule betrieben, bevor du Schriftsteller wurdest?"

Verdammt. Logan mochte es nicht, über seine Vergangenheit zu reden. Und er wollte auf gar keinen Fall jemandem, und schon gar nicht Georgia Exler, erklären, weshalb er die Musikindustrie hinter sich gelassen hatte. „Ja. Beides stimmt. Aber das war vor langer Zeit. Wie sich erwiesen hat, liegt meine Leidenschaft beim geschriebenen Wort, und nicht bei Pflanzen oder Akkorden auf der Gitarre."

„Was für ein Pech für mich." Sie lächelte ihn kokett an. „Ich wollte immer schon mal mit einem Musiker ausgehen. Ich schätze, da muss ich einfach weitersuchen. Wie schade, dass die beiden hier schon vergeben sind." Sie deutete auf Chad und Levi. „Ich bin mir ziemlich sicher, Hope und Silas würden nicht viel von einem Groupie halten, der ihre Männer anschwärmt."

Chad lachte leise, während Levi einen seiner Sticks fallen ließ und ganz rot im Gesicht wurde.

Auf Levis Handy summte eine Nachricht. Er zog das Handy aus seiner Tasche und entschuldigte sich, während er wählte. „Hey, Silas, tolles Timing", sagte er, während er im Hinterzimmer verschwand.

„Danke, Mann", sagte Chad, der Logan auf den Rücken klopfte. „So viel Spaß hatte ich beim Spielen schon ewig nicht mehr. Wenn du dich irgendwann mal einfach nur zum Jammen treffen willst, lass es mich wissen."

Logan nickte, aber er wusste, es war unwahrscheinlich, dass er Chads Angebot annehmen würde. Er fühlte bereits den Crash nach dem High, weil er aus vollem Herzen gespielt hatte. Der alte, vertraute Schmerz schlich sich zurück in seine Seele, während er an den letzten Abend dachte, an dem er mit seiner Band damals in L.A. unterwegs gewesen war. Nicht die Band für Kindermusik, sondern diejenige, die sein Ticket zu einem Leben auf der Bühne gewesen war, um die Musik zu machen, die er wirklich liebte. Es war der Abend gewesen, an dem er alles verloren hatte, was ihm wichtig gewesen war, und sein Leben auf einen völlig anderen Pfad gebracht hatte als denjenigen, von dem er immer geträumt hatte.

Er seufzte, weil er wusste, dass er vor einem unschönen Abend voller Reue stand, wenn er keine Möglichkeit fand, die Erinnerungen abzuwehren, die ihn so oft heimsuchten, nachdem er Gitarre gespielt hatte. Was hatte er sich bloß gedacht? War es nicht schlimm genug, dass er schon am Vorabend gespielt hatte? Aber irgendwie hatte sich das anders angefühlt, und der harte Aufprall, den er erwartet hatte, war ausgeblieben.

„Logan?", fragte Georgia, ihre Stimme klang besorgt. „Geht es dir gut?"

„Was?", erwiderte er, so in Gedanken, dass er sich erschreckte.

„Du siehst aus, als hättest du einen Geist gesehen", sagte sie.

Wenn es doch bloß so wäre, dachte er. Er hätte alles gegeben, um sie wiederzusehen, sogar in ihrer Geistergestalt. „Tut mir leid", sagte er hastig. „Ich glaube nur, dass ich zurück an die Arbeit sollte. Du weißt ja, wie es mit diesen Lektoren ist, deren Atem man schon im Nacken spürt."

Sie warf ihm ein mitfühlendes Lächeln zu. „Eine Deadline aus der Hölle. Das kenne ich gut." Sie tätschelte ihm den Arm. „Viel Glück."

Er nickte und wandte sich an Chad. „Können wir die Schlagzeugstunde verschieben? Ich muss wirklich zurück an die Arbeit."

„Natürlich", sagte Chad. „Lass mich einfach wissen, wann."

Logan murmelte, dass er nächste Woche anrufen würde, dann marschierte aus dem Laden. Er ging direkt zurück nach Hause, aber anstatt seinen Laptop zur öffnen, um an dem Buch zu arbeiten, das wirklich, wirklich fällig war, zog er sich um, steckte die Füße in seine Laufschuhe und schoss nach draußen, entschlossen, einige Kilometer hinter sich zu bringen, bis die unerwünschten Erinnerungen wieder einmal in den hintersten Winkel seines Verstandes weggesperrt waren.

KAPITEL 3

„Wo ist sie?", fragte Georgia, während sie in Amelias Haus auf dem Hügel rauschte. „Ich kann es gar nicht erwarten, dein kleines Mädchen zu kuscheln."

Amelia lachte leise, wodurch ihre unbändigen blonden Locken um ihr Gesicht wippten. „Da wirst du dich mit Faith anlegen müssen. Sie ist vor dir angekommen."

Georgia seufzte. „Das ist überhaupt nicht fair. Ich kann doch nicht gegen eine Schwangere kämpfen. Was soll ich jetzt nur tun?"

„Warten, bis du dran bist?", fragte Faith Townsend, die mit Kiara ins Wohnzimmer kam, Amelias kleinem Mädchen, das in ihren Armen lag. Faith leuchtete von Kopf bis Fuß, und das leichte Lächeln auf ihrem Gesicht wärmte Georgia das Herz. Ihr stand die Schwangerschaft wirklich gut.

Auch wenn Georgia kein Verlangen hatte, selbst Mutter zu werden, war sie nur zu gerne die witzige Tante. Und genau das hatte sie vor, für Amelias kleines Mädchen zu sein. Nicht, dass das Mädchen nicht schon mindestens ein Dutzend Frauen

17

gehabt hätte, die Schlange standen, um es völlig zu verwöhnen. So eine Stadt war Keating Hollow einfach.

„Gut. Ich warte auf dich. Ganz sicher musst du dich doch bald mal hinlegen, oder?", neckte Georgia.

Faith lachte leise, während sie sich vorsichtig auf das Sofa setzte und dabei ihr Bestes gab, das Baby nicht zu wecken. „Da liegst du nicht falsch. Ich schwöre, ich bin zurzeit wie ein Kleinkind. Einen Augenblick lang geht es mir noch gut, und im nächsten habe ich einen völligen Zusammenbruch, auf den ein dreistündiges Nickerchen folgt."

„Drei Stunden? Bist du sicher, dass da drin nur eins ist?", fragte Amelia. „Im Krankenhaus habe ich eine Frau getroffen, die gerade Zwillinge bekam. Sie hat gesagt, sie hat die ersten paar Monate einfach durchgeschlafen."

„Äh …" Faith biss sich auf die Unterlippe und lächelte sie nervös an.

„Bei den Göttern!", sagte Amelia ganz leise. „Du bekommst wirklich Zwillinge, oder?"

Faith schüttelte den Kopf. „Drillinge. Die Kinderwunsch-Ärztin sagte, es wäre eine Möglichkeit, aber ich dachte nie, dass es tatsächlich dazu kommt, besonders nicht schon einen Monat, nachdem ich mit den Medikamenten zur Erhöhung der Fruchtbarkeit angefangen habe. Wir versuchen es schon einige Zeit. Die Heilerin sagte, als erstes sollte ich es mit Medikamenten für die Fruchtbarkeit probieren, um meinem Körper eine Starthilfe zu verpassen, da mit Hunters Anteil alles bestens in Ordnung ist." Sie verdrehte die Augen. „Er ist sehr stolz, das kann ich euch sagen."

„Hui", meinte Georgia. „Drei Babys. Das ist eine Menge auf einmal."

„Ist es, aber ich möchte ehrlich sein und sagen, dass ich

begeistert bin, wenn auch etwas erschrocken", gab Faith zu. „Ich wollte immer schon eine große Familie."

„Na ja, du bist auf einem guten Weg", erwiderte Amelia, die Augen aufgerissen, während sie ihre Freundin anschaute. „Ich will dir keine Angst machen, aber nur dieses eine hält mich schon echt auf Trab. Der fehlende Nachtschlaf ist … Na, Grayson und ich sind einfach die meiste Zeit über erschöpft."

Georgia schaute sich ihre Freundin genauer an, ihr fiel die Müdigkeit auf, die ihre Augen zeichnete. Aber trotzdem entging ihr ihr sanftes Lächeln nicht, als Amelia einen Blick auf ihre Tochter warf. „Die Zeit vergeht so schnell", sagte Georgia. „Bevor du dich versiehst, ist sie ein Teenager, und der fehlende Schlaf wird nur eine ferne Erinnerung sein. Dann wünschst du dir, sie würde sich zu einem nachmittäglichen Nickerchen mit dir hinlegen."

Amelia lachte schnaubend. „Das stimmt sicherlich, aber jetzt im Augenblick würde ich für eine halbe Stunde ununterbrochenen Schlaf jemanden umbringen."

„Dann mach halt", sagte Faith, die zum Gang hin nickte. „Wir kümmern uns um Kiara. Es ist ja nicht so, als würdest die sie zurückbekommen, so lange wir gierigen Tanten noch hier sind."

„Da hat sie nicht unrecht", sagte Georgia, die sich neben Faith setzte. „Ich habe sie noch nicht mal in die Finger bekommen. Du kannst dieses Nickerchen auch gleich machen, während es noch geht."

Amelia zögerte, war eindeutig hin- und hergerissen. Sie warf einen Blick auf ihr Schlafzimmer, und dann zurück zu ihrer Tochter.

„Los", drängte Georgia. „Leg dich zumindest hin und ruh dich aus, auch wenn du nicht schläfst."

„Ich kann mich doch jetzt nicht einfach hinlegen. Das wäre unhöflich", sagte sie.

„Nein, ist es nicht", entgegneten Faith und Georgia gleichzeitig, sodass sie beide lachten. „Wir sind für dich hier, nicht, um von dir unterhalten zu werden", fügte Faith an.

„Da hat sie recht, weißt du", sagte Georgia, während sie Amelia mit einem erheiterten Glitzern im Auge beäugte. „Nächstes Jahr, wenn sie drei von denen hat, wird sie erwarten, dass du den Gefallen erwiderst."

„Du liebe Zeit. Dann nehme ich mir lieber, was ich kann, so lange es noch geht." Sie ging hinüber zu Faith, drückte ihrer Tochter einen sanften Kuss auf die Stirn, und dann winkte sie, während sie den Gang entlang schlurfte. „Weckt mich, wenn ihr irgendetwas braucht."

„Auf gar keinen Fall", rief Georgia. „Wir haben das unter Kontrolle." Sobald Amelia die Tür zu ihrem Schlafzimmer geschlossen hatte, wandte sich Georgia an Faith. „Hast du so was schon mal gemacht?"

„Was gemacht? Auf ein Baby aufgepasst?"

„Ja. Es gefüttert, die Windel gewechselt, du weißt schon, die Grundlagen?", fragte Georgia.

„Aber natürlich. Du kennst doch meine Familie, oder? Durch Noel und Abby bin ich nun schon einige Jahre lang Tante. Ganz zu schweigen davon, dass Yvette und Jake Skye haben. Ich bin die Standardtante bei Familientreffen."

Georgia hatte keinen Zweifel daran, dass das der Fall war. Faith wollte schon sehr lange Kinder. Es war ganz ihr Ding, die liebevolle Tante zu spielen. „Okay, dann lass mich das schlafende Baby halten. Wenn sie aufwacht, können wir wieder wechseln."

Faith kicherte. „Hübscher Versuch, Georgia. Ich gebe dieses kuschelige Bündel nicht her, ganz gleich, was du sagst. Aber wenn die Windel gewechselt werden muss, dann helfe ich dir sehr gern dabei."

„Du bist zu freundlich", sagte Georgia sarkastisch und hoffte schwer, dass das Baby einfach genauso lang wie seine Mutter schlief.

„Ich möchte mich doch beliebt machen." Sie grinste Georgia an. „Können wir jetzt über diese Kapitel reden, die du mir aus deinem neuesten Buch geschickt hast?"

Georgias Eingeweide spannten sich an. Es kam nicht oft vor, dass sie andere ihre Texte lesen ließ, bevor sie bereit zum Veröffentlichen war, aber dieser hatte dazu geführt, dass sie an sich zweifelte, und sie wollte ein zweites Paar Augen, um eine andere Perspektive zu erhalten. Nun hatte Faith Feedback, und Georgia war sicher, dass sie es nicht hören wollte. Trotzdem wusste sie nach ihren ganzen Jahren als Autorin, dass es nichts Besseres gab als ungefilterte, ehrliche Meinungen ... selbst wenn sie letztlich beschloss, außer Acht zu lassen, was ihre Freundin zu sagen hatte. „Gib es mir. Was hast du daran gehasst?"

„Gehasst?" Faith schnaubte. „Ach, bitte. Ich habe diese Kapitel inhaliert. Und als Ace Heather im Wald gefunden hat, nachdem sie sich den Knöchel verstaucht hat?" Sie seufzte verträumt. „Wie er sie zu seiner Holzhütte getragen hat und sich kaum zurückhalten konnte, während er ihr aus der schmutzigen Jeans geholfen und ihren Knöchel verbunden hat, da schwöre ich ..." Sie fächelte sich Luft zu. „Ich musste Hunter aufwecken, damit der Kerl sich um ein paar ernsthafte Bedürfnisse kümmern konnte. Mich hat noch nie allein schon die Aussicht auf eine Berührung so angetörnt. Heiß, Georgia. Ernsthaft heiß. Hunter freut sich schon darauf, wenn du mir die Szene schickst, in der sich das alles bezahlt macht und sie endlich zusammenkommen. Ohne

Zweifel wird meine Libido da komplett übers Ziel hinausschießen."

Ach je. Das war etwas mehr, als ich mir erhofft hatte, dachte Georgia. Ihr Gesicht wurde ganz heiß, und sie musste sich zwingen, nicht den Blick abzuwenden. Georgia war eine verdammte Liebesromanautorin. Es hätte ihr doch möglich sein sollen, ein Gespräch über den Sex führen, den sie beschrieb, oder? Falsch. Sie hatte nicht erwartet, zu erfahren, dass das Liebesleben ihrer Freundin von den Worten beflügelt wurde, die sie geschrieben hatte. Georgia setzte sich ein Lächeln auf. „Das ist ja dann gut, oder?"

„Sehr gut", sagte Faith lachend. „Ich wette, ich hätte die Fruchtbarkeitsmedikamente nicht gebraucht, wenn ich in den letzten zwei Jahren mehr von deinen Büchern gelesen hätte."

Georgia stöhnte. „Hör auf. Da fühle ich mich ganz unbehaglich."

Kichernd tätschelte ihr Faith den Arm. „Ich kann nichts dafür, dass du eine *so* gute Autorin bist."

„Danke. Es ist immer seltsam für mich, über die sexy Teile meiner Bücher zu reden. Ich weiß, da klinge ich ganz prüde, aber ich kann nichts dagegen tun. Danke, dass du es gelesen und mir eine ehrliche Meinung gegeben hast. Gab es irgendwas, was sich schräg oder seltsam angefühlt hat?"

„Nö. Aber eines Tages wirst du mir erklären müssen, was an den Gestaltwandlern dran ist, das sie so verdammt sexy macht."

„Das ist einfach", erwiderte Georgia, die nur zu gerne über irgendwas anderes als das Sexleben ihrer Freundin redete. „Es ist einfach das Ding mit einem knurrigen, sexy Höhlenmann, nur in der Form eines Wolfs. Mit Beschützerinstinkt, ein Alphamann, aber nur für die Heldin sanft und zärtlich. Das ist für uns Frauen wie Katzenminze. Die Bestie zähmen, so was eben."

„Wenn ich nicht bereits Hunter hätte, wäre ich jeden Tag in diesen Wäldern unterwegs und würde nach meinem eigenen knurrigen Mann Ausschau halten, um mich zu retten", sagte Faith. „Ich meine, wer würde das denn nicht?"

„Ich könnte auf einen verstauchten Knöchel verzichten", sagte Georgia. „Außerdem gefällt mir der Gedanke nicht, im echten Leben gerettet werden zu müssen. Die Fantasie im Buch ist immer besser."

„Ach, wenn in der Nähe ein Heiler wäre, würde es mir nicht so viel ausmachen." Faith warf einen Blick hinab auf Kiara, die die kleinen Hände über den Kopf streckte und gähnte. Als das Baby wieder ruhig wurde, schaute sie erneut auf. „Levi ist mit so was ziemlich gut."

„Dann halte ich auf jeden Fall seine Telefonnummer bereit, nur für den Fall, dass ich auf meinen morgendlichen Wanderungen in Probleme laufe." Georgia deutete auf das Baby. „Reich sie mir rüber. Ich bin dran mit Kuscheln."

Zögerlich stimmte Faith zu und reichte sie vorsichtig weiter.

Georgia schaute auf das Baby hinab, genoss den süßen Ausdruck auf ihrem Gesicht, während sie weiter schlief. Ihr Herz zog sich leicht schmerzhaft zusammen, während sie sich fragte, wie ihr Leben gewesen wäre, wenn sie mit Nick Kinder gehabt hätte. Es war nicht der Weg, den sie für sich gewählt hatten, und auch wenn sie ihr Leben auf keine Weise bedauerte, konnte sie nicht leugnen, dass ein Teil von ihr der Familie nachtrauerte, von der sie immer gedacht hatte, sie könne sich später noch dafür entscheiden, wenn sie nur wollte.

„Du und Kiara seht schrecklich süß aus", sagte Amelia hinter ihnen. „Du stellst dich gut mit ihr an."

Georgia warf einen Blick zurück auf ihre Freundin. „Das liegt nur daran, dass sie schläft."

Mit einem Lachen schüttelte Amelia den Kopf. „Wir wissen beide, dass sie das nicht tut. Du hast die letzten paar Minuten Grimassen vor ihr geschnitten, und sie ist wie gebannt."

Es stimmte, aber Georgia wollte es auf keinen Fall zugeben. Sie mochte es nicht, wenn andere erfuhren, dass sie eine weiche Seite hatte.

Amelia setzte sich auf die Armlehne der Sofas. „Ich hatte vor ein paar Augenblicken eine Vision."

„Echt?", fragte Faith, die Augen aufgerissen. „Was hast du gesehen?"

„Georgia in ihrem Haus, mit einem Ring am Finger und Plüschtieren, die auf dem Boden verstreut lagen."

„Was?" Georgia blinzelte Amelia an, ihr Herz raste. „Das hast du nicht gesehen. Du bist doch nicht mal eine Seherin, oder? Ich dachte, du wärst eine Feuerhexe."

Sie zuckte mit den Schultern. „Ich hatte meine ersten Visionen, als ich mit Kiara schwanger war. Sie sind mir geblieben. Ich schätze, die Schwangerschaft kann einen Effekt auf magische Fähigkeiten haben."

„Wow. Das klingt, als kämen große Veränderungen auf dich zu, Georgia", sagte Faith, in ihren Augen funkelte Aufregung.

„Nein, das tun sie nicht", sagte Georgia entschieden. „Ich war schon mal verheiratet. Dazu kommt es nicht wieder. Die Plüschtiere gehören vermutlich jemand anderem, wie etwa Kiara hier, weil in meiner nahen Zukunft auf gar keinen Fall Kinder vorkommen."

„Aber das könnten sie", sagte Amelia sanft. „Wenn du dafür offen wärst."

Gerade in diesem Augenblick stieß Kiara einen Protestschrei aus, während sie nach ihrer Mutter griff, eindeutig fertig damit, von ihren selbst ernannten Tanten verwöhnt zu werden.

Georgia nahm das als Hinweis. Was immer Amelia gesehen hatte, sie hatte es falsch interpretiert. Denn auf gar keinen Fall würde Georgia heiraten oder Kinder haben. Damit war sie durch.

KAPITEL 4

*D*ie Sonne wärmte Logans Gesicht, während er aus den Mammutbäumen auf eine Lichtung in der Nähe des Flusses trat. Wegen der sechzehn Kilometer, die er am Vorabend absolviert hatte, schmerzten seine Unterschenkel. Aber er hatte noch immer nicht in seinem Haus bleiben können. Jedes Mal, wenn er versuchte, sich hinzusetzen und zu schreiben, hörte er, wie Georgia ihn nach seiner Zeit in einer Band befragte. Dann verschafften sich die Erinnerungen wieder Gehör.

Er musste einfach einen klaren Kopf bekommen und sich einen Einstieg in sein neues Buch einfallen lassen. Am besten wäre es, wenn er hinter dem Bildschirm hervorkam und herausfand, wie die Reise des Helden vonstattengehen würde. Sein Lieblingsschema war es, über einen gewöhnlichen Menschen zu schreiben, der herausfindet, dass er der Schlüssel ist, um die Welt vor einer bösen Bedrohung zu retten. Das hatte er schon mal geschrieben, und er war sicher, dass er es wieder schreiben würde. Er brauchte einfach nur einen frischen Blickwinkel. In seinem derzeitigen Geisteszustand neigte er sehr dazu, etwas Dystopisches zu schreiben. Vielleicht über eine Familie aus Freunden, die im Mammutbaumwald lebte und von einem übernatürlichen Wesen bedroht wurden, und der Held hatte eine verborgene Macht, um dieses Wesen aufzuhalten.

Logan dachte über die Möglichkeiten nach: Spukwald, Drachen als Verbündete und unsterbliche Todesbringer, die sich von Seelen ernährten. Die Eröffnung der Geschichte bildete sich allmählich in seinen Gedanken heraus, als er plötzlich einen Schrei hörte, gefolgt vom unverwechselbaren Geräusch, wie jemand stolperte, nachdem er oder sie die Balance verloren hatte.

Rasch wurde er schneller, lief in die dichten Bäume hinein. Der Pfad führte nach oben und um einen großen Felsen.

„Verflixt noch mal!", ließ sich eine allzu vertraute Stimme vernehmen.

„Georgia?", rief er zurück. „Bist du das?"

„Logan?"

Er lief um den Felsen und fand Georgia auf dem Boden, ihre schwarze Yogahose und ihre Wanderschuhe waren von roter Erde bedeckt. „Geht es dir gut?"

Sie schaute zu ihm auf, einen merkwürdigen Ausdruck auf dem Gesicht.

„Georgia?" Er kniete sich neben sie und suchte ihre Glieder nach Hinweisen auf eine Verletzung ab. „Bist du verletzt?"

„O nein. Ich glaube nicht." Sie zog die Beine an und stellte die Füße auf den Boden. „Ich bin nur ausgerutscht. Kannst du mir hochhelfen?"

Er konnte nicht übersehen, dass ihre rechte Hand und der Arm zerkratzt waren, und ihre Handfläche blutete. „Moment mal." Er griff in seine hintere Hosentasche und zog ein Tuch heraus, das er dort bereithielt, falls er etwas brauchte, um sich den Schweiß aus den Augen zu halten, und wickelte es behutsam um ihre Hand.

Sie zischte, als er den Stoff festzog.

„Tut mir leid." Er schnitt eine Grimasse, verabscheute die Tatsache, dass er ihr weitere Schmerzen zugefügt hatte. „Die wird man reinigen müssen, aber hoffentlich stoppt das die Blutung."

Georgia nickte. „Mir war nicht mal klar, dass ich blute. Danke."

„Keine Ursache." Er legte eine Hand um ihre linke und zog, um ihr auf die Beine zu helfen.

Sie erhob sich mühelos, aber in dem Augenblick, in dem sie ihren rechten Fuß belastete, stieß sie einen weiteren Schrei aus und fiel beinahe um. Wenn er nicht gewesen wäre, um sie zu fangen, wäre sie vermutlich den Rest des kurzen Hügels hinabgeschlittert. „Verdammt! Ich habe mir den Fuß verstaucht", sagte sie, in ihren Augen standen Schmerz und Frust. „Wie komme ich zurück zu meinem Haus? Damit kann ich doch nicht gehen."

„Ich kümmere mich darum. Keine Sorge." Logan legte ihr einen Arm um die Taille und dann noch einen unter ihre Beine und hob sie hoch an seine Brust. „Leg mir die Arme um den Hals. Das wird helfen."

Sie tat, wie geheißen, aber trotzdem beschwerte sie sich noch. „So kannst du mich doch nicht den ganzen Weg tragen. Dafür bin ich viel zu schwer."

„Nein, bist du nicht", sagte er, während seine Muskeln protestierten. Er hatte sie relativ mühelos gehoben, aber sie den ganzen Weg zum Anfang des Wanderweges zu tragen, könnte eine leichte Herausforderung werden.

„Logan", rügte sie ihn. „Wir sollten Hilfe rufen. Verreiß dir doch nicht den Rücken, nur um mich nach Hause zu bringen."

„Nimm mein Handy. Es ist in meiner hinteren Hosentasche." Er konzentrierte sich auf den Weg, während er nach unten ging, und passte auf, sicher aufzutreten.

Georgia glitt mit der Hand seinen Rücken hinab, sodass ein Beben sein Rückgrat hinauflief. Was war nur an dieser Frau, das ihn so sehr beeinflusste? So unmittelbar hatte er noch nie auf jemanden körperlich reagiert. Nicht mal Cherry, die Frau, die er als die Liebe deines Lebens betrachtet hatte.

„Kein Empfang", sagte sie und ließ das Handy zurück in seine Tasche gleiten, bevor sie ihm wieder die Hände um den Hals legte.

„Dann sieht es so aus, als würde ich etwas mehr Training bekommen, als ich mir vorgestellt habe", sagte er und verlängerte seine Schritte, während der Weg flacher wurde.

„Es tut mir so leid, aber vielen Dank", sagte Georgia, die zum ersten Mal erschrocken klang. „Wenn du nicht gekommen wärst ... säße ich noch immer auf dem Boden und würde mich fragen, was ich tun soll."

„Glückliches Timing", erwiderte er und fühlte sich schon ein wenig außer Atem.

„Wanderst du oft hier draußen?", fragte sie und lehnte den Kopf an seine Schulter.

„Ein paar Mal die Woche. Normalerweise wenn ich am Plot arbeite." Er hielt sie fester und versuchte, nicht an den Schmerz in seinen Armen zu denken.

„Das mache ich auch", sagte sie. „Ich kann einfach nicht glauben, dass das passiert ist und dass du derjenige warst, der mich findet."

Er war sich nicht sicher, wie er ihre Aussage beantworten sollte, darum tat er es nicht und konzentrierte sich stattdessen darauf, sie zurück zu seinem Auto und zu einer Heilerin zu bringen, so schnell es möglich war.

Bis sie aus dem Wald kamen, war die Sonne hinter dunkelgrauen Wolken verschwunden, und große Regentropfen begannen zu fallen.

„Ernsthaft?", sagte Georgia tonlos. „Regen?"

„Schon in Ordnung", erwiderte Logan beruhigend. „Mein SUV ist gleich da. Ich fahre dich sofort zu Heilerin."

„Das musst du nicht machen", sagte sie. „Ich kann selbst fahren."

Er schnaubte. „Es ist dein rechter Knöchel. Ich bring dich hin und organisiere jemanden, der später mit mir zurückkommt und dein Auto abholt."

„Logan, ich …"

Er schnitt ihr das Wort ab. „Georgia. Du fährst nicht. Es ist nicht sicher."

„In Ordnung", sagte sie leise.

„Vielen Dank", hauchte er, dankbar, dass sie zuließ, dass er sich um sie kümmerte. Denn auf gar keinen Fall würde er sie allein lassen. Der Gedanke, dass er sie mit einem verletzten Fuß fahren ließ, jagte ihm einen Schrecken ein.

„Du bist derjenige, der sich um mich kümmert", sagte sie mit einem schwachen Lachen.

„Wo wir schon dabei sind, bringen wir dich doch in dieses Auto und zur Heilerin. Der Knöchel ist schon ziemlich geschwollen." Logan packte sie hinten in sein SUV, sorgte dafür, dass ihr Fuß hochgelagert war, und fuhr dann direkt zur Heilerpraxis in Keating Hollow, nur um festzustellen, dass Martin und Gerry Whipple ein paar Tage lang nicht in der Stadt waren. An der Tür hing eine Nachricht, die nahelegte, dass sie die Heilerin in Eureka anrufen sollten.

Aber Logan warf nur einen Blick auf Georgias zitternde Gestalt und schluckte den Fluch, der ihm auf der Zunge lag. „Wart mal hier. Ich bin gleich zurück."

„Als würde ich irgendwohin laufen", hörte er sie sagen, während er die Straße entlang zu *Magical Notes* joggte, um nach der einzigen anderen Person im Städtchen zu suchen, von der er dachte, dass sie vielleicht helfen konnte.

Die Türklingel läutete, als Logan den Musikladen betrat, und er stieß einen erleichterten Atemzug aus, als er Levi Kelley hinter dem Tresen entdeckte.

„Hey, Mann. Bist du wieder da, um zu jammen?", fragte Levi mit einem lockeren Lächeln. „Chad ist nicht da, aber ..."

„Nein." Logan schüttelte den Kopf. „Georgia Exler hat sich den Knöchel verletzt, und wir brauchen einen Heiler. Die Whipples sind nicht in der Stadt."

Levi zögerte nicht. Er nickte, schnappte sich den Schlüssel aus einer Schublade und schloss den Laden rasch ab, bevor er Logan zu seinem SUV folgte.

Logan wartete hinten, während der junge Mann auf die Rückbank des SUV stieg, um sich den Knöchel anzusehen. Nervosität strömte über ihn hinweg, und trotz seines ermüdeten Körpers ging er auf dem Bürgersteig auf und ab, versuchte die nervöse Energie loszuwerden.

Schließlich knurrte ihm der Magen, und er beschloss, dass Georgia vermutlich auch schon am Verhungern war, darum ging er einen Block die Straße entlang und bestellte griechische Pizza und einen Salat bei *Mystyk Pizza*. Als er zurück zu seinem SUV kam, fand er Georgia auf dem Beifahrersitz und Levi, der in der offenen Tür stand und darüber plauderte, dass Silas mit seinem letzten Film alle möglichen Box-Office-Rekorde geschlagen hatte.

„Er bekommt verschiedenste Angebote", fuhr Levi mit einem traurigen Lächeln fort. „Ich bin sicher, nach den ganzen Promotion-Veranstaltungen, die er geplant hat, werde ich ihn nicht mehr sehen können, außer ich reise ein paar Mal runter nach L.A. Diese Fernbeziehung nervt. So richtig."

Georgia legte eine Hand über seine, strich über seine Handknöchel. „Ich bin mir sicher, er wäre hier bei dir, wenn er das könnte."

„Wäre er", stimmte Levi zu. „Das weiß ich. Aber das ändert nichts an der Tatsache, dass ich so ein Ziehen in der Brust spüre, weil er jetzt die ganze Zeit weg ist."

„Komm her." Georgia öffnete die Arme, lud ihn zu einer Umarmung ein. Die beiden drückten einander, und Logan war sicher, dass er in beider Augen Tränen sah, als sie schließlich losließen.

Logans Herz schwoll vor Zuneigung zu der Frau an, die Levi tröstete. Ihn hatten schon immer die angezogen, die aufrichtig freundlich waren. Es stand außer Frage, dass Georgia sich enorm um die Leute um sie herum kümmerte. Sie war auch klug, witzig, eine tolle Autorin und eine hervorragende Freundin. Ganz zu schweigen von umwerfend, obwohl das neben allem anderen nicht so wichtig war. Und Logan wusste in diesem Augenblick, dass er sich in sie verliebte.

„Ach, Teufel", murmelte er.

Georgia ließ Levi los und schaute zu ihm zurück. „Gibt es ein Problem?", fragte sie mit eisigem Unterton.

Logan war von ihrem Tonfall überrascht. „Nein. Warum?"

Sie schaute ihn finster an. „Du hast ... frustriert geklungen."

„Nur, weil ich am Verhungern bin." Er hielt die Pizzaschachteln hoch. „Ich habe genug für uns beide. Kann ich dich nach Hause bringen, dir was zu essen geben und sicherstellen, dass mit diesem Knöchel alles in Ordnung ist, bevor ich nach Hause aufbreche?"

„Sie wird ihn die nächsten beiden Wochen nicht belasten

können", sagte Levi. „Ich schätze, es ist ein Haarriss im Knochen. Mit meiner Heilmagie braucht sie nicht mal eine Schiene, solange sie ihn nicht belastet."

„Zwei Wochen lang?", fragte er.

Levi nickte. „Sie sollte zu den Whipples gehen, sobald sie zurück in der Stadt sind, aber das ist der einzige Ort, an den sie gehen sollte. Zwei Wochen lang nicht gehen. Kein Humpeln. Gar nichts. Vielleicht findet ihr jemanden, der ein paar Wochen lang bei ihr bleibt, denn wenn sie die Regeln bricht und der Riss sich verschlimmert, braucht sie eine Operation. Verstanden?"

„Verstanden." Logan nickte.

„Gut. Ich gehe jetzt mal wieder in den Musikladen, bevor die Massen mir die Tür einrennen."

Logan warf einen Blick über die Schulter auf den Laden. Er war dunkel, und draußen davor war keine Menschenseele. Es bestand keinerlei Grund zur Eile, aber Logan hinterfragte es nicht. Er musste eine Möglichkeit finden, um Georgia zu überzeugen, zwei Wochen lang zu ihm zu ziehen. Und etwas sagte ihm, dass diese umwerfende Frau seine Bitte mit Zähnen und Klauen abwehren würde. Ein Lächeln spielte um seine Lippen. Er war immer für eine gute Herausforderung zu haben.

KAPITEL 5

Georgia starrte die ungeöffnete Pizzaschachtel von ihrem Platz auf der Couch aus an und fragte sich, was zum Teufel hier passierte. Seit dem Zeitpunkt, als Logan zu ihrer Rettung geeilt war, nachdem sie gestürzt war und sich den Knöchel verletzt hatte, war sie in einem Zustand des Schocks. Es lag auch gar nicht mal am Schmerz.

Wie genau war es nur möglich, dass nicht nur eine, sondern zwei Szenen, die sie geschrieben hatte, sich bewahrheitet hatten? Hatte sie irgendwie diese Ereignisse im Universum manifestiert? Es war ein schrecklicher Gedanke. Was, wenn sie in ihrer nächsten Szene etwas Tragisches schrieb? Würde das auch wahr werden? Ihr Blut wurde eiskalt. Wie sollte sie jemals ein weiteres Buch beenden, wenn sie alles anzweifelte, was sie schrieb?

Logan stellte ein Glas Tee vor sie und öffnete die Pizzaschachtel. Nachdem er zwei Stücke auf einen Pappteller gelegt hatte, reichte er ihn ihr zusammen mit einer Serviette. „Es gibt auch Salat, wenn du was willst."

„Nein, danke. Das ist mehr als genug." Georgia nahm den

Teller, stellte ihn aber auf ihren Schoß, während ihre Gedanken durcheinanderwirbelten. Was, wenn das eine Art verspäteter Familienfluch war? Es juckte sie in den Fingern, das Handy zu nehmen und ihre Tante anzurufen, das einzige Familienmitglied, das sie noch hatte. Aber sie wollte nicht vor Logan über ihr Dilemma reden. Wenn sie schon halb davon überzeugt war, dass sie verrückt wurde, wer wusste schon, was er von ihrer Theorie halten mochte?

„Du solltest was essen", sagte Logan, der auf dem Sessel links von ihr Platz nahm.

Sie warf ihm einen Blick zu und blinzelte. „Was?"

Er hob eine Augenbraue und deutete auf den Teller auf ihrem Schoß. „Die Pizza? Levi hat gesagt, du wärst schwach nach der Magie, die er an deinem Knöchel eingesetzt hat. Du brauchst die Kalorien."

„Genau." Levi hatte gesagt, dass sie die nächsten Tage über womöglich Heißhunger verspüren würde, während ihr Knöchel heilte. Derzeit war ihr Magen allerdings völlig verkrampft, und der Gedanke ans Essen war im besten Fall reizlos. Trotzdem nahm sie ein Stück und biss betont einmal ab.

Logan lächelte sie an und stürzte sich auf seine Mahlzeit.

Georgia schaffte es, ein Stück Pizza zu essen, aber das war mehr als genug bei all dem Entsetzen, das in ihren Eingeweiden hin und her schwappte. Nicht nur schrieb sie die Zukunft, sondern jetzt sollte sie auch noch zwei Wochen lang ihren Fuß nicht belasten. Wie sollte sie im Haus herumlaufen oder die Stufen zu ihrem Schlafzimmer hinaufkommen? Sie schätzte, sie könnte eine Weile auf dem Sofa schlafen, aber das würde ziemlich schnell ziemlich unbequem werden. Sie stieß ein Stöhnen aus und drückte sich eine Hand an die Stirn, um ihre Kopfschmerzen abzuhalten.

„Das kommt schon in Ordnung", sagte Logan.

Sie nickte. „Früher oder später. Ich muss einfach nur eine Möglichkeit finden, mich in der nahen Zukunft hier unten zu bewegen. Vielleicht mal sehen, ob ich mir Lebensmittel und Mahlzeiten liefern lassen kann. Das schwerste wird sein, dass ich zu Hause festsitze. Ich bin nicht gut darin, zu Hause zu bleiben."

„Was, wenn du das nicht müsstest?", fragte er, während er ihr Pappgeschirr nahm und es in einen Müllbeutel stopfte.

„Was meinst du denn?", fragte sie, ihre Stirn legte sich verwirrt in Falten. „Kommst du, um mich jeden Tag abzuholen und mich in den Park zu bringen, oder was?"

Er lachte. „Das hatte ich nicht vor, aber das kann man einrichten, wenn du das brauchst."

Georgia kniff die Augen zusammen und fragte sich, was um alle Welt dieser Mann in ihrem Wohnzimmer machte. Er hatte bereits mehr getan, als irgendjemand vernünftigerweise von einem Bekannten erwarten konnte. Sie wusste das alles zu schätzen, aber sicher musste er doch wieder an seine eigene Arbeit zurück, oder? „Logan, hör mal. Ich weiß zu schätzen, was du heute für mich getan hast, aber du musst echt nicht bleiben. Mir geht es gut. Ich will dich nicht von deiner Arbeit abhalten. Bestimmt hast du auch eine Deadline, die du einhalten musst, oder?"

„Nicht wirklich." Er ging, um sich auf den Beistelltisch vor sie zu setzen. „Ich habe kein Veröffentlichungsdatum für meinen nächsten Roman festgelegt. Er kann ein paar Wochen warten."

„Wochen? Das klingt nett. Ich kann mir fast nie so viel Zeit freinehmen." Sie warf ihm ein verlegenes Lächeln zu. „Mein Boss ist eine echte Hexe."

Sein Blick glitt über sie, und es lag Interesse darin, vielleicht sogar ein wenig wolfsartiger Hunger.

Georgia schnaubte beinahe, als sie an Faiths Kommentar dachte, ihr würde es nichts ausmachen, wenn ein sexy Gestaltwandler sie rettete, aber sie schaffte es, ihre Würde zu wahren, selbst wenn sie unter der Hitze seines Blickes warme Wangen bekam.

„Georgia, du brauchst jemanden, der bei dir bleibt, während du dich erholst. Du weißt das, oder?", fragte er.

Sie zuckte mit den Schultern. „Mir geht's gut." Sie wedelte wegwerfend mit der Hand, obwohl sie gar nicht sicher war und sich bereits fragte, wie sie im Haus hin und her kommen würde, ohne ihren Fuß zu belasten. Sie hatte noch nicht mal Krücken. Jemand würde nach Eureka fahren und ihr welche holen müssen, da die Heilerpraxis in Keating Hollow geschlossen war. „Ich bin mir sicher, meine Freundinnen können mal vorbeikommen, um hin und wieder nach mir zu sehen."

Er schüttelte den Kopf und verschränkte die Arme vor der Brust. „Auf gar keinen Fall lasse ich dich hier ganz allein. Ich bleibe."

„Hier?", quietschte sie.

„Ja, hier." Er schaute sich um, sein Blick landete auf den Stufen. „Entweder das, oder ich kann dich ein paar Wochen lang mit zu mir nehmen."

„Nein. Das ist nicht nötig", beharrte sie, innerlich verzog sich alles bei dem Gedanken, dass sie irgendwo anders als in ihrem eigenen Haus wohnte, während sie sich erholte. „Ich weiß dein Angebot zu schätzen, aber ich glaube wirklich, dass ich damit umgehen kann."

„Echt? Wie kommst du dann nach oben?", fragte er.

„Ich schlafe hier unten." Sie tätschelte die Couch und zwang sich zu einem Lächeln.

„Und ins Bad und in die Küche?"

Sie verbarg ein finsteres Gesicht. „Bis morgen habe ich Krücken. Ich bin sicher, Hanna oder eine meiner anderen Freundinnen kommen und helfen mir mit allem, was ich brauche, aber ehrlich, ich brauche nicht viel Pflege."

„Das dachte ich auch gar nicht." Er warf einen Blick auf die Küche, wirkte skeptisch. „Ich kann mir nicht vorstellen, wie du das Geschirr spülst oder dir auch nur eine Tasse Kaffee auf Krücken machst, ohne deinen Knöchel einem Risiko auszusetzen."

„Ich brauche kein Geschirr zu spülen, wenn ich nur Lieferessen habe", sagte sie ganz süß.

„Aha. Trotzdem lasse ich dich nicht allein, bis du zumindest Krücken hast und ich selbst sehen kann, wie du um die Runden kommst", sagte er stur.

„Du kannst nicht einfach ohne meine Zustimmung hierbleiben", sagte sie und war allmählich verärgert. Georgia legte keinen großen Wert darauf, dass sie herumkommandiert wurde, besonders nicht von einem Mann, dem sie gerade erst begegnet war, ganz gleich, wie sexy er war, wenn er sich so beschützend und herrisch aufspielte. Um aller Magie willen, warum war das so verlockend? Sie brauchte eindeutig Hilfe.

„Nein. Ich würde nicht bleiben, wenn du absolut dagegen bist, aber ich würde alle zehn Minuten anrufen, nur um mich zu versichern."

Georgia verdrehte die Augen. „Ich glaube, du übertreibst es ein bisschen."

Logan schüttelte den Kopf, während in seinem silbernen Blick Erheiterung funkelte. „Tue ich nicht. Wie ich sagte, ich habe etwas Zeit, bevor ich mit meinem nächsten Buch anfangen muss. Was habe ich denn sonst zu tun, außer sicherzustellen, dass meine neue Freundin nicht sechzehn Stunden am Stück auf ihrem Sofa festhängt?"

„Ich hätte nie gedacht, dass du so nervig bist", sagte Georgia mit einem leisen Lachen. „Aber ich sehe schon, dass du das nicht auf sich beruhen lässt. Wie wäre es, wenn wir eine Abmachung treffen? Wenn ich eine meiner Freundinnen dazu bringen kann, bei mir zu bleiben, gehst du wieder zurück in deine Schreibhöhle und musst bis morgen Vormittag nicht bei mir anrufen. Falls ich das nicht schaffe, lasse ich mich von dir nach oben tragen, und du kommst nur, wenn ich dir eine Textnachricht schicke, in der ich dich um Hilfe bitte. Abgemacht?"

„Wirst du antworten, wenn ich dir schreibe, um mich nach dir zu erkundigen?", wollte er wissen, grinste bereits über seinen Sieg.

„Nur, wenn du die Nachrichten ganz minimal hältst. Nicht mehr als eine vor dem Schlafengehen um zehn, und dann erst wieder nach acht Uhr am Vormittag."

„Zwei vor zehn Uhr", entgegnete er.

Georgia brach in Gelächter aus, weil ihre Verhandlungen so absurd waren. „Gut. Aber es wird keine Rolle spielen, denn ich bin mir sicher, ich kann eine meiner Freundinnen zu einer Übernachtungsparty überreden."

„Klar", sagte er, erhob sich und bewegte sich in die Küche. „Ich mache dir einen Kräutertee, wie Levi es vorgeschlagen hat, während du deine Anrufe tätigst."

Sie grinste über die Skepsis in seiner Stimme. Obwohl Georgia relativ neu in der Stadt war, hatte sie eine tolle kleine Gruppe Freundinnen, auf die sie sich absolut verlassen konnte.

Zehn Minuten später verzog Georgia das Gesicht und murmelte vor sich hin, weil sie so groß getönt hatte. Auch wenn es stimmte, dass sie wunderbare Freundinnen hatte, waren sie alle auch sehr mit ihrem eigenen Leben beschäftigt. Sie hatte bereits gewusst, dass Amelia sehr unwahrscheinlich war. Es war nicht gerade einfach, eine frischgebackene Mutter dazu zu bringen, sich und ihr Baby für eine Übernachtungsparty einzupacken. Es war unmöglich, wenn das Baby leichtes Fieber hatte und in den letzten zwei Stunden ohne Unterbrechung geschrien hatte. Die beiden blieben definitiv zu Hause, während Grayson sich um sie kümmerte. Hanna war mit Rhys in Christmas Grove, um sich ein paar Tage zu erholen. Miranda war nicht in der Stadt. Faith ging nicht mehr ans Telefon, und als Georgia Yvette anrief, erfuhr sie, dass Faith nächtliche Morgenübelkeit hatte und vermutlich schlief.

Yvette hatte angeboten, rüberzukommen, sie aber gewarnt, dass sie Skye mitbringen musste, da Jacob spät im Buchladen arbeitete. Die Schreie des Kleinkindes im Hintergrund hatten bereits Georgias Kopfschmerzen verschlimmert. Sie konnte sich nicht ganz davon überzeugen, den netten Mann in der Küche wegzuschicken und durch Kleinkind-Chaos ersetzen zu lassen, nur damit ihr Stolz nicht angekratzt wurde. Sie hatte Yvette für das Angebot gedankt, aber abgelehnt und behauptet, dass sie Skye über Nacht nichts aus dem Trott bringen wollte. Nachdem sie den Anruf beendet hatte, legte sie ihr Telefon ab und seufzte, bevor sie rief: „Logan?"

Er steckte den Kopf um die Ecke. „Ja?"

„Sieht so aus, als würdest du heute mit mir festsitzen."

Seine Lippen krümmten sich zu einem trägen, zufriedenen Lächeln.

Georgia schalt sich im Geiste für die nicht ganz jugendfreien Gedanken, die ihr durch den Kopf gingen, wenn er sie so anlächelte. Sie musste sich da wirklich zurücknehmen, und das konnte sie nur, wenn sie etwas

Abstand zwischen sie brachte. „Besteht die Möglichkeit, dass du mich nach oben trägst? Ich würde gern ein paar Worte schreiben, bevor ich für den Abend auschecke." Sobald die Worte über ihre Lippen kamen, wünschte sie, sie könnte sie wieder zurücknehmen. Hatte sie ihn wirklich gerade gebeten, sie nach oben zu tragen, gleich nachdem sie gedacht hatte, dass sie etwas Abstand brauchte? Was stimmte nur nicht mit ihr? „Oder vielleicht könntest du mir nur in die Küche helfen. Ich könnte am Tisch schreiben."

„Wenn du nach oben willst, bringe ich dich gern dort hin", sagte Logan. „Außerdem wird es vermutlich gemütlicher, deinen Fuß hoch zu lagern, während du im Bett bist."

„Stimmt."

Rasch machte sie im Geiste Inventur, wie ihr Schlafzimmer wohl aussah. Hatte sie heute Morgen sauber gemacht? Lag irgendwo Unterwäsche herum? Sie glaubte nicht. Georgia mochte es gerne aufgeräumt. Allerdings könnten ein oder zwei BHs in ihrem Bad hängen. Sie hängte sie immer zum Trocknen auf und wusste nicht mehr, ob sie die letzte Wäsche schon weggeräumt hatte.

„Bist du jetzt bereit?", fragte er.

Sie nickte, nicht sicher, ob sie ihrer Stimme traute.

In dem Augenblick, als er sie in seine Arme hob, stieß sie ein leises, zufriedenes Seufzen aus.

Logan lachte leise, und dann trug er sie vorsichtig die Treppen zu ihrem Schlafzimmer hinauf.

KAPITEL 6

*N*un, da sich Logan nicht mehr darum sorgte, Georgia aus den Wäldern und zu einer Heilerin zu bringen, hatte er es nicht eilig damit, sie aus seinen Armen zu lassen. Er hätte sich nur zu gern die nächsten paar Stunden lang neben ihr Bett gestellt, während sie den Kopf an seine Schulter legte, wenn das bedeutete, dass sie ihre Verbindung nicht unterbrechen mussten. Sie fühlte sich so gut an.

„Logan?", fragte sie, wandte den Kopf nach oben. „Wartest du darauf, dass jemand die Kissen aufschüttelt?"

„Ja", sagte er, als würde er es total ernst meinen.

Sie schüttelte leicht genervt den Kopf.

Verdammt, ihm gefiel es, sie zu provozieren.

Georgia bohrte ihm ihre Finger in die Rippen und stocherte.

„Hey!" Er fuhr zusammen, sodass er den Halt verlor, dann griff er fester nach ihr, weil er Angst hatte, er könne sie fallen lassen.

„Na, das wollte ich eigentlich nicht erreichen", sagte sie

atemlos, ihre Lippen nur ein paar Zentimeter von seinen entfernt.

Er sah hinab auf ihren geschürzten Mund, wollte sie unbedingt schmecken. Sein ganzer Körper verlangte nach ihr, mit einer Wildheit, die ihn beinahe den Verstand kostete. Hatte er jemals jemanden so sehr küssen wollen, wie er Georgia in diesem Augenblick küssen wollte?

Nein. Niemals.

„Logan", flüsterte sie, und als sie ihm in die Augen schaute, war das Verlangen darin unverkennbar.

Er kam vor, konnte nicht länger widerstehen, aber bevor er mit seinen Lippen ihre streifen konnte, fing sein Handy an, die Titelmelodie von *Der weiße Hai* zu spielen, sodass er aus dem Bann herausfiel, der über sie gekommen war. „Scheiße", murmelte er. „Da muss ich rangehen."

„*Der weiße Hai?*", fragte sie ungläubig. „Wessen Klingelton ist das denn? Dein Anlageberater?"

Er schnaubte vor Lachen und schüttelte den Kopf. „Nein. Das ist mein Bruder. Es ist sein Lieblingsfilm." Logan setzte Georgia sorgsam auf ihr Bett und griff sogar nach einem Kissen, um ihren Knöchel zu heben, bevor er schließlich den Anruf annahm. „Seth, was ist?"

„Was brauchst du so lange? Hast du endlich ein Mädchen gefunden, das mehr als zwanzig Minuten mit dir verbringen will, bevor sie vor Langeweile stirbt?", fragte Seth, sein Tonfall war erheitert.

„Weder Science-Fiction noch Fantasy, sie sind langweilig, kleiner Bruder", sagte Logan, der nur zu gerne denselben Streit über seine Genrewahl lostrat, den sie schon führten, solange Logan sich erinnern konnte. Allerdings gab es wichtigere Dinge, um die man sich Sorgen machen musste. Anstatt den verbalen Schlagabtausch abzuwarten, der normalerweise folgte, stürzte er sich direkt ins Gespräch. „Wie ist es heute gelaufen?"

„Äh, nicht ganz wie geplant." Der ganze Humor war verschwunden, und Seth klang müder als alles andere. „Die Band macht Pause."

Logan runzelte die Stirn. „Was? Wie? Habt ihr nicht Tourdaten gebucht?"

„Das hatten wir, aber Cal behauptet, er hätte sich die Stimmbänder verletzt, und der Arzt hätte gefordert, dass er mindestens ein paar Monate lang ruht, bevor er wieder singen kann. Ohne ihn gibt es keine Show."

„Verdammt. Das nervt, ja. Stimmt das mit seinen Stimmbändern?", fragte Logan, der die Antwort bereits kannte.

„Nein", knurrte Seth frustriert. „Aber er hat einen Arzt dazu gebracht, seine Ausrede zu unterschreiben, darum gibt es wirklich nichts, was ich dagegen unternehmen kann."

„Du kannst mit ihm reden", empfahl Logan.

„Habe ich versucht. Das ist nicht gut gelaufen. Hör mal, Logan, wie würdest du es finden, ein paar Wochen lang einen Besucher zu haben?"

„Du kommst nach Keating Hollow?" Logans Lippen öffneten sich zu einem Grinsen. Es war über ein Jahr her, seit er seinen Bruder persönlich getroffen hatte. „Wann?"

„Jetzt. Ich sitze auf deinen Eingangsstufen."

„Ernsthaft?" Logan warf einen Blick auf Georgia und stellte fest, dass sie ihn interessiert beobachtete. Er schaute auf ihren Knöchel und verkniff sich einen Fluch. Er wollte sie nicht verlassen, aber er musste auch los und seinen Bruder ins Haus lassen.

„Ernsthaft. Sobald Cal heute Vormittag das Meeting verlassen hat, bin ich in ein Flugzeug gestiegen und hergekommen. Ich hab's einfach nicht mehr ausgehalten, noch einen weiteren Augenblick in dieser Wohnung zu bleiben. Ich hoffe, das macht dir nichts."

„Überhaupt nicht. Ich bin in etwa zehn Minuten da." Er beendete den Anruf und warf Georgia einen entschuldigenden Blick zu.

„Sieht so aus, als wäre ich doch allein", sagte sie und zwang sich zu einem Lächeln. „Keine Sorge. Ich schaffe das."

„Ich lasse dich nicht allein. Oder zumindest nicht lang", beharrte er. „Ich muss meinen Bruder in mein Haus lassen und ihn dort einweisen, dann komme ich gleich zurück. Er hat ein paar heftige Wochen hinter sich."

Georgia griff vor und drückte ihm die Hand. „Dann solltest du bei ihm bleiben. Mir geht's gut. Der Knöchel tut eigentlich gar nicht mehr weh. Levis magische Finger haben wirklich was bewirkt."

Logan schüttelte den Kopf. „Tut mir leid. So einfach wirst du mich nicht los. Mein Bruder ist erwachsen. Er kann sich um sich selbst kümmern. Mir wäre es nur lieber, wenn er kein Fenster einwirft oder das Schloss knackt, um aus der Kälte zu kommen. Ich brauche nicht lang. Irgendwas, was du brauchst, bevor ich gehe?"

Sie wedelte mit der Hand zu einem Schreibtisch neben dem Fenster. „Nur meinen Laptop und mein Notizbuch. Mein derzeitiger Text könnte wirklich etwas mehr Aufmerksamkeit gebrauchen, wenn ich meinen nächsten Termin mit dem Lektorat einhalten möchte."

„Bin dran." Logan holte ihren Laptop und das Notizbuch, das sie verlangt hatte. Dann ging er nach unten und machte ihr eine frische Tasse Tee, schnappte sich eine Tüte Kekse und eine Flasche Wasser, bevor er wieder nach oben unterwegs war. Er stellte alles auf ihr Nachtkästchen und sagte: „Während ich unterwegs bin, werde ich meinen Bruder überreden, mit mir zu fahren und dein Auto zu holen. Gibt es sonst noch was, was du brauchst?"

Sie hielt einen Augenblick inne, dann schaute sie nach unten, während sie sagte: „Danke dir. Du bist sehr nett. Die Schlüssel sind in meiner Jackentasche an der Eingangstür." Als sie aufschaute, fiel ihr Blick auf die Getränke und Kekse. „Das sieht aus wie ein Überlebensset für jeden Autor. Tee, Wasser und Kekse? Da fehlt nur noch die Schokolade."

Er lächelte sie schief an und zog dann einen Twix-Riegel aus seiner hinteren Hosentasche. „Ich hatte vor, den am Ende meiner Wanderung zu essen, aber zu deinem Glück wurde ich abgelenkt." Er legte die Süßigkeit auf den Tisch zu den Keksen, ging dann zurück und widerstand dem Drang, sie zu küssen. Dieser Moment war vorüber. „Ruf mich an oder schreib mir, wenn du was brauchst, während ich weg bin, okay?"

Sie verdrehte die Augen. „Mir geht's gut, Logan. Geh und kümmere dich um deinen Bruder. Ich werde die Hände voll damit zu tun haben, am nächsten Kapitel zu arbeiten. Wie es immer heißt, die beiden schwierigsten Dinge, die man schreiben kann, sind Kampfszenen und Sexszenen."

Interessiert hob er eine Augenbraue. „Was ist es denn diesmal?"

Sie hob den dunklen Blick zu seinem und sagte: „Es hätte eine Kampfszene werden sollen, aber inzwischen glaube ich, dass das ganze Vorgeplänkel vermutlich sexuelle Anspannung war."

Logan schluckte schwer, und mit einem Nicken machte er dann auf dem Absatz kehrt und verschwand die Stufen hinab.

In knapp zehn Minuten fuhr er auf seine Zufahrt zu dem Haus, das er vor ein paar Monaten gekauft hatte. Es war gleich im Außenbezirk von Keating Hollow, über dem Fluss, mit einer Aussicht auf die Berge. Es gab eine Handvoll Häuser in der Nähe, sodass er ein paar Nachbarn hatte, aber sie waren durch einen oder zwei Morgen Land getrennt, was jedem Haushalt eine Menge Privatsphäre verschaffte. Nachdem er sein ganzes Leben in Städten verbracht hatte, war das ein willkommener und nötiger Wandel.

Als er Keating Hollow zum ersten Mal besucht hatte, hatte er einen Frieden gefunden, von dem er nichts geahnt hatte. Nicht einmal, als er die Kleinstädte an der ganzen Westküste besucht hatte, oder die kleinen Dörfer in Maine und Vermont. Er hätte gedacht, es wäre ihm bestimmt gewesen, auf ewig ruhelos zu sein, die ganze Zeit umzuziehen, nach etwas suchen, das es nicht gab. Unerwartet hatte er es in dieser kleinen magischen Stadt gefunden, die eher aussah wie etwas aus einem verzauberten Grußkartenset als ein Ort, an dem wirklich Menschen lebten.

Er hatte seinen Platz gefunden. Und jedes Mal, wenn er zu seinem Haus auf dem Hügel fuhr, kam alles in ihm zur Ruhe. Aber diesmal, als er aus seinem SUV stieg, spannte sich seine Brust wegen des Anblicks auf seiner Veranda an. Sein Bruder wirkte geschlagen und hatte eine Traurigkeit um sich, die um seine Augen eingesunken war, was Logan dazu brachte, Calvin Bishop erwürgen zu wollen. Der Mann hatte mehr oder weniger Seth das Herz herausgerissen, und nun ließ er ihre Band vor die Hunde gehen, und das nur, weil er ein egoistisches Arschloch war.

Logan marschierte hinüber zu seinem Bruder, gab ihm seine Hand und zog ihn in eine Bärenumarmung hoch. „Ist schön, dich zu sehen, Mann."

„Dich auch", brachte Seth hervor.

Einen langen Augenblick hielten sie einander fest, bis Seth schließlich zurücktrat und sich räusperte. „Danke, dass du gekommen bist. Es wurde allmählich kalt hier."

Logan nickte, sperrte seine Eingangstür auf und zerrte dann Seths Koffer in den kleinen Eingangsraum. „Gar kein Problem. Aber ich könnte deine Hilfe mit etwas brauchen, wenn du nicht irgendwas Dringendes zu tun hast."

Seth lachte. „Ich soll schon für meine Unterkunft malochen?"

„Genau. Hier gibt es keine Freifahrten", scherzte Logan. „Ich muss nur das Auto einer Freundin abholen und es zurück zu ihrem Haus fahren. Aber jemand muss mich hinbringen. Bist du bereit für eine kurze Fahrt?" Wenn er sowieso schon unterwegs war, könnte er auch gleich sein Versprechen halten, dass er sich um Georgias Auto kümmern würde.

„Klar. Lass mich nur erst mal kurz ins Bad."

Logan deutete auf den Gang und begab sich in die Küche, wo er ihnen beiden eine Tasse Kaffee machte. Bis Seth zurück war, wartete Logan an der Eingangstür mit zwei Reisebechern. „Hier." Er reichte Seth einen und führte ihn zurück nach draußen.

„Danke, Bruder", sagte Seth, während er auf den Beifahrersitz stieg. „Woher wusstest du, dass ich das brauche?"

„Du siehst aus, als hättest du monatelang nicht geschlafen", erwiderte Logan. „Ein Wochenende im Spa könnte vermutlich diese dunklen Ringe unter deinen Augen heilen."

Seth grinste. „Vielen Dank, Prinzessin. Nicht alle von uns haben den Luxus, bis mittags zu schlafen."

Logan grinste ihn an. „Ich würde lieber schlafen, als mich mit Groupies herumzuschlagen."

„Das trifft auf uns beide zu", murmelte Seth und nippte ein weiteres Mal lange an einem heißen Kaffee.

„Lügner", sagte Logan mit einem Zwinkern. Er wusste, dass sein Bruder für die Musik lebte. Obwohl Logan sicher war, nach den letzten paar Monaten, die er durchgemacht hatte, könnte er eine nette lange Pause vertragen.

„Wir werden sehen." Seth wandte seine dunkelblauen Augen seinem älteren Bruder zu. „Jetzt erzähl mir mal von dieser Freundin, die du da hast. Warum holst du ihr Auto für sie ab?"

„Was soll denn daran so besonders sein?", fragte Logan, obwohl er wusste, dass er ihn vermutlich nicht lange würde hinhalten können.

„Ernsthaft?" Sein Bruder warf ihm einen ungläubigen Blick zu. „Verarsch mich doch nicht. Wer immer sie ist, du magst sie. Sehr."

„Hör auf. So ist es nicht. Wir sind nur befreundet." Und obwohl das stimmte, war es nicht die ganze Wahrheit. Zwischen ihnen war eine Menge mehr als nur Freundschaft am Laufen.

„Was immer du sagst, Bruder", meinte Seth, der den Kopf schüttelte. „Und da du nicht über deine mysteriöse Frau reden willst, erzähl mir was von deinem neuesten Buch. Wie läuft es denn?"

„Gar nicht. Noch nicht auf jeden Fall. Ich habe noch nicht angefangen." Logan fuhr den Feldweg entlang, der zu dem Anfang des Wanderwegs führte, wo sie Georgias Auto hatten stehen lassen.

„Also hängst du nur mit deiner guten Freundin rum und tust ihr einen Gefallen?", fragte Seth mit unschuldiger Stimme.

„Nein. Ich mache andere Dinge", erwiderte Logan abwehrend.

„Wie etwa?" Seth drehte sich und schaute Logan an, während sie neben Georgias silbernem Audi zum Halten kamen.

Logan bemühte sich, sich etwas anderes einfallen zu lassen

als seine täglichen Wanderungen, und ohne nachzudenken, sagte er: „Ich habe an einer Jam-Session mit ein paar Jungs aus der Stadt teilgenommen."

Seth riss die Augen auf. „Du hast Gitarre gespielt?"

Verdammt. Logan runzelte die Stirn und trat sich innerlich, weil er erzählt hatte, dass er wieder gespielt hatte. Sein Bruder würde jede Lüge durchschauen, selbst eine, bei der er nur etwas ausließ.

„Du hast es getan, oder?", fragte Seth, Ehrfurcht in seinem Tonfall. „Du spielst wirklich wieder?"

„Also gut. Ja, ich habe während der Jam-Session gespielt, und ich habe einer Freundin ausgeholfen, als das Karaoke-Sound-System ausgefallen ist, während sie in der Brauerei gesungen hat. Es war kein großes Ding."

Seth schüttelte verwundert den Kopf. „Sie muss ja wirklich was Besonderes sein, wenn sie dich zurück an die Gitarre bringt."

„Lass es, Seth."

„Wenn du es sagst. Aber ich muss nur eines loswerden, und dann lasse ich es auf sich beruhen."

Logan seufzte. „Also gut. Spuck es aus."

Seth schaute seinem Bruder in die Augen. „Es ist längst an der Zeit, dass du dein Herz wieder öffnest."

„Nein, ist es nicht", schoss Logan zurück. „Und du kennst den Grund."

„Du kannst nicht immer alle aussperren", sagte Seth mit einem Seufzen. „Du hast Liebe in deinem Leben verdient. Du kannst dir nicht weiter Selbstvorwürfe machen."

Logan schüttelte den Kopf und stieg aus seinem SUV. Ohne ein weiteres Wort zu sagen, sperrte er Georgias Auto auf und stieg auf den Fahrersitz.

Während Seth aus dem SUV sprang, rief er: „Du bist nicht

51

verflucht, Logan. Manchmal passieren einfach schlimme Dinge. Hör auf, dich zu bestrafen."

Mit zusammengebissenen Zähnen startete er Georgias Auto und fuhr rückwärts aus der Parklücke.

Seth kam herüber an das Fenster und wedelte mit der Hand, um Logan zu bedeuten, es herabzulassen.

„Ich will darüber nicht reden", sagte Logan, der direkt nach vorne schaute.

„Schon gut. Ich wollte nur wissen, wann du zurück im Haus sein wirst."

Logan drehte sich, um ihn anzuschauen. „Keine Ahnung. Schreib mir, falls du irgendwas brauchst."

„Ich komme klar", erwiderte Seth.

„Daran habe ich keinen Zweifel." Sobald sein Bruder einen Schritt zurücktrat, fuhr Logan flott aus der Parklücke, ließ eine Staubwolke in seinem Rückspiegel hinter sich.

KAPITEL 7

Sobald Georgia ihre Tür zuschlagen hörte und das Brummen von Logans SUV in der Ferne verklang, schnappte sie sich ihr Handy und rief ihre Tante Dee an. Ihre Handflächen begannen zu schwitzen, während sie darauf wartete, dass ihr Lieblingsmensch den Anruf beantwortete.

„Hey, Kleine. Ist ja längst Zeit, dass ich was von dir höre. Wie lang ist es her? Drei? Vier Wochen?", sagte ihre Tante zur Begrüßung.

Schuldgefühle krochen Georgias Rückgrat empor. Es war wirklich zu lange her, seit sie sich bei ihrer Tante gemeldet hatte. „Tut mir leid, Tante Dee. Ich habe mich in mein neues Buch eingegraben. Du weißt doch, wie ich manchmal werde."

„Ach, das weiß ich. Mir fehlt es nur, mit dir zu reden. Also, erzähl mir alles. Wie geht es dir in Keating Hollow? Wie läuft das Buch? Und bitte erzähl mir, dass du einen heißen Typen gefunden hast, der sich ein paar Abende die Woche um dich kümmert."

Georgia schüttelte den Kopf. Ihre Tante war viel zu sehr an ihrem nicht existenten Liebesleben interessiert. „Niemand führt mich ein paar Abende die Woche aus. Keating Hollow ist wunderbar wie eh und je, und ich erwarte auf jeden Fall, dass du mich über die Feiertage besuchen kommst. Was das Buch angeht … Na ja, aus diesem Grund rufe ich dich an."

„Willst du über ein paar Ideen mit mir reden?", fragte sie aufgeregt. Tante Dee liebte es, über die Handlung von Büchern zu reden. Meist waren ihre Vorschläge völlig überzogen, und Georgia und nutzte sie fast nie. Aber oft lösten sie weitere Ideen aus, die am Ende genau das waren, was Georgia brauchte, damit ihre Geschichten funktionierten. Oft waren diese Plaudereien für Georgia unbezahlbar.

„Nein, heute nicht. Tatsächlich habe ich mich gefragt, ob du von irgendwelchen Hexen in unserer Familie weist, die Seher oder Geisthexen waren", sagte Georgia.

„Klar. Tante Lenora war eine Geisthexe. Manchmal hatte sie Visionen. Die meisten davon waren allerdings sehr unzuverlässig. Wie damals, als sie mir erzählt hat, ich würde einen Feuerwehrmann heiraten und an den Strand ziehen."

Georgia runzelte die Stirn. „Aber du *hast* einen Feuerwehrmann geheiratet und *bist* an den Strand gezogen."

„Schon. Aber er wurde gefeuert, zwei Monate, nachdem wir geheiratet hatten, und ist dann mit so einem Flittchen aus Mr. Richards Mitternachts-Revue abgehauen. Drei Wochen später wurde ich rausgeworfen und musste in ein Ein-Zimmer-Apartment in der Innenstadt von L.A. ziehen, zusammen mit der müffligen Kate aus dem Diner." Sie schnaubte laut und verärgert. „Es war auf keinen Fall das glückliche Ende, das sie versprochen hat."

„Nein, danach klingt es nicht." Aber trotzdem war die Vision richtig gewesen. „Was ist mit deiner Tante Lenora passiert? Hatte sie weiterhin diese Visionen?"

„Ja. Jede Menge. Oft ging es um Zeug, das mit der Post

kommen würde, oder ob es später noch regnen würde. Daran habe ich nie geglaubt, da das meiste viel zu leicht vorherzusagen war. Es ist nicht schwer, zu wissen, dass die Stromrechnung jeden Monat am selben Tag kommt, oder den Regen vorherzusagen, wenn bereits die Regenwolken am Horizont aufziehen. Weißt du, was ich meine?"

„Ja, das würde mich auch skeptisch machen", stimmte Georgia zu. Sie entspannte sich am Kopfende ihres Bettes und wartete darauf, dass ihre Tante weiterredete, weil sie wusste, dass sie noch nicht fertig damit war, sich über ihre Verwandte auszulassen.

„Aber denk bloß nicht, sie wäre keine mächtige Seherin gewesen", warnte sie Dee.

„Das würde mir im Traum nicht einfallen."

„Verdammt richtig. Denn Tante Lenora hat sich als Heldin von Cricket Moon Landing erwiesen. Sie war diejenige, die eine Vision des kleinen Henry Vernon hatte, der in Fredericks Scheune schlief, als sie in Flammen aufging, weil die Elektrik so dürftig war. Hätte sie nicht sofort den Sheriff angerufen, wäre es an diesem Tag zur Tragödie gekommen. Stattdessen wuchs der kleine Henry auf und wurde Feuerwehrmann, der eigenhändig Tante Lenoras Haus gerettet hat, als es Feuer fing, nachdem bei einem Waldbrand Funken auf ihr Dach flogen."

„Wow. Das ist ja ein geschlossener Kreis", sagte Georgia. „Toll, wie das alles funktioniert hat."

„Tante Lenora war ein Engel, selbst wenn manche ihre Talente anzweifelten. Sie hat einfach weiter Menschen gewarnt, wenn sie eine Warnung brauchten, und die Leute weggeschickt, die sie ablehnten. Ehrlich, sie war richtig hart drauf. Ich hoffe, ich hab auch nur einen Bruchteil von ihrem Schneid."

„Daran besteht kein Zweifel. Du hast mehr Schneid als

sonst jemand, den ich kenne", sagte Georgia und meinte es auch ernst. Ihre Tante Dee war so schillernd, dass es manchmal blendete.

„Vielen Dank, meine Liebe. Aber nun musst du mir erzählen, weshalb du mich zu Sehern und Geisthexen befragt hast." Ihr Tonfall wurde ernst, als sie fragte: „Hattest du eine Vision?"

„Irgendwie schon, aber nicht hundertprozentig." Georgia schnappte nach Luft. „Es ist eher schon so, als hätte ich Ereignisse dazu gedrängt, wahr zu werden."

„Du meinst, absichtlich? Du hast nicht versucht, irgendwelche Zauber zu wirken, oder so?" Der wertende Unterton ließ sich nicht überhören.

„Nein. Nichts dergleichen. Du weißt doch, dass ich keine Magie habe. Oder zumindest dachte ich, die hätte ich nicht", sagte Georgia. „Kürzlich habe ich ein neues Buch angefangen, und einige der Szenen, die ich geschrieben habe, haben sich genauso im echten Leben abgespielt."

„Was heißt denn das? Du hast eine Szene geschrieben, und dann was? Hast du sie in den Nachrichten gesehen oder so was?"

„Oder so was", gab Georgia zu. „Sie sind mir passiert." Sie fuhr fort, um die beiden Szenen zu beschreiben, die sie geschrieben hatte, und die sich in ihren Interaktionen mit Logan gespiegelt hatten. „Ich fürchte, dass ich unabsichtlich diese Ereignisse passieren lasse. Ist das möglich?"

Am anderen Ende der Leitung herrschte Schweigen.

Georgia wartete ein paar Sekunden, bevor sie fragte: „Tante Dee? Bist du noch da?"

„Ich bin da, Kleine. Ich denke nur nach. Ich habe noch nie von jemandem gehört, der etwas ohne einen starken Zauber oder einen Trank ins Dasein gerufen hat. Da du das nicht machst, bezweifle ich, dass das passiert."

„Aber ich schreibe sie auf, und dann geschehen sie wirklich. Mir. Bist du sicher, dass ich diese Ereignisse nicht erzwinge? Was passiert, wenn ich eine Szene schreibe, in der jemand stirbt? Oder krank wird? Oder etwas Unverzeihliches tut? Ist das dann meine Schuld? Wie soll ich jemals ein weiteres Buch schreiben?" Georgia hatte inzwischen Panik, und ihr Puls raste.

„Georgia", sagte Dee. „Hör mal, ich weiß, wie du dich fühlst, aber ich glaube wirklich, dass du vermutlich nicht für diese Ereignisse verantwortlich bist. Ich schätze, es ist eher so, dass du die Ereignisse in deinem Verstand siehst, und dann darüber schreibst. Also wahrscheinlich wäre es trotzdem passiert, ob du nun darüber geschrieben hättest oder nicht."

„Wahrscheinlich? Vermutlich? Keines dieser Worte gibt mir die Art Zuversicht, die ich brauche, um dieses Buch abzuschließen. Wie kann ich weiterschreiben, wenn ich Leute und Ereignisse beeinflussen könnte? Was ist, wenn ich eine Liebesszene schreibe und im Bett mit jemandem lande, ohne dass derjenige es will?" Allein der Gedanke daran sorgte dafür, dass sich ihr der Magen umdrehte. „Ich kann doch keinen Liebesroman ohne Liebe schreiben!"

Dee kicherte. Sie kicherte tatsächlich. Zum ersten Mal in ihrer Erinnerung wollte Georgia ihre Tante anbrüllen und verlangen, dass sie ihr erzählte, was genau sie für so witzig hielt. Stattdessen biss sie die Zähne zusammen und sagte: „Es wird spät. Ich sollte mal etwas Ruhe bekommen."

„Ach, meine Liebe. Es tut mir leid. Ich erkenne, dass du wütend auf mich bist. Es war nur, dass du meines Erachtens zu viel in das Ganze hineininterpretierst. Selbst wenn du die

Ereignisse ins Dasein schreibst, habe ich das starke Gefühl, dass du niemals mit jemandem im Bett landen würdest, der dort nicht sein will, und das sage ich mit tausendprozentiger Sicherheit."

„Ach, na ja. An dieser Stelle habe ich gerade Angst, auch nur das Haus zu verlassen, falls ich irgendein Zeug nachspiele, das ich geschrieben habe." Nicht, dass sie das Haus verlassen musste, um Logan zu sehen. Ohne Zweifel würde er in nur wenigen Minuten wieder da sein. „Das letzte, was ich brauche, ist ein Wolfs-Gestaltwandler, der mich beißt, damit ich an ihn gebunden bin."

„Glaubst du wirklich, dass so etwas je passiert?", fragte Dee sehnsüchtig. „Ich könnte auf jeden Fall etwas Action brauchen, um die Dinge hier drüben lebendiger zu machen."

„Tante Dee! Komm schon. Sei mal ernst."

„Also gut. Ich gebe dir Ernst. Wenn du dir wirklich Sorgen machst, dass du diese Ereignisse ins Dasein rufst, geh und suche dir einen Kräuterkundigen. Lass dir von ihm oder ihr etwas brauen, das diese besondere Kraft beeinträchtigen würde. Dann geh nach Hause und schreib die heißeste Sexszene, die dir einfallen will."

„Warum gerade die?", fragte Georgia.

„Denn falls der Tank nicht wirkt, kannst du das Leben ja auch gleich richtig auskosten, oder?" Sie kicherte. „Ich meine, wenn es passiert, soll es sich zumindest gelohnt haben."

„Da liegst du so falsch", sagte Georgia, die den Kopf schüttelte. „Ich kann nicht glauben, dass du das gesagt hast."

„Doch, kannst du", sagte Dee. „Ich habe damals zu meiner Zeit schon viel Schlimmeres gesagt. Jetzt erzähl mir von diesem Logan und weshalb du ihn noch nicht angesprungen hast."

„Vergiss es. Wir sind Freunde", beharrte Georgia.

„Genau. Und ich habe meinen Feuerwehrmann nicht

geheiratet, weil ich mit dem attraktivsten Mann schlafen wollte, der mir je begegnet war. Falls ich ihn länger als fünf Minuten mit mir hätte reden lassen, hätte ich eine andere Entscheidung getroffen. Aber trotzdem, ich bedaure nichts. Dieser Mann hatte einen so großen …"

„Tante Dee! Halt", sagte Georgia kichernd. „Ich muss nicht die Einzelheiten deines Liebeslebens erfahren."

„Liebeslebens?", fragte sie mit gespielter Entrüstung. „Ich wollte doch nur sagen, dass er einen so großen Bizeps hatte, dass ich für unsere Hochzeit einen maßgeschneiderten Anzug bestellen musste."

„Alles Lügen", sagte Georgia lachend. „Lügen. Aber ich gratuliere. Es klingt, als hätte er dir echt eine gute Zeit beschert, bevor er mit diesem Flittchen abgehauen ist."

Tante Dee stieß ein leises Seufzen aus. „Das kann man wohl sagen. Das Einzige, was ich an ihm vermisst habe, war sein …"

„Gute Nacht, Tante Dee. Ich liebe dich."

„Ich liebe dich auch, meine Kleine. Pass mit dem Knöchel auf und ruf mich morgen an. Ich will unbedingt wissen, wie der Abend läuft, nachdem dein Typ zurückkommt."

„Er ist nicht mein Typ. Er ist ein Freund, der von den Nebeneffekten meines Schreibens betroffen ist", sagte Georgia.

„Ja. Ich verstehe schon. Ich hoffe, du hast dir heute früh die Beine rasiert." Dee kicherte und fügte an: „Nacht, meine Liebe. Wir reden bald wieder."

Die Leitung war tot, und Georgia ließ das Handy sinken, während sie den Kopf zurück an die Kopfstütze lehnte. Sie hatte keine Antworten bekommen, und es stand überhaupt nicht zur Debatte, eine Sexszene zu schreiben. Vielleicht sollte ihre nächste Szene davon handeln, dass sie den männlichen Part übers Wochenende aus der Stadt schickte. Dann würde keine Gefahr bestehen, dass sie Logan dazu zwang, irgendwas zu tun. Na ja, außer die Stadt zu verlassen.

Das konnte sie nicht. Sein Bruder war gerade gekommen. Und ob es ihr gefiel oder nicht, sie saß im Bett fest und brauchte Hilfe. Oder zumindest brauchte sie die bis zum nächsten Tag, bis sie ihre Krücken bekam. Vielleicht konnte sie bis dahin die Zeit finden, zu einer Kräuterkundigen zu gehen, um einen Trank zu erhalten, der ihre neu erworbene magische Fähigkeit neutralisierte.

Über dreißig Jahre lang hatte Georgia gedacht, sie hätte beim magischen Gen den Kürzeren gezogen. In ihren jüngeren Tagen hatte sie sich ihres Geburtsrechts beraubt gefühlt. Jeder in ihrer Familie hatte Magie. Ihre Mutter, ihre Tante, ihre Großmutter. Aber Georgia nicht. Zumindest nicht bis jetzt. Aber das fühlte sich sehr viel mehr wie ein Fluch an und nicht wie eine Gabe. Hatte das ihre Mutter gemeint, als sie Georgia erzählt hatte, dass das Dasein als Hexe genauso sehr Last wie Segen war?

Vielleicht. Sie nahm ein gerahmtes Bild von ihrem Nachtkästchen und schaute das Foto an, das von ihr und ihrer Mutter nur wenige Tage nach Georgias Abschluss am College geschossen worden war. Sie hatten die Arme umeinander gelegt und lachten. Nur eine Woche später hatte Georgia den Anruf erhalten, dass ihre Mutter ein Gehirnaneurysma gehabt hatte und einfach so weg war. Georgia war monatelang danach betäubt gewesen. Nicht nur hatte sie ihre Mutter verloren, sondern auch ihre beste Freundin. Es war das schlimmste Jahr ihres Lebens gewesen, und sie weinte immer noch, wenn sie zu lange darüber nachdachte.

„Was meinst du denn, Mom?", fragte Georgia die Frau auf dem Bild. „Schreibe ich Zeug auf, das ich sehe, oder rufe ich Zeug herbei, das Wirklichkeit wird, indem ich es schreibe?"

Georgia wartete auf eine Art Antwort vom Universum, aber nichts kam zurück, nicht mal das Flüstern einer Umarmung, das sie normalerweise spürte, wenn sie zu ihrer Mutter sprach. Es gab nur Stille. Georgia schlang die Arme um sich und fügte an: „Ich vermisse dich mehr denn je."

Die Luft im Raum wurde wärmer, und einfach so spürte sie die Umarmung, nach der sie sich sehnte.

Georgia lächelte und entspannte sich an der Kopfstütze. Sie hatte ja vielleicht keine Antworten, aber ihre Seele hatte sich beruhigt. Und das reichte vorerst.

KAPITEL 8

*A*uf seinem Weg hielt Logan spontan bei *Ein Löffelchen Magie* an. Das Schaufenster war mit einer detailreichen essbaren Herbstszenerie aus Schokolade dekoriert. Es gab ein großes weißes Bauernhaus am Ende einer von Bäumen gesäumten Straße mit verzauberten roten und orangenen Blättern, die in der Brise raschelten. Die Nostalgie beruhigte ihn, und er fragte sich, wie er jemals in den verschiedenen Betonstädten gelebt hatte, in denen er sich im Lauf der Jahre niedergelassen hatte.

Die Tür öffnete sich, und eine Frau mit grauen Locken steckte den Kopf heraus. „Suchen Sie nach was Bestimmtem?"

Er warf einen Blick hinüber zu der Frau mit den freundlichen Augen und sagte: „Ja. Haben Sie was, das wie ein Anti-Liebestrank funktioniert?"

Sie öffnete die Tür weiter, trat heraus und musterte ihn einen Augenblick lang. Sie kniff die Augen zusammen, während sie das Gesicht verzog. „Ich glaube nicht, dass Sie einen Anti-Liebestrank brauchen. Sieht ganz so aus, als hätten

Sie bereits Mauern um Ihr Herz errichtet. Oder ist der für jemand anderen?"

Logan starrte sie an. „Äh, was?"

„Kommen Sie rein. Wir werden sehen, ob wir was finden, das sie brauchen." Sie lächelte freundlich und hielt die Tür für ihn auf.

Er wusste nicht, was in aller Welt dafür sorgte, dass er ihr in den Laden folgte. Er hätte einfach zurück in Georgias Auto springen und losfahren sollen, aber an der älteren Frau war irgendetwas Anziehendes, eine Weisheit, die ihn neugierig darauf machte, zu sehen, was sie ihm empfehlen würde. „Ja, okay."

Der üppige Geruch nach exquisiter Schokolade drang auf seine Sinne ein, sodass ihm der Mund wässrig wurde. Er sah sich auf den Regalen um, bemerkte die abgepackte heiße Schokolade, die alles zu sein behauptete, von Liebestränken bis hin zu Seren gegen das Altern. Kein Wunder, dass der Laden so beliebt war. Wer wollte sich denn schon mit Salben und Kräuterpillen herumschlagen, wenn man auch einen leckeren heißen Kakao trinken konnte?

„Sie sind Logan, oder?", fragte die Frau, die ihm ihre Hand hinhielt. „Ich bin Miss Maple, die Besitzerin von *Ein Löffelchen Magie*. Es ist schön, Sie endlich kennenzulernen."

Logan schüttelte ihr die Hand und lächelte sie an. „Ich bin doch nicht so berüchtigt, oder?"

Sie zuckte mit den Schultern. „Wir kriegen hier vor Ort mit einer Menge Schriftstellern zu tun. Es spricht sich rum, wenn sie in der Stadt sind. Sobald man mal beim Buchladen Halt macht und dort Bücher signiert, hört jeder davon."

Er lachte leise. „Kleinstadtgerüchte. Das ist überall dasselbe, oder nicht?"

„In Keating Hollow ist es nicht ganz dasselbe. Wir

kümmern uns um unsere Leute, also können Sie sich sicher sein, dass niemand Touristen Ihr Haus zeigen wird oder so was." Sie setzte sich an einen der Tische und lud ihn mit einem Nicken ein, sich ihr anzuschließen.

Er setzte sich, als wäre er dazu gezwungen, und fragte sich, ob Miss Maple einen kleinen Nötigungszauber nutzte, denn diese ganze Interaktion war für ihn völlig außerhalb der Norm.

„Jetzt erzählen Sie mir, wonach Sie suchen", sagte Miss Maple. Ihre braunen Augen waren freundlich, während sie geduldig darauf wartete, dass er etwas sagte.

„Nur etwas, das ich Georgia vorbeibringen kann. Sie hat sich heute den Knöchel verletzt, und ich will ihr was mitbringen, das sie ein wenig aufheitert."

Sie nickte nachdenklich. „Was ist mit Ihnen? Sie haben mich nach einem Anti-Liebestrank gefragt. Versuchen Sie aktiv, sich nicht in … jemanden zu verlieben?"

Er räusperte sich. „Ja, ich schätze, das könnte man so sagen. Ich bin nicht wirklich für Beziehungen geschaffen."

Die ältere Frau presste die Lippen fest aneinander. „Das sehe ich überhaupt nicht so. Ihre Aura legt nahe, dass Ihre Loyalität größer als die Welt ist. Loyale Menschen neigen dazu, sich am tiefsten auf etwas einzulassen."

Logan rückte auf seinem Stuhl herum, mehr als nur etwas unbehaglich wegen ihrer Unterhaltung, aber trotzdem schien er nicht den Willen aufbringen zu können, aufzustehen und zu gehen. „Ich habe bereits meine Seelenverwandte getroffen und verloren. Das passiert nicht zweimal."

„Sind Sie da sicher?" Miss Maple erhob sich und ging hinter den Tresen. Nachdem sie in einem Schrank herumgewühlt hatte, kehrte sie an Logans Tisch zurück und reichte ihm zwei Päckchen. „Das rote ist für Ihre Dame. Das weiße ist für Sie."

„Was ist denn das?"

Sie lächelte sanft. „Das rote wird Georgia helfen, sich zu entspannen. Ich bin mir sicher, das braucht sie. Das weiße ist für Sie, und es hilft, Klarheit zu finden. Ich bin sicher, Sie fühlen sich unsicher oder verwirrt, und es wird helfen, alles abzulegen, was Ihr Urteilsvermögen vernebelt. Es wird es leichter machen, sich auf das zu konzentrieren, was Sie wirklich wollen und brauchen."

Er runzelte die Stirn. „Es klingt schon mehr wie ein Kraut, das mich dazu bringt, meine Überzeugungen zu vergessen."

„Vergessen?" Sie schüttelte den Kopf und lächelte ihn warm an. „Nein. Wie ich sagte, es soll Klarheit bringen. Sie müssen es nicht essen, aber es ist da, falls Sie es möchten."

Logan war sicher, dass ihn Miss Maple auf den Arm nahm, aber er konnte sich trotzdem nicht dazu durchringen, Nein zu sagen. Sie hatte wohl irgendeine niedrigschwellige Magie in die Luft gelegt, denn er benahm sich überhaupt nicht wie er selbst. Er hätte niemals Tränke oder Nahrungsmittel gekauft, die mit Kräutern angereichert waren, die seine Gedanken verändern würden. Trotzdem zog er seine Geldbörse heraus und sagte: „Wie viel schulde ich Ihnen?"

Miss Maple tätschelte ihm die Hand. „Das geht aufs Haus. Bitte sagen Sie Georgia, dass mir das mit ihrem Knöchel leidtut und ich mich darauf freue, sie zu treffen, sobald sie wieder auf den Beinen ist."

„Ja, okay", sagte Logan. „Das mache ich."

Miss Maple steckte die Schokolade in eine Tüte und fragte: „Kann ich Ihnen ein paar heiße Schokoladen bringen, bevor Sie gehen?"

„Nur, wenn Sie mich dafür bezahlen lassen", beharrte er.

„Abgemacht." Miss Maple eilte hinter den Tresen und rührte zwei heiße Schokoladen an, komplett mit echter

Schlagsahne. Nachdem Logan gezahlt und großzügig Trinkgeld gegeben hatte, brachte sie ihn an die Tür. „Einen schönen Abend, Logan. Es war wunderbar, Sie endlich kennenzulernen."

„Sie auch, Miss Maple. Ich habe gehört, dass Sie auf dem Wochenmarkt viele wunderbare Leckereien anbieten. Nächstes Mal komme ich bei Ihrem Stand vorbei."

„Bitte tun Sie das. Das würde mir gefallen." Sie öffnete die Tür und ging hinaus auf den Bürgersteig mit Kopfsteinpflaster, sperrte hinter ihnen ab. „Fahren Sie vorsichtig", sagte sie, und dann ging sie die Straße entlang und verschwand um die Ecke, bevor Logan auch nur ins Auto steigen konnte.

Während er zurück zu Georgias Haus fuhr, war er mit seiner Begegnung mit der Ladenbesitzerin beschäftigt. Sie fühlte sich an wie die Oma, die er nie gehabt hatte, und obwohl er sicher war, dass er von ihrer Magie beeinflusst worden war, mochte er sie und hatte nichts dagegen, mehr Zeit mit ihr zu verbringen. Vielleicht war sie genau das, was er brauchte. Jemanden, mit dem er über alles und nichts reden konnte, selbst wenn er sich niemals an ihren Rat hielt.

Logan schüttelte den Kopf und stieß ein lautes Lachen aus. Es passte einfach zu gut, dass neben Georgia diejenige, mit der er sich am liebsten anfreunden wollte, eine Großmutterfigur war, die einen Schokoladenladen besaß.

Er lachte noch immer vor sich hin, als er am Ende der Hauptstraße an ein Stoppschild kam. Nachdem er angehalten hatte, stieg er aufs Gas und sofort wieder auf die Bremse, als aus dem Nichts ein Auto erschien. Die Bremsen quietschten, und das Auto kam rumpelnd zum Stillstand, aber erst als er an den hinteren Kotflügel des schwarzen Cabrios gestoßen war.

Logans Herz hämmerte an seinen Rippen, während er kurz

DEANNA CHASE

nur da saß, erschüttert, dass er das andere Fahrzeug erst gesehen hatte, als es schon zu spät gewesen war.

Die Autotür sprang auf, und ein hochgewachsener, dunkelhaariger Mann stieg aus. Er ging zur Seite seines Autos und musterte den Schaden, bevor er sich wieder zu Logan begab.

Nachdem er sich sein Handy vom Beifahrersitz geschnappt hatte, stieg Logan aus dem Auto. „Hey, Mann. Das tut mir wirklich leid. Ich habe Sie erst gesehen, als es schon zu spät war."

„Wenn Sie ganz stehen geblieben wären, hätten Sie vielleicht mehr Zeit gehabt, sich die Kreuzung anzuschauen, bevor Sie reinfahren", sagte er kalt. Dann beäugte er Logans Handy. „Sieht so aus, als wären Sie damit beschäftigt gewesen, was anderes zu machen, statt zu fahren."

„Was?" Logan richtete sich auf, mehr als nur ein wenig verärgert vom Unterton des Mannes. „Ich habe nicht telefoniert. Ich habe es nur an mich genommen, damit wir den Sheriff rufen können, um den Unfall zu melden."

„Aber klar doch." Er holte sein Handy aus der hinteren Hosentasche und rief jemanden an. Bevor Logan nach der Nummer des Sheriffsbüros in der Stadt suchen konnte, sagte der Mann: „Ja. Ich muss einen Unfall melden."

Logan steckte sein Handy weg und ging hinüber, um den Schaden zu begutachten. Der BMW hatte eine zerbrochene Schlussleuchte und einen leichten Schaden am Kotflügel. Zu seiner Überraschung war die einzige Beschädigung an Georgias Auto eine Beule an der linken Seite der Stoßstange. Das war wohl ein Punkt für den Audi, null Punkte für den BMW.

Es dauerte nicht lang, bis er den Streifenwagen sah, der auf sie zukam. Logan holte seinen Führerschein und seine

Versichertenkarte heraus. Nachdem er die Information für seine Versicherung aufgeschrieben und die Kontaktnummer hinten auf einer Visitenkarte vermerkt hatte, reichte er sie dem anderen Mann, der an der Seite der Straße auf und ab ging. „Hier. Ich habe eine hervorragende Versicherung. Machen Sie sich bloß keine Sorgen."

„Also geben Sie zu, dass Sie schuld sind?", fragte der Mann.

Logan zuckte mit den Schultern. „Ich bin nicht sicher. Sind Sie denn an Ihrem Stoppschild stehen geblieben?"

„Ja", versicherte der BMW-Fahrer.

„Dann haben Sie Ihre Antwort, schätze ich." Logan war sich ziemlich sicher, dass er der Schuldige war, aber er würde gar nichts zugeben. Das sollten doch die Polizei und die Leute von der Versicherung regeln.

„Das ist nicht ..." Der Mann hielt mitten im Satz inne, während er die Karte anstarrte. „Sie sind Logan Malone?"

„Das steht auf meiner Geburtsurkunde", sagte Logan.

„Der *Autor* Logan Manon?", fragte er.

Logan war es nicht ganz geheuer, seine Identität preiszugeben, obwohl der Mann keine fünf Minuten brauchen würde, um es herauszufinden, falls er Google benutzte. Es war ihm nie ganz geheuer, mit Leuten über seinen Beruf zu reden, außer es waren andere Schriftsteller. Er war nicht gut darin, sich wie eine kleine Berühmtheit zu fühlen. Nicht nach der Erfahrung mit seiner Band. Derzeit war er mehr als nur zufrieden damit, Bücher herauszubringen und dann im Hintergrund zu bleiben und sie für sich sprechen zu lassen.

Eine Autotür schlug zu, und Stiefel erklangen auf dem Asphalt, als der Hilfssheriff zu ihnen kam. „Ist wohl ein kleiner Blechschaden", sagte der Polizist. „Wurde jemand verletzt?"

„Nein, uns geht es gut", ließ Logan sich vernehmen. „Es ist genau das, wonach es aussieht."

Der Polizist schaute den anderen Mann an. „Was ist mit Ihnen, Sir?"

„Mir geht es gut. Meinem BMW nicht."

„Das sehe ich schon." Der Polizist schaute sich die beiden Autos an, dann machte er sich daran, die Papiere auszufüllen. Als er fertig war, sagte er: „Sie können sich Abschriften davon irgendwann morgen im Büro abholen, nachdem wir es abgetippt haben."

„Vielen Dank, Officer ...?", setzte Logan an.

„Ich bin Hilfssheriff Baker. Oder Drew." Er hielt Logan eine Hand hin. „Es ist schön, Sie endlich kennenzulernen. Ich habe von meiner Schwägerin Yvette gehört, dass wir einen weiteren Schriftsteller in der Stadt haben."

„Auch schön, Sie kennenzulernen, Drew. Hoffentlich treffen wir uns nächstes Mal unter besseren Umständen", sagte Logan.

„Ja, ich wette, Georgia wird nicht allzu glücklich sein, wenn wir ihr sagen, dass sie eine neue Stoßstange braucht." Drew tippte mit dem Stift auf sein Klemmbrett. „Obwohl ich schätze, es hätte schlimmer sein können."

„Viel schlimmer", stimmte Logan zu. „Hoffentlich hilft ein Kakao von *Ein Löffelchen Magie*, damit es gut über die Bühne geht."

„Schadet sicher nicht." Drew nickte dem anderen Mann zu und sagte: „Schönen Abend, Mr. Steele. Genießen Sie den Rest Ihres Aufenthalts hier in Keating Hollow."

„Nennen Sie mich Austin", sagte Mr. Steele. „So wollte ich meinen Aufenthalt hier nicht anfangen, aber ich weiß zu schätzen, dass Sie sich rasch um die Sache gekümmert haben."

Drew neigte den Kopf, nahm den anderen Mann zur Kenntnis, dann fuhr er in seinem Streifenwagen weg, sodass die beiden Männer allein zurückblieben.

„Na, ich schätze, wenn Sie mir Ihre Kontaktinformation geben, dann sind wir hier fertig", sagte Logan.

„Stimmt." Austin schrieb seine Informationen auf und reichte sie Logan.

„Vielen Dank, Mann. Und es tut mir echt leid wegen Ihres Autos." Er ging schon zu seinem Audi, blieb aber stehen, als der Mann noch etwas sagte.

„Kennen Sie Gideon Alexander?", fragte Austin.

Logan hielt inne, schaute zu dem Mann hin. Alle in der Stadt kannten Gideon. Er war früher mal eine große Nummer in Hollywood gewesen und inzwischen Künstler geworden, um in Keating Hollow mit seiner Schriftstellerkollegin Miranda Moon ein ruhiges Leben zu führen. Was wollte denn dieser Fremde von ihm? Logan hatte keine Ahnung, aber ohne mehr über ihn zu wissen, würde er ihm auf keinen Fall etwas verraten. Außerdem war es nicht schwer, Gideon zu finden. Ihm gehörte die Kunstgalerie vor Ort. Wenn dieser Mann mit ihm reden wollte, könnte er ihn dort nach einer einfachen Recherche im Internet finden. „Kann ich nicht behaupten", log er und stieg dann in den Audi, ohne noch ein Wort zu sagen. Er musste einen Kakao liefern.

KAPITEL 9

Georgia sah auf die Uhr auf ihrem Nachtkästchen und fragte sich, wann Logan zurückkehren würde. Oder hatte er es sich anders überlegt und beschlossen, bei seinem Bruder zu Hause zu bleiben? Das sollte er doch tun. Allerdings, wenn sie ehrlich zu sich war, brauchte sie nicht nur Hilfe, sie wollte ihn hier haben.

Weshalb hatte sie sich ihm so sehr widersetzt, als sie niemanden gehabt hatte, der kommen würde, um bei ihr zu übernachten? Sie wusste, weshalb. Georgia war eine stolze Frau, die den Gedanken hasste, von jemandem abhängig zu sein, erst recht von einem Mann, zu dem sie sich hingezogen fühlte. Weshalb konnte sie nicht anmutiger und weniger anstrengend sein? Nein, stattdessen war sie ein Tollpatsch, der auf den Wanderweg gestürzt war und gerettet werden musste. Hätte sie das Buch geschrieben, hätte die Heldin auf jeden Fall eine Möglichkeit gefunden, aus dem Wald heraus zu gelangen.

Aber das war das echte Leben, und sie konnte die Handlung nicht kontrollieren, wie sie das in ihren Büchern tat.

Mit einem Seufzen öffnete sie ihren Laptop und machte

sich an die Arbeit für Ideen zur nächsten Szene. Sie musste eine Möglichkeit finden, damit das Paar zusammenkommen konnte. Etwas, das den Funken zwischen ihnen zu sprühen brachte.

Sie konnte nicht verhindern, dass sie an die letzten paar Interaktionen dachte, die sie mit Logan gehabt hatte, und von da an formte sich eine Idee. Ihre Finger flogen über die Tastatur, während sie ein paar Notizen dazu aufschrieb, dass die Heldin Gitarre spielen lernte. Natürlich würde der Held ihr Lehrer sein, und nachdem der Held seine Hände auf ihre gelegt hatte, um ihr zu helfen, eine besonders schwierige Abfolge von Noten zu meistern, würden sie sich zum ersten Mal küssen.

Georgia hatte ein paar Stunden drüben bei *Magical Notes* genommen, darum wusste sie zumindest, wovon sich schrieb, als sie diese Szene notierte. Sie beäugte ihren Gitarrenkoffer, der an der Wand ein Stück vom Bett entfernt stand. Sie rutschte hinüber, streckte sich und bekam den Koffer zu fassen. Wenn sie schon eine Szene mit Musik schrieb, wollte sie die Saiten unter ihren Fingern spüren, damit das half, sich darin einzufinden, bis es Zeit wurde, sich ans Tippen zu machen.

Nachdem sie sich an die Kopfstütze gelehnt hatte, das linke Bein angewinkelt und das andere vor sich ausgestreckt, zog Georgia die Gitarre auf ihren Schoß. Das Instrument fühlte sich immer noch unvertraut in ihren Händen an, und sie brauchte etwas Zeit, um eine Position zu finden, die für sie gemütlich war. Dann ließ sie ihre Finger über die Saiten gleiten.

Der Klang der Gitarre beruhigte sie immer, selbst wenn sie nur daran herumspielte. Georgia spielte ein paar einfache Akkorde und lächelte vor sich hin. Ihre Finger waren unbeholfen, aber das machte ihr nichts. Für sie lag die Freude am Spielen selbst, daran, etwas anderes als Worte zu produzieren. Etwas, das nur für sie war.

„Hey", sagte Logan leise vom Eingang aus. „Ich wusste nicht, dass du spielst."

Sie legte die Gitarre schnell zur Seite, verlegen wegen ihres nicht existenten Talents. „Tue ich doch gar nicht. Nicht wirklich. Ich habe vor ein paar Wochen mit Unterricht angefangen. Nur zum Spaß." Sie stieß ein unbehagliches, lautes Lachen aus. „Ich weiß doch kaum, wie ich meine Finger positionieren soll."

„Du hast es gut gemacht." Er lächelte und kam herüber zu einem Sessel an dem Fenster, das zur Rückseite ihres Hauses hinausblickte. Als er sich umdrehte, war das Lächeln weg. „Ich habe Neuigkeiten."

Georgia versteifte sich. Jetzt würde er sagen, dass er nicht bleiben konnte. Ihr Herzschlag beschleunigte sich, und ein nervöser Knoten bildete sich in ihren Eingeweiden.

Entspann dich verflixt noch mal, Georgia, rügte sie sich. *Du überlebst doch eine Nacht, bis du dir verdammte Krücken beschaffen kannst.*

„Okay. Musst du los und den Abend mit deinem Bruder verbringen? Ist alles in Ordnung?", fragte sie.

„Ich gehe nirgendwohin. Nicht, außer du sagst mir, ich soll verschwinden." Er zwang sich zu einem schwachen Lächeln. „Mein Bruder macht ein paar Probleme in seinem beruflichen und persönlichen Leben durch, aber er kommt schon in Ordnung. Nein, es geht um dein Auto."

Sie blinzelte. „Was ist mit meinem Auto? Hattest du Probleme mit dem Reifen? Ich habe gerade einen reparieren lassen, weil ich über einen Nagel gefahren bin. Ich wusste, dass ich ihn stattdessen hätte austauschen lassen sollen."

„Es ist nicht der Reifen. Ich hatte einen kleinen Unfall."

Ihre Augen wurden groß und sie öffnete den Mund, um etwas zu sagen, aber er hob die Hände, hielt sie auf.

„Niemand wurde verletzt, und es ist nur ein kleiner Blechschaden", sagte er. „Du musst eine Stoßstange erneuern oder reparieren. Meine Versicherung wird sich um alles kümmern, oder wenn sie es aus irgendeinem Grund nicht abdecken, mache ich es selbst. Das andere Auto braucht eine neue Schlussleuchte und Reparaturen am Kotflügel."

Die ganze Anspannung floss aus ihr heraus. „Oh. Na, das ist dumm gelaufen. Aber Unfälle passieren, und keiner wurde verletzt." Sie zuckte mit den Schultern. Es nervte, dass sie sich um eine Autoreparatur kümmern musste, aber Georgia hatte niemals eine emotionale Bindung zu ihren Fahrzeugen aufgebaut. Wenn man es reparieren konnte, war es wirklich kein großes Ding. „Ist nur ein Auto."

„Du bist nicht wütend?", fragte er, offensichtlich von ihrer Haltung überrascht.

„Nein. Außer, du hattest das Handy in der Hand, während du gefahren bist, oder irgend so was Doofes." Sie spähte zu ihm. „Das hast du doch nicht getan, oder?"

Er lachte leise und schüttelte den Kopf. „Nein. Ich habe einfach das andere Auto nicht gesehen, bis es zu spät war."

Sie hob eine Schulter. „Solange niemand verletzt wurde, kümmert mich das eigentlich nicht."

„Niemand wurde verletzt", versicherte er ihr. Dann reichte er ihr ein Päckchen von *Ein Löffelchen Magie*. „Ich hab dir was mitgebracht."

„Eine Bestechung, damit ich nicht wütend bin wegen des Autounfalls?", fragte sie, hielt das Päckchen hoch und hob eine Augenbraue. Ihre Lippen zuckten vor Erheiterung, während sie anfügte: „Eine größere Schachtel Pralinen wäre angemessener als Entschuldigung gewesen."

In seinen Augen glitzerte der Schalk, während er den Kopf schüttelte. „Das werde ich nächstes Mal bedenken. Miss Maple hat das für dich ausgesucht. Es ist mit Kräutern angereichert und sollte dir helfen, dich zu entspannen." Logan ging durch das Zimmer und brachte einen Pappbecher, den er auf einem kleinen Tisch neben ihrer Schlafzimmertür hatte stehen lassen. „Ich habe uns heißen Kakao geholt. Ich hoffe, dir ist gerade nach etwas Zucker."

„Immer." Georgia streckte die Hand nach der heißen Schokolade aus. Wenn jemals ein Zeitpunkt gewesen war, an dem sie etwas gebraucht hatte, um sich zu beruhigen, war es jetzt. Seit Logan zurück in ihr Zimmer gekommen war, hatte sie sich völlig angespannt. Anfangs war es ihre Sorge gewesen, dass er gehen würde, und dann wegen des Unfalls. Jetzt lag es daran, dass alle übrigen Sorgen von ihr abgefallen waren, und dass sich die Tatsache nicht mehr leugnen ließ, dass er bei ihr über Nacht bleiben würde. Die ganze Nacht.

Auf Georgias Arme trat eine Gänsehaut, als ihre Finger einander streiften, während er ihr den Kakao reichte. Dieser Funke, den sie am ersten Tag gespürt hatte, als sie sich kennengelernt hatten, war immer noch da. Und sie wollte mehr als alles andere, dass er sich neben sie auf das Bett setzte, anstatt auf den Sessel auf der anderen Seite des Raums. Rasch packte sie die Leckerei von Miss Maple aus und steckte sich das mit Schokolade überzogene Karamellbonbon in den Mund. Sie schloss die Augen und genoss den Leckerbissen.

Logan räusperte sich, und als Georgia die Augen öffnete, hielt er seinen eigenen Kakaobecher und starrte auf den Boden.

„Alles in Ordnung?", fragte sie.

Seine Wangen waren ganz rot, und seine Stimme war rau, als er zu ihr aufschaute und sagte: „Ja. Klar."

„Gut. Was jetzt? Wir könnten Karten spielen, wenn du magst. Oder einen Film gucken."

Er schaute sich um und runzelte die Stirn. „Kein Fernseher?"

„Der ist unten. Du müsstest mich da runtertragen, oder wir könnten etwas auf meinem Computer anschauen." Insgeheim gefiel Georgia der Gedanke sehr, dass sie nahe aneinander auf ihrem Bett saßen und einen Film schauten. Es war vertraut, aber ganz unschuldig. Solange sie ihre Hände bei sich behielt.

Logan griff vor und nahm ihre Gitarre. „Ich habe eine bessere Idee. Seit ich dich in der Brauerei singen gehört habe, habe ich darauf gehofft, deine schöne Stimme noch mal zu hören." Er setzte sich auf die Bettkante und schlug ein paar Akkorde an. „Was meinst du? Gibst du für mich die Sängerin?"

„Du möchtest einfach nur, dass ich singe?", fragte sie vorsichtig, starrte die Gitarre an.

„Wenn du das willst." Er fing an, Gitarre zu spielen, und sie brauchte einen Augenblick, um zu merken, dass er „Say Something" von Great Big World spielte.

„Das habe ich noch niemals auf irgendwas anderem außer dem Klavier gehört", sagte sie.

Er lächelte sie nur an und spielte weiter.

Die Musik nahm sie beinahe sofort für sich ein. Sie wusste nicht, weshalb, aber wenn Logan spielte, fühlte sie sich, als wäre sie gebannt, als würde Magie durch ihr Herz und ihre Seele dringen. Es war keinerlei gedanklicher Vorgang dabei. Sie ließ sich nur einfach direkt in das Lied sinken und spürte es bis ganz hinab zu ihren Zehen, als sie anfing zu singen.

Die Worte strömten aus Georgia heraus, während die lieblichen Gitarrenklänge den Raum erfüllten. Georgia schaute in Logans intensiven Blick und sang die herzzerreißenden Worte mit allem, was sie hatte. Diese Gefühle des Verlusts, die niemals weit weg waren, kehrten brüllend zurück, sodass Tränen in ihren Augen brannten. Als sie den letzten Ton des Liedes sang, lief eine einsame Träne ihre Wange hinab.

Logans Finger kamen auf der Gitarre zum Ruhen, und in der Stille, die folgte, griff er herüber und wischte die Träne sanft weg. Sie schloss die Augen, genoss die Berührung. Als sie sie schließlich öffnete, war immer noch dicht vor ihr.

Georgia räusperte sich, aber Logan zog sich zurück, brachte etwas Platz zwischen sie.

„Das war … wunderbar", sagte sie, ihre Stimme etwas wacklig.

Logan legte die Gitarre auf dem Bett zur Seite und sah sie ehrfurchtsvoll an. „Deine Stimme ist unfassbar."

Georgias Wangen wurden warm. „Vielen Dank. Mir hat das Singen schon immer Spaß gemacht."

„Du hättest eine Solokarriere machen können. Das weißt du, oder?"

„Ich?" Sie stieß ein lautes Lachen aus und zog dann die Gitarre auf ihren Schoß, nur um etwas mit den Händen zu tun zu haben. „Ich wollte doch immer nur Schriftstellerin sein. Singen ist nur so ein Hobby."

Er hob eine Augenbraue. „Wie Gitarre spielen?"

Sie lächelte und fing an, die Seiten anzuschlagen, dann nickte sie. „Klar. Es ist nur so, dass ich weiß, wie man singt. Ich weiß doch kaum, wie ich auf diesem Ding die Hände halten soll."

„Willst du Hilfe?", fragte er.

„Hilfe womit?"

„Beim Spielen." Er stand auf und kam, um sich neben sie zu stellen. „Dreh dich andersrum, zu deinem Fenster hin."

Georgia blinzelte ihn an, eine Warnglocke läutete in ihrem Kopf. Sie konnte sich von ihm nicht helfen lassen, Gitarre zu spielen, nicht nachdem sie sich Notizen gemacht hatte, dass etwas Ähnliches die nächste Szene in ihrem Buch passieren würde. Nein. Nö. Auf gar keinen Fall. „Vielleicht sollten wir es einfach für heute auf sich beruhen lassen."

Er runzelte die Stirn. „Echt? Oh. Ja, klar. Du bist vermutlich erschöpft." Das war sie nicht. Und der Gedanke, weiter mit ihm Musik zu machen, war sehr verlockend. Ihre Finger glitten ein letztes Mal über die Saiten, bevor sie innehielt und ihm das Instrument reichte. „Danke, dass du für mich gespielt hast. Es hat mir echt Spaß gemacht, für dich zu singen."

Logan legte die Gitarre wieder in den Koffer und lächelte sie an, als er ihn an die Wand lehnte. „Jederzeit."

Georgia sah ihn an, während er sich die Hände in die Taschen schob. Keiner von ihnen regte sich, nicht dass Georgia wirklich irgendwo hätte hingehen können. Aber diese elektrisierende Energie zischte wieder zwischen ihnen hin und her, und sie konnte nicht anders, als vorzugreifen und seine Hände in ihre zu nehmen. „Danke, dass du mir heute geholfen hast. Ich weiß nicht, was passiert wäre, wenn du nicht da gewesen wärst."

Er drückte ihre Finger und witzelte: „Du hättest vermutlich keine Delle in der Stoßstange."

Sie verdrehte die Augen. „Ich nehme jederzeit eine Delle in der Stoßstange, wenn ich dafür nicht ein paar Stunden auf dem Wanderweg ohne Hilfe festsitze." Sie hielten sich immer noch an den Händen, und Georgia stellte fest, dass sie nicht loslassen konnte.

Er beäugte ihre Verbindung, und dann setzte er sich neben sie. Sein Blick war intensiv, als er ihr die dunklen Locken aus den Augen strich. „Bist du sicher, dass du bereit bist, es auf sich beruhen zu lassen?"

Ihr stockte der Atem. Sie wusste, dass sie Ja sagen sollte. Ihr

Kopf brüllte danach, dass sie es sagte, ihn nach unten schickte, damit sie nicht in Versuchung kommen würde, aber stattdessen schüttelte sie den Kopf und ließ den Blick auf seinen Mund fallen.

Seine Zunge schnellte vor, befeuchtete kurz seine Lippen. Die Luft zwischen ihnen war aufgeladen, und als er einen Atemzug ausstieß und nach vorne ging, wollte sie zu ihm, konnte sich nicht davon abhalten. Sie seufzte, als seine Lippen ihre streiften.

Die Funken flogen, schickten ein Beben über ihren ganzen Körper. Falls sie geglaubt hatte, es hätte vorher schon eine Verbindung zu ihm gegeben, war das etwas ganz Neues. Es war, als wären sie von einer unsichtbaren Kraft aneinandergebunden.

Logans Hand schloss sich um ihren Nacken, und sie ließ die Augen flatternd zu gehen, als sie sich ihm öffnete, ihn unbedingt schmecken wollte.

Es war viel zu lange her, dass sie einen Mann geschmeckt hatte, und sie genoss die schwachen Spuren von süßem Kakao. „Hmm", murmelte Georgia, während sich zu ihm lehnte, mehr wollte, mehr brauchte.

„Verdammt, das wollte ich tun, seit ich heute Abend hier reingekommen bin", sagte Logan, der sie fester hielt. „Ich glaube nicht, dass ich schon mal etwas mehr wollte."

Georgias ganzer Körper vibrierte vor Verlangen nach seiner Berührung, und sie wollte nichts mehr, als sich zurückzulehnen und ihn über sich zu ziehen. Seinen Körper ganz an ihrem zu spüren, während sie sich an ihm gütlich tat.

Aber seine Worte ... *Ich wollte das tun, seit ich heute Abend hier reingekommen bin.* Vorhin hatte er sie nicht küssen wollen. Erst nachdem sie ihre Notizen für das nächste Kapitel aufgeschrieben hatte.

Verdammt!

Georgia zog sich zurück und drückte ihm eine Hand auf die Brust. „Wir können das nicht tun."

„Was?" Er erstarrte und ließ die Hände sinken, ließ ein Gefühl der Kälte und Leere zurück, ohne die Verbindung, die sie teilten. „Es tut mir leid. Ich dachte ..." Er stand auf und trat einen Schritt zurück. „Es spielt keine Rolle, was ich dachte. Ich sollte gehen."

„Logan", sagte Georgia, die den Abend nicht damit enden lassen wollte, dass er dachte, sie würde ihn nicht wollen. „Es liegt nicht an dir. Das bin ich." Sie schnappte nach Luft. „Es ist meine Schuld, dass das passiert."

Sein Stirnrunzeln wurde tiefer. „Das verstehe ich nicht. Was meinst du denn damit, dass es deine Schuld ist? Ich bin derjenige, der dich geküsst hat."

Sie schloss kurz die Augen. Als sie sie öffnete, stieß sie hervor: „Es ist meine Schuld, dass all das passiert. Unser Treffen, mein gebrochener Knöchel, dass du mich küsst."

„Wie kann es denn deine Schuld sein?" Er setzte sich wieder auf die Bettkante.

„Ich habe diese Szenen in meinem neuesten Buch geschrieben. Dann wurden sie wahr. Ich kann damit nicht weitermachen", sie wedelte mit der Hand zwischen ihnen, „denn das ist nicht fair dir gegenüber."

„Ich verstehe es nicht. Wie ist das denn unfair mir gegenüber?"

„Verstehst du das nicht, Logan?", fragte sie, hob die Stimme und wünschte sich, sie könne durch das Zimmer laufen. „Ich schreibe die Szenen, und sie werden wahr."

Er runzelte die Stirn, war eindeutig verwirrt. „Du stellst die Szenen in deinem Buch nach?"

„Nein!" Sie legte sich die Hände aufs Gesicht und stieß ein

Stöhnen aus. Sie wusste, dass sie verrückt klang, aber sie musste ihn verstehen lassen. Als er den Kopf hob, sah sie ihm direkt in die Augen. „Es ist die Magie, die dafür sorgt, dass du die Worte lebst, die ich schreibe. Das bedeutet, dass du das nicht machst, weil du es willst; du machst es, weil ich dich dazu nötige."

KAPITEL 10

ogan wollte lachen, verkniff sich den Impuls aber. Georgia war viel zu ernst und zu besorgt über das, was da passierte, und er wollte nicht, dass sie glaubte, er würde sie nicht ernst nehmen. Er war ein Neuling, wenn es um ungewöhnliche Magie ging. Er wusste besser als sonst jemand, dass Geisthexen oft einzigartige Fähigkeiten hatten.

„Na, willst du denn nichts sagen?", fragte sie, die Augen aufgerissen und voller Nervosität.

Er griff nach vorn und strich mit dem Daumen über ihren Wangenknochen. „Georgia, ich kann mit hundertprozentiger Sicherheit sagen, dass ich nichts tue, was ich nicht tun möchte."

Sie drückte ihre Lippen fest aufeinander. „Das weißt du doch nicht. Diese Magie – sie ist neu, und ich verstehe sie nicht mal. Aber es ist Tatsache, dass ich diese Szenen geschrieben habe, und dann haben sie sich genauso abgespielt, und zwar viel zu ähnlich, um ein Zufall zu sein." Sie schnappte sich ihren Laptop und schob ihn ihm hin. „Schau es dir selbst an."

Logan schüttelte den Kopf. „Das muss ich nicht. Ich vertraue darauf, dass du mir die Wahrheit sagst."

„Na, dann siehst du doch ein, dass es ein Problem ist." Sie verschränkte die Arme vor der Brust und funkelte ihn an.

Diesmal konnte er das Lachen nicht für sich behalten.

Sie kniff die Augen noch weiter zusammen. „Das ist nicht witzig. Jetzt habe ich Angst, etwas zu schreiben, weil ich fürchte, dass ich die Zukunft beeinflusse."

Logan wurde nüchtern. „Das wäre beunruhigend. Es tut mir leid, dass ich gelacht habe. Das war nicht wegen dir. Ich verspreche es. Es lag daran, dass ich gar kein Problem damit habe, dich zu küssen. Tatsächlich möchte es gerade jetzt tun. Hast du diese Szene auch geschrieben?"

Sie zögerte und biss sich auf die Unterlippe. „Nein, in den letzten Notizen, die ich mir gemacht habe, ging es um eine Gitarre und einen ersten Kuss."

„Verstehe." Er konnte nicht verhindern, dass sein Blick auf ihren Mund fixiert war. Dieser Kuss, den sie eben geteilt hatten, hätte in die Rekordbücher eingehen sollen. Die Verbindung zwischen ihnen war aufgeladen, und er wollte es nur noch einmal spüren. „Also musst du den zweiten Kuss noch schreiben?"

„Ganz genau", sagte sie fast atemlos.

„Wenn ich dich also wieder küsse, tue ich das aus komplett freiem Willen, oder?"

„Ja, ich schätze schon." Georgia hob eine Hand und schob ihm eine Strähne seiner dunklen Haare aus der Stirn, und in diesem Augenblick fiel ihm auf, dass ihre ganze Ängstlichkeit verschwand, während Verlangen in ihren dunklen Augen aufblitzte.

Er beugte sich vor, bewegte sich so langsam, dass sie jede Gelegenheit hatte, sich zurückzuziehen.

Nur dass sie das nicht tat. Sie traf ihn auf halbem Weg, und als er nur einen Zentimeter von ihren Lippen entfernt innehielt, flüsterte sie: „Küss mich, Logan."

„Ich dachte schon, du fragst nie", sagte er und kam vor, legte seinen Mund auf ihren. Dieser Funke schoss ihm direkt in die Brust, erleuchtete ihn und ließ seine Haut von Kopf bis Fuß prickeln. Logan schob seine Hand in ihre dicken Locken und vertiefte den Kuss, verlor sich in ihr, während sie die Arme um ihn legte.

„Georgia", flüsterte er, während er sanfte Küsse ihren Hals hinab verteilte.

Sie legte den Kopf nach hinten, sodass er leichter Zugang bekam, während sie eine Hand unter sein Hemd gleiten ließ, mit den Nägeln über seinen Rücken fuhr.

Alles an ihr war berauschend.

Aber als sie sich zurück auf das Bett legte und an ihm zog, sodass er über sie steigen musste, wurde ihm schwindlig, und er spürte, wie er unter irgendeine Art Bann geriet. Instinktiv wusste er, dass es nicht Georgias Magie war, oder irgendetwas, was sie getan hatte. Es war eine andere Art Magie. Die Magie, die er schon zweimal zuvor gespürt hatte. Diejenige, die in sein Herz kroch und dafür sorgte, dass er sich von Kopf bis Fuß in jemanden verliebte.

Das *konnte* nicht passieren. Das würde er nicht zulassen.

Logan versteifte sich plötzlich und zog den Kopf zurück, um auf sie hinabzuschauen.

„Was ist denn los?", fragte sie, legte ihm eine weiche Hand an die Wange.

„Ich ..." *Scheiße. Was machte er denn da?* Logan stieg von ihr herunter und brachte ein paar Meter Abstand zwischen sich und das Bett. „Es tut mir leid", bekam er heraus. „Wir sollten das nicht machen. Nicht mit deinem Knöchel. Oder wenn ich hier bin, um mich um dich zu kümmern."

„Aber ich habe das nicht geschrieben", entgegnete sie atemlos. Dann wurde ihre Stimme stärker, während sie anfügte: „Obwohl ich es schreiben sollte. Nichts frustriert die Leser so wie unterbrochenes Rumfummeln." Sie stieß ein humorloses Lachen aus. „Nur fürs Protokoll, Logan, meinem Knöchel geht es gut. Er tut überhaupt nicht weh."

„Das ist gut", sagte er. „Ich höre das sehr gern, aber wir sollten das nicht tun. Nicht heute Abend." *Niemals*, dachte er, während er versuchte, eine elegante Lösung zu finden, um aus der Situation herauszukommen. Was er wirklich wollte, war auf dem Absatz kehrtzumachen und wie der Wind aus ihrem Haus zu laufen. Das würde er nicht tun, denn er hatte sich schon bereit erklärt, ihr für den Abend auszuhelfen, aber wenn das irgendein anderer Zeitpunkt gewesen wäre, wäre er bereits unterwegs auf der Straße und würde seinen Bruder anrufen, damit er ihn abholen kam.

„Okay", sagte sie, ihre Lippen wölbten sich leicht nach unten.

War das etwa Schmerz, den er in ihren großen Augen sah? *Verdammt!* Wie konnte er ihr sagen, dass er sie wollte? Es ihn sogar nach ihr verlangte? Aber auf gar keinen Fall konnte er sich mit ihr einlassen. Nicht, wenn die Möglichkeit bestand, dass er sich in sie verliebte. Das war für sie beide zu gefährlich.

„Es tut mir leid, Georgia", sagte er hilflos, während er sich die Hände in die Taschen seiner Jeans schob. „Ich sollte nach unten gehen. Brauchst du irgendwas, bevor ich dann unten bin?"

Georgia schob sich auf dem Bett hoch. Nachdem sie ihre Schultern gestrafft hatte, war ihre Miene kalt, während sie den Kopf schüttelte. „Nein, Logan. Mir geht es gut. Gute Nacht."

Er warf auch einen Blick auf das Bad, das sich an ihr Schlafzimmer anschloss. „Brauchst du Hilfe bei … deiner abendlichen Routine?"

Ihr Blick huschte zum Bad, und dann spannte sie das Kinn an. „Nein. Aber an meiner Hintertür gibt es einen Gehstock. Wenn du mir den hochbringst, ist alles in Ordnung."

„Levi hat gesagt …", setzte Logan an.

„Ich weiß, was Levi gesagt hat. Mir geht's *gut*."

„Genau." Der Ausdruck auf ihrem Gesicht verriet ihm, dass er nichts sagen konnte, das dafür sorgen würde, dass sie es sich anders überlegte und sich von ihm helfen lassen würde. Nicht, dass er es ihr zum Vorwurf gemacht hätte. Auf gar keinen Fall würde er sich von ihr aufs Klo helfen lassen, würde er nicht gehen können. Ganz besonders nicht, nachdem sie ihn gerade zurückgewiesen hatte. „Ich hole den Gehstock und bin dann gleich zurück."

Sie nickte einmal, schnappte sich ihren Laptop und klappte ihn auf.

Während Logan sich auf den Weg die Stufen hinab machte, stellte er sich vor, dass Georgia eine Mordszene schrieb, und fragte sich, wie lange er noch zu leben hatte.

Ein paar Minuten später, nachdem der Gehstock abgeliefert war und Georgia ihn entlassen hatte, war Logan wieder im Wohnzimmer, setzte sich auf die Kante des Sofas, den Kopf in den Händen geborgen. Bilder wie ein flackernder alter Film blitzten in seinen Gedanken auf. Der zerbeulte Mustang. Die blitzenden Lichter des Krankenwagens vor der Notaufnahme. Blut, das Cherrys gelbes Lieblingskleid verschmierte. Und die wütenden, durchdringenden Augen von Cherrys Mutter, als sie ihm ihren Tod zum Vorwurf machte.

Die vertrauten, seine Seele zermalmenden Schuldgefühle

brachen über ihn herein, denn er wusste, dass Cherrys Mutter recht hatte. Ihr Tod war seine Schuld.

Die Bilder änderten sich, und diesmal sah er Brit, nackt und im Bett mit Leo Kraven, seine Tattoos ein starker Kontrast zu ihrer alabasterfarbenen Haut. Logan war so schockiert gewesen, als er sie in seinem Bett gefunden hatte, dass er viel zu lange dort gestanden hatte, die Augen aufgerissen und das Herz in seiner Brust zertrümmert.

Logan fiel zurück auf das Sofa und kniff die Augen zusammen, als könne das verhindern, dass das nächste Bild sich einstellte. Er wusste allerdings, dass es sinnlos war. Sobald seine Gedanken diesen Weg einschlugen, ließen sie sich nicht aufhalten. Sein Magen drehte sich um, als Brits lebloser Körper in seinen Gedanken aufblitzte. Sie lag dort auf dem Boden seines Badezimmers, um sie herum eine Handvoll blauer Pillen verstreut. Bis er zu ihr gekommen war, war sie eiskalt gewesen, ihre Lippen violett. Es hatte nichts gegeben, was er tun konnte.

Die Schuldgefühle nahmen zu.

Zur Überdosis war es nur zwei Tage gekommen, nachdem er Brit erzählt hatte, sie solle ihren Scheiß einpacken und abhauen. Wenn er einfach zu diesem verdammten Therapietermin gegangen wäre, wie sie es sich von ihm erbeten hatte, dann hätte das vielleicht, nur vielleicht einen Unterschied gemacht.

Logan stand auf und schüttelte den Kopf, entschlossen, seine Gedanken zu klären. Aber er wusste, dass das unmöglich sein würde. Nicht nach dem, was oben mit Georgia passiert war. Oder noch wichtiger, nach dem, was er gespürt hatte, während er Georgia geküsst hatte.

So eine intensive Magie hatte er nur mit Cherry und Brit gespürt. In beiden Fällen hatte er sich plötzlich und sehr heftig verliebt. Ihm war gar nicht klar gewesen, was ihn da erwischt hatte.

Beide Beziehungen waren intensiv und auf ihre eigene Art völlig einnehmend gewesen. Cherry, die Liebe seines Lebens … seine Beziehung zu ihr war so von Liebe erfüllt gewesen, dass Logan sich bei ihrem Tod gefühlt hatte, als wäre er direkt mit ihr gestorben. Er war nur noch eine leere Hülle gewesen, hatte nicht mehr Gitarre spielen können, hatte seine Geschäfte nicht mehr führen können. Teufel, er war am Morgen kaum noch aus dem Bett gekommen.

Aber dann hatte sich die dunkle Wolke über ihm gehoben, und Brit war in sein Leben getreten. Diese Magie war zurück, nur dass diesmal die Beziehung so leidenschaftlich gewesen war, dass er das Gefühl gehabt hatte, sie hätte ihn in ihren Orbit gezogen und wieder reanimiert. Er war Hals über Kopf in sie verliebt gewesen, aber alles war zusammengebrochen, als er herausgefunden hatte, dass sie in der ganzen Zeit, in der sie zusammen gewesen waren, mit dem anderen Rockstar geschlafen hatte.

Abermals war sein Herz zerschmettert worden. Und dann, als er Brit nach ihrer Überdosis gefunden hatte, war sein Herz direkt in seiner Brust verendet.

In diesem Augenblick hatte Logan gewusst, dass alles seine Schuld war. Der Autounfall. Die Überdosis. Die magische Verbindung, die er mit beiden Frauen geteilt hatte, hatte sie letztlich umgebracht.

Logan hatte sich geschworen, dass er es niemals wieder dazu kommen lassen würde.

Und das war der Grund, weshalb er sich nicht mit Georgia Exler einlassen konnte. Mit dem, was er inzwischen als seinen Fluch bezeichnete, und ihrer Magie, bei der ihre geschriebenen

Szenen Wahrheit wurden, war das Einzige, was eine Beziehung zu ihr versprach, eine Tragödie.

Noch während er sich schwor, dass er sich von Georgia fernhalten würde, warf er einen Blick auf die Stufen und sehnte sich danach, zu ihr zu gehen, sich zu entschuldigen, sie in die Arme zu nehmen und zur Seinen zu machen, nicht nur für diesen Abend, sondern für immer.

Ein Bild, wie Georgia bewusstlos auf dem Boden ihres Schlafzimmers lag, blitzte in seinen Gedanken auf.

Er schoss hoch, seine Brust war ganz eng vor Nervosität, und dann lief er die Stufen hinauf und platzte in ihr Schlafzimmer. Logan erstarrte, als er Georgia neben ihrem Bett sah, in einem tiefroten kurzen Nachthemd, während sie auf einem Fuß balancierte und sich mit dem Gehstock im Gleichgewicht zu halten versuchte.

„Logan? Was zum Teufel ist denn los?", fragte Georgia, eindeutig erschrocken von seinem Eindringen.

Er stieß einen langen Atemzug aus, als der Schmerz in seiner Brust allmählich nachließ. Sie stand da. Lag nicht auf dem Boden und war ohnmächtig oder tot, weil sie ein Aneurysma hatte.

Er war sich nicht ganz sicher, weshalb er gedacht hatte, ihr würde etwas passieren. Er war niemand, der Visionen hatte. Trotzdem füllte der Anblick, wie sie da in ihrem roten Negligé stand, all die kalten, leeren Räume in seinem Herzen. Mit ihr war alles gut, genauso, wie sie es auch gesagt hatte.

„Den Göttern sei gedankt", murmelte er vor sich hin, und dann ließ er den Blick über ihren kurvigen Körper schweifen.

„Logan!", rief sie. „Was machst du hier oben?"

„Oh." Er schluckte und schaute ihr in die Augen. „Ich habe mir Sorgen um dich gemacht. Ich dachte …"

Sie hob eine Hand. „Du dachtest, ich würde das

Gleichgewicht verlieren, auf die Fresse fallen und an einer traumatischen Gehirnverletzung sterben?"

„Äh, irgend so was", gab er zu.

Georgia bleckte die Zähne. „Gute Nacht, Logan."

„Ja." Er nickte einmal und eilte die Stufen wieder hinunter, wo er die ganze Nacht damit verbrachte, auf jede Bewegung oben zu lauschen, bereit, auch nur bei der kleinsten Bitte zu helfen.

Nur das nie eine kam, und als Logan schließlich einschlief, erhellte die Sonne bereits den nordkalifornischen Himmel.

KAPITEL 11

*G*eorgia schlief kaum. Wie hätte sie das tun können, wo doch Logan unten war? Sie war sowohl erleichtert als auch erniedrigt, dass er sie in der vorigen Nacht aufgehalten hatte. Sie war zu dem vernünftigen Schluss gekommen, dass sie keine Liebesszene geschrieben hatte, also war alles, was sie taten und was über den Kuss hinausging, aus freien Stücken geschehen.

Dann war er weggelaufen, als hätte er eigentlich niemals wirklich bei ihr sein wollen.

Seine Handlungen hatten sie beinahe lebendig begraben. Denn als sie gesungen hatte, war reine Magie über sie hinweggeströmt, und sie hatte nichts mehr gewollt, als in seinen Armen zu liegen. Es war berauschend gewesen, und sie hatte eine Anziehung gespürt, die sie noch nie bei jemandem gespürt hatte. Nicht mal Nick.

Deswegen war diese Magie, die über sie hinweggeströmt war, letztlich furchterregend gewesen, obwohl sie Logan unbedingt gewollt hatte. So furchterregend, dass sie erleichtert gewesen war, als er nach unten verschwunden war.

Ihre Gefühle gingen in alle Richtungen, und der Gedanke, sich ihm am Morgen zu stellen, sorgte dafür, dass sie den Kopf unter der Decke vergraben und niemals wieder herauskommen wollte.

Leider wusste sie, dass Logan das niemals zulassen würde, und verdammt sollte sie sein, wenn sie sich von ihm mit Schlaffrisur und schalem Atem beim Trübsal Blasen erwischen ließ. Mit einem Stöhnen schob sie sich aus dem Bett, nahm ihren Gehstock und hüpfte ins Bad, um sich präsentabel zu machen. Als sie herauskam, war sie körperlich erschöpft, aber entschlossen, es nach unten zu ihrer Kaffeemaschine zu schaffen.

Schweiß bedeckte Georgias Stirn, während sie sich auf den Weg zur Treppe machte. Als sie oben am Absatz ankam, schaute sie die Stufen hinab und drehte sich beinahe um. Aber dann würde sie Logan bitten müssen, sie zu tragen, und der Gedanke, sich von ihm halten zu lassen, nachdem er sie abgewiesen hatte, stand gar nicht zur Debatte. Auf keinen Fall. Sie würde diese Stufen hinab kommen, und wenn es bedeutete, dass sie auf allen vieren kriechen musste.

Letztlich setzte sich Georgia auf den Absatz und rutschte auf dem Hintern eine Stufe nach der anderen nach unten. Es ging langsam, aber sie schaffte es unbeschadet und mit intaktem Knöchel.

„Georgia?", sagte Logan, seine Stimme ganz verschlafen.

Sie warf einen Blick auf ihn, wo er immer noch auf dem Sofa lag. Seine dunklen Haare waren zerrauft, und seine Brust war nackt. Himmel noch mal, er war sexy.

Er richtete sich gerade auf, sodass die Decke auf seinen Schoß fiel, und ein Sixpack sichtbar wurde, von dem sie gar nichts geahnt hatte. Sie schluckte schwer und schaute weg.

„Was machst du denn?", wollte er wissen. „Ich hätte dir doch die Stufen runter geholfen. Verdammt, du hättest dir wehtun können."

„Ich habe Kaffee gebraucht", sagte sie, zufrieden damit, dass ihre Stimme nicht rau vor Verlangen war. „Und ich habe es doch ganz gut geschafft. Es gibt keinen Grund, sich zu sorgen." Sie nutzte das Treppengeländer, um sich aufzuraffen, bis sie auf dem linken Bein stand. Aber als sie sich umschaute, merkte sie, dass sie den Gehstock oben auf den Stufen gelassen hatte. „So ein Käse", murmelte sie und schob sich ihre Haare aus den Augen.

Logan schoss vom Sofa hoch und lief an ihre Seite. „Was ist denn?"

Seine Flanell-Schlafanzughose saß tief auf den Hüften, und es gab eine faszinierende Linie aus Haaren, die sie unter anderen Umständen nur zu gerne mit den Fingerspitzen erkundet hätte … oder mit der Zunge. Ihr Gesicht wurde heiß, als ihr das Bild durch den Kopf schoss.

Er legte ihr einen Arm um die Taille und hielt ihr den anderen Arm hin, damit sie sich darauf stützen konnte.

Ab dem Augenblick, in dem er sie berührte, strömte dieser Glanz aus Magie wieder über sie, und sie wollte sich nur noch zu ihm beugen, ihn berühren, ihn schmecken.

Sie räusperte sich. „Es ist nichts. Ich habe versehentlich meinen Gehstock oben an den Stufen vergessen, darum habe ich jetzt nichts, mit dem ich in die Küche komme."

„Ich hab dich." Er hob sie hoch und machte genau das, von dem sie gehofft hatte, es zu vermeiden, indem sie selbst die Stufen herabgekommen war.

Sie konnte nicht verhindern, dass sie den Kopf an seine Schulter drückte, während er sie in die Küche trug. In seinen Armen zu sein, fühlte sich einfach richtig an. Aber sie wusste, sobald der Augenblick vorüber war, würde sie es bedauern.

Bedauern, diese Verbindung zu verlieren. Bedauern, dass sie zu schwach war, um Nein zu ihm zu sagen. Bedauern, dass es ihr zu sehr gefiel, in seinen Armen zu sein.

„Hier." Logan setzte sie auf einen der Stühle an ihrem Küchentisch und schob den anderen so hin, dass sie ihren Knöchel stützen konnte. „Ich kümmere mich ums Frühstück und den Kaffee. Sitz einfach nur still."

„Wenn ich diesen Gehstock hätte, könnte ich helfen", sagte sie und beobachtete, wie er sich mühelos in ihrer Küche bewegte, als wäre er schon seit Monaten in diesem Haus aufgewacht.

Er schaute von der Kaffeemaschine auf und hob eine Augenbraue. „Ich spüre eine gewisse Skepsis gegenüber meinen Frühstückstalenten."

Sie grinste und schüttelte den Kopf. „Das ist es nicht. Ich bin es nicht gewöhnt, dass mich jemand von Kopf bis Fuß bedient." Georgia war immer schon heftig unabhängig gewesen, und selbst als Nick noch gelebt hatte, war es nur selten vorgekommen, dass er für sie kochte. Sie warf einen Blick auf den Kühlschrank und fragte sich, wann sie zum letzten Mal einkaufen gewesen war. Vor über einer Woche vermutlich. „Ich frage mich, was du mir vorsetzen willst, da ich vermutlich nichts anderes da habe als Pop-Tarts."

„Erst mal Kaffee, dann sehe ich, was ich zaubern kann", erwiderte er locker.

Es dauerte nicht lang, bevor er eine Tasse dampfende kolumbianische Röstung vor sie stellte. „Brauchst du was? Sahne? Süßstoff?"

„Sahne", sagte sie, weil sie wusste, dass sie die zumindest da hatte. Kaffee war bei ihr Zuhause nicht verhandelbar.

„Bin dabei." Er holte die Kaffeesahne, reichte sie ihr, und

dann pfiff er vor sich hin, während er in ihrem Kühlschrank nach etwas Essbarem wühlte.

Georgia schaute fasziniert zu, wie er Tortillas, eine Kartoffel, Käse und Eier herausholte.

Georgia hatte keine Ahnung, dass sie noch ein Frühstück im Kühlschrank hatte, und sie war überrascht, dass die Kartoffel noch nicht ausgetrieben hatte.

„Hast du irgendwo Salsa?", fragte Logan sie.

Sie zuckte mit den Schultern. „Schau mal in die Speisekammer. Da könnte vielleicht was drin sein."

Er nickte, und ein paar Sekunden später zog er ein Glas Salsa verde heraus, von dem sie gar nicht mehr gewusst hatte, dass sie es gekauft hatte.

„Ich hoffe, du schaust nach dem Ablaufdatum", sagte sie mit einem Lachen. „Du solltest wissen, wie es ist, wenn Schriftsteller in den Schreibmodus gehen. Chips und Käse sind hier der Standard, wenn ich eine Deadline habe."

Er lachte. „Keine Sorge. Ich habe nachgesehen. Und auf dem Käse ist kein Schimmel." Er zwinkerte ihr zu und machte sich dann an die Arbeit, die Kartoffel zu schälen.

Georgia lehnte sich an ihren Stuhl zurück und nippte an ihrem Kaffee, während sie durch das hintere Fenster nach draußen auf die Mammutbäume schaute. Die Ereignisse vom Vortag spielten sich immer wieder in ihren Gedanken ab. Trotz Logans Abweisung am Abend zuvor war er nur nett und großzügig gewesen. Sie kam sich ziemlich lächerlich vor, dass sie am Vorabend so wütend auf ihn gewesen war, weil er nicht mit ihr ins Bett hatte fallen wollen, insbesondere, da er nun in ihrer Küche war und ihr Frühstück machte.

Wie lange war es her, dass sie einen solchen Morgen erlebt hatte? Jahre. Nicht seit dem College, schätzte sie, als sie mit einem Typen zusammen gewesen war, der auf die Kochschule ging. Weshalb hatte sich von ihm getrennt? Er hatte die besten Croissants gemacht, die sie jemals probiert hatte, abgesehen von dem einen Mal, als sie in Paris gewesen war. Ach, ja. Weil sie Nick begegnet war, und der Funke zwischen ihnen hatte sich nicht leugnen lassen.

„Noch Kaffee?", fragte Logan, der sich neben sie stellte, die Kanne in der Hand.

Sie fuhr zusammen und schaute zu ihm auf, überrascht von seiner Anwesenheit. Sie beäugte ihre leere Tasse, dann nickte sie. „Ja, bitte."

„Das Frühstück ist in ein paar Minuten fertig. Ich hab's gerade in den Ofen geschoben, um den Käse zu schmelzen."

Georgia war so damit beschäftigt gewesen, über die letzten vierundzwanzig Stunden nachzudenken, dass sie nicht einmal aufgepasst hatte, was er gemacht hatte. „Burritos zum Frühstück?", schätzte sie auf der Basis der Zutaten.

„Enchiladas zum Frühstück. Ist ein wenig einfach, aber sie gehen schon."

„Einfach? Und da war ich doch bereit, mich mit einer Pop-Tart zufriedenzugeben", sagte Georgia mit einem leisen Lachen.

„Nicht, wenn ich da bin." Er zwinkerte.

Ein paar Minuten später saß Logan ihr gegenüber, die Teller mit ihrem Frühstück vor ihnen. Er hob seine Kaffeetasse. „Auf einen neuen Tag."

„Und neue Freundschaften", fügte sie an, während sie an seine Tasse stieß.

Seine Lippen krümmten sich zu einem zufriedenen Lächeln. „Auf neue Freundschaften."

Georgia wusste, sie hatte Glück, dass Logan in ihr Leben getreten war, und selbst wenn eine Affäre nicht zur Debatte stand, würde sie alles in ihrer Macht Stehende tun, um ihn wissen zu lassen, wie sehr sie ihn zu schätzen wusste. Nachdem sie an ihrem Kaffee genippt hatte, nahm sie einen Bissen von der Enchilada. „Du liebe Götter", sagte sie und verdrehte dabei die Augen. „Das ist köstlich."

Logan grinste sie an. „Da dachte ich noch, du kennst nur Pop-Tarts."

„Hey!", entgegnete sie. „Mit Pop-Tarts ist alles in Ordnung. In meiner Welt sind die eine ganz eigene Nahrungsmittelgruppe."

Er hob ergeben die Hände, während sein Grinsen breiter wurde. „Ich wollte dich nicht beleidigen."

Sie nickte. „Aber ernsthaft, was hast du in diese Enchiladas reingetan?"

„Das ist ein geheimes Familienrezept."

„Ernsthaft? Du verrätst es mir nicht?"

Logan schüttelte den Kopf.

„Das war es dann also. Du wirst jeden Vormittag zu mir kommen und das für mich machen müssen. Ich hoffe, du stehst gern bei Morgendämmerung auf."

„Jeden Tag?", fragte er mit einer gehobenen Augenbraue. „Keine Auszeit für gutes Betragen?"

„Okay, gut", sagte er mit einem übertriebenen Seufzen. „Du kannst einen Tag pro Woche frei haben. Sonntage können Pop-Tart-Tage sein."

In seinen Augen glitzerte Erheiterung. „Brauner Zucker und Zimt?"

„Gibt's noch andere?"

„Georgia", sagte Logan, „ich glaube, das wird eine wunderbare Freundschaft."

KAPITEL 12

Georgia bewegte sich auf ihren neuen Krücken wie eine Heldin über den Bürgersteig. Logan hatte sie nach Eureka gefahren, um sie abzuholen, und dann, nachdem sie darauf bestanden hatte, dass sie mit ihrem linken Fuß fahren konnte, hatte er sie zurück nach Keating Hollow gebracht und sie und ihr Auto bei *Charming Herbals* gelassen, um sich mit seinem Bruder zu treffen.

Sie wartete, bis sie wegfuhren, bevor sie mit den Krücken hinüber zur Eingangstür ging. Bevor sie sich hineinschieben konnte, war Bree Burgess, die Besitzerin des Ladens, bereits da und hielt die Glastür für sie auf.

„Vielen Dank", sagte Georgia, die sich über die Hilfe freute. „Ich habe mich echt schnell an die Dinger gewöhnt, aber mit den Türen ist es immer noch schwierig."

„Natürlich", sagte Bree. Die Ladenbesitzerin führte Georgia hinüber zu einer Chesterfield-Couch und bedeutete ihr, dass sie sich hinsetzen sollte. „Bitte setz dich. Ich hol dir alles, was du brauchst."

Georgias erster Instinkt war, abzulehnen, aber sie war

erschöpft, nachdem sie in der Nacht zuvor nicht viel geschlafen hatte, und sank dankbar auf das Sofa hinab. Sie lächelte die hübsche Brünette an. Ihre Locken waren hochgesteckt, und ihr Lächeln schloss auch ihre freundlichen grünen Augen ein. „Vielen Dank. Es waren ein paar herausfordernde Tage."

Bree beäugte Georgias verbundenen Knöchel. „Was ist passiert?"

Georgia stieß ein lautes Lachen aus. „Ach, das ist eine lange Geschichte, und der Grund, weshalb ich hier bin."

„Ich habe Zeit." Bree setzte sich neben Georgia und wandte sich ihr zu, einen erwartungsvollen Ausdruck auf dem Gesicht. „Lass hören."

Georgia warf einen Blick auf ihren Knöchel, versuchte, ihn leicht zu bewegen, und fuhr dann zusammen. Okay, sie schätzte, damit würde sie anfangen. „Okay, von Anfang an. Gestern habe ich mir einen Haarriss im Knochen zugezogen. Levi Kelley hat seine Magie drauf gewirkt und sagte, es wäre in ein paar Wochen besser, aber ich könnte wirklich was brauchen, das den dumpfen Schmerz stillt."

„Da habe ich genau das Richtige." Bree sprang auf und ging direkt zu einem ihrer Glasschränke. Einen Augenblick später war sie mit einem Fläschchen wieder da. „Nimm einmal am Morgen einen Löffel davon und einmal abends. Das sollte den Schmerz dämpfen und bei der Heilung helfen."

Die hellblaue Glasflasche war beschlagen und fühlte sich in Georgias Hand kühl an. „Vielen Dank. Das weiß ich zu schätzen."

„Genau. Deswegen bin ich doch da." Sie lächelte Georgia freundlich an. „Was kann ich denn noch für dich tun?"

„Erinnerst du dich noch an die Geschichte, die ich dir erzählen wollte?", fragte Georgia.

„Ja", sagte Bree mit einem Nicken. „Ich bin bereit."

Georgia atmete einmal durch. „Du weißt, dass ich Schriftstellerin bin?"

„Klar. Wer denn nicht?" Keating Hollow war eine Kleinstadt. Es war beinahe unmöglich, sich bedeckt zu halten. Nicht, dass es Georgia etwas ausgemacht hätte. Es war nett, dass die meisten Bewohner des Städtchens sie unterstützen, indem sie ihre signierten Bücher bei *Hollow Books* kauften.

„Also, ich habe ein neues Buch angefangen, und direkt nachdem ich die erste Szene geschrieben habe, habe ich Logan Malone getroffen, und die Ereignisse unseres Treffens waren erstaunlich übereinstimmend mit der Szene, die ich gerade geschrieben hatte."

„Ehrlich?" In Brees Augen leuchtete Interesse. „Wie übereinstimmend?"

„Ich schrieb, die Heldin würde sich auf ein Stück Kuchen setzen, und was habe ich dann getan?"

„Du hast dich auf ein Stück Kuchen gesetzt?", riet Bree.

„Genau. Das war beunruhigend, aber das habe ich noch abgetan, bis es zwei weitere Male passiert ist. Oder, um genauer zu sein, eine Szene und ein Teil einer Blaupause für eine Szene sind passiert." Georgia biss sich auf die Unterlippe, und sie wartete darauf, dass die Kräuterkundige verarbeitete, was sie gesagt hatte.

„Also ... Du sagst, du schreibst eine Szene, und dann geschieht sie im echten Leben?"

Georgia nickte. „Ich weiß, das klingt verrückt, aber ich habe eine Szene geschrieben, in der die Heldin stürzt, während sie wandert, und der Held trägt sie nach Hause in die Sicherheit. In der nächsten spielt die Heldin Gitarre, und dann kommt es zu ihrem ersten Kuss." Georgias Wangen wurden warm, sodass sie sicher war, dass sie rot wurde. „Danach hatte ich dann Angst, noch was zu schreiben, weil ich fürchtete, dass ich es ins Dasein rufen würde."

Bree tippte sich mit dem Finger ans Kinn. „Also drei Vorfälle. Sind sie alle mit demselben Mann passiert?"

„Ja. Mit Logan." Georgia lehnte sich auf das Sofa zurück, die Arme vor der Brust verschränkt.

„Interessant." Bree stand auf, nickte vor sich hin. „Sehr, sehr interessant."

„Was ist so interessant daran?", fragte Georgia, denn soweit es sie betraf, war es weniger interessant als vielmehr erschreckend. „Ich muss rauskriegen, wie ich das aufhalte."

Bree wandte sich um, um sie zu mustern. „Du magst Logan nicht?"

Georgia hatte das Verlangen, ein Lachen auszustoßen, obwohl sie wusste, es würde nur hohl sein. Das war das größte Problem; sie mochte Logan viel zu sehr. „Das ist es nicht. Ich habe nur das Gefühl, dass ich ihn vielleicht zu etwas zwinge, das er gar nicht tun will. Ist das möglich?"

„Es ist möglich." Die Kräuterkundige ging zurück zum Sofa und setzte sich einmal mehr neben Georgia. „Was für eine Hexe bist du denn?"

Georgia zuckte mit den Schultern. „Keine Ahnung. Ich hatte vorher niemals echte Kräfte."

„Echt?" Ihre Augen wurden groß. „Das ist interessant. Gibt es irgendeine Familienvorgeschichte mit Geisthexen?"

„Laut meiner Tante habe ich eine Großtante, die Visionen hatte."

„Das klingt schon ziemlich naheliegend." Bree rückte auf dem Sofa nach hinten und zog ein Bein an, machte es sich gemütlich. „Ich würde schätzen, dass du eine Geisthexe bist, und du bekommst Visionen, während du schreibst."

„Es fühlt sich nicht wie Visionen an", beharrte Georgia. „Ich denke mir nur diese Szenen im Kopf aus."

„Vielleicht glaubst du nur, dass du sie dir ausdenkst", sagte sie mit einem Schulterzucken. „Obwohl es möglich ist, Magie zu benutzen, um Leute zu zwingen, sich auf bestimmte Art zu verhalten, bezweifle ich sehr, dass es nur geschieht, weil du es aufschreibst."

„Wie können wir es sicher wissen?", fragte Georgia. „Woher weiß ich, wenn ich eine Kampfszene oder etwas Tragisches schreibe, das einer meiner Figuren passiert, dass es im echten Leben nicht dazu kommen wird?"

„Das lässt sich auf keinen Fall sicher sagen", erwiderte die hübsche Brünette. Sie wandte ihre grünen Augen ab, aber nicht, bevor Georgia auffiel, dass Tränen darin standen.

„Bree?", fragte Georgia. „Ist alles in Ordnung?"

Sie nickte, dann stieß sie ein ersticktes Lachen aus, während sie sich ein Auge tupfte. „Tut mir leid. Ich … Das trifft etwas sehr ins Schwarze."

Georgia legte ihr sanft eine Hand auf den Arm. „Das tut mir leid. Ich wollte dich nicht verstören."

„Du musst dich nicht entschuldigen", sagte sie und schüttelte den Kopf. „Ich bin diejenige, der es leidtut. Ich hatte nicht vor, einfach so zusammenzubrechen. Es ist nur …" Sie holte tief Luft. „Trauer hat so eine Art, sich manchmal an uns ranzuschleichen, oder?"

„Schon", sagte Georgia leise, dachte an all die Zeitpunkte, zu denen sie zusammengebrochen war, während sie alltägliche Dinge getan hatte, wie etwa Cupcakes backen oder Sonnenblumen pflanzen. Es waren immer Dinge, die Erinnerungen an ihre eigene Mutter zurückbrachten. Der Schmerz kam dann aus dem Nichts, erinnerte sie daran, dass sie ihre Mutter nie wieder lächeln sehen würde, oder ihr ansteckendes Lachen hören. Diese Augenblicke gaben ihr das Gefühl, dass sie nicht mehr atmen konnte, mit Schmerzen in der Brust, die von einem gebrochenen Herzen rührten, und nicht von irgendeinem medizinischen Problem. „Wenn es irgendwas gibt, was ich tun kann, bin ich da."

„Danke, aber ich bin schon in Ordnung." Bree richtete sich auf. In ihren Augen standen keine Tränen mehr, aber die Traurigkeit blieb noch. „Meine Mutter war eine Seherin. Ihre Visionen kamen in den Gedichten zu ihr, die sie schrieb."

Georgia stieß ein Keuchen aus. „Echt?"

Bree nickte. „Es klingt nur ein bisschen anders, denn all ihre Gedichte wurden wahr. Sie hat immer nur geschrieben, wenn sie von einer Vision eingenommen war."

„Waren sie ... Über was für Dinge hat sie denn geschrieben?", fragte Georgia, die Angst vor dem hatte, was Bree womöglich enthüllen würde.

„Alle möglichen Dinge. Liebe, Freundschaft, gebrochene Herzen ... und am Ende den Tod." Bree griff nach Georgias Hand. „Sie wusste, dass ihre Zeit zu einem Ende kam."

Georgia stieß ein Keuchen aus. „Das tut mir so leid. Das war doch bestimmt ziemlich beunruhigend für euch alle."

Bree nickte. „Anfangs war es das, aber dann, weil wir wussten, dass das Ende kam, haben wir ihre letzten Tage in ein Fest des Lebens verwandelt. Du weißt schon, so Sachen mit Listen, die man noch abklappern muss, und das sind einige meiner wertvollsten Erinnerungen."

„Wow. Ich habe nicht erwartet, dass du das sagst. Wie toll für euch beide."

„Für uns alle eigentlich." Bree schob sich eine Locke auf Abwegen aus den Augen. „Meine Schwestern konnten zu einem Besuch vorbeikommen, und zum ersten Mal seit Jahren waren wir alle drei zusammen. Meine Mutter hat es geliebt. Obwohl also einige ihrer Visionen für sie Stress bedeuteten, waren sie am Ende wirklich ein Segen. Wir hätten niemals diese Zeit zusammen erlebt, wenn ihre Gabe nicht gewesen wäre."

Georgia dachte darüber nach und fragte sich, ob die Szenen, die in ihrem Buch Wahrheit geworden waren, tatsächlich ein verborgener Segen waren. Wenn sie nur gewusst hätte, ob es tatsächlich Visionen der Zukunft waren und nicht etwas, das sie ins Dasein rief, indem sie es einfach schrieb. Sie seufzte. „Ich verstehe, was du mir sagen willst, aber was, wenn ich diese Gabe gar nicht will? Kann ich sie irgendwie aufhalten?"

Bree schürzte die Lippen, während sie über Georgias Frage nachdachte. „Ich schätze, du könntest unterdrückende Kräuter ausprobieren. Die würde deine Magie dämpfen, könnten aber Nebenwirkungen haben, wie etwa, dass deine Stimmung sich verändert, deine Energie oder Motivation."

„Du meinst, davon könnte ich deprimiert werden?", fragte Georgia, die die Nase rümpfte.

„Nicht unbedingt eine Depression, aber alles, was du nimmst, das deine Magie dämpft, kann in anderen Bereichen problematisch werden."

Nichts daran klang für Georgia attraktiv.

„Ist irgendwas Schlimmes passiert?", fragte Bree.

Georgia hob eine Augenbraue. „Das hängt davon ab, was man schlimm nennt. Ich habe mich auf ein Stück Kuchen gesetzt, bin in eine Karaoke-Show gezogen worden, habe einen Haarriss-Knochenbruch davongetragen und mich mehr oder weniger auf jemanden gestürzt, der eindeutig kein Interesse hat. Wenn ich vor Verlegenheit sterben könnte, würden sie jetzt schon meine Beerdigung planen."

Bree kicherte. „Nichts davon klingt nach einer Katastrophe."

„Nein, das nicht. Es ist nur … es strapaziert irgendwie die Nerven, weißt du?"

„Ja, das weiß ich." Bree lächelte sie mitfühlend an. „Wenn ich du wäre, würde ich einfach das Buch schreiben, das ich im Herzen trage. Sei wahrhaft deiner Geschichte gegenüber und hab Spaß damit. Wenn ich irgendwas aus der Erfahrung meiner Mutter gelernt habe, dann, dass du das Schicksal nicht wirklich beherrschen kannst."

„Was, wenn ich doch Dinge ins Dasein rufe?", fragte Georgia, weil sie das nicht einfach auf sich beruhen lassen konnte.

„Und wenn es so ist? Leute versuchen die ganze Zeit über, Dinge zu manifestieren. Es gibt trotzdem noch einen freien Willen. Nur weil du etwas schreibst, heißt das nicht, dass du die Entscheidung eines anderen übernommen hast."

Georgia nickte, aber sie war nicht überzeugt und fühlte sich immer noch nervös.

„Hör mal, ich kann dir etwas von diesen unterdrückenden Kräutern mitgeben, und wenn du das Gefühl hast, du brauchst sie, sind sie da. Wenn nicht, schadet es auch nicht."

„Ja, okay." Georgia nickte und hatte ein besseres Gefühl, weil sie etwas in ihrem Arsenal hatte, falls sie es brauchte.

KAPITEL 13

*L*ogan stieß ein frustriertes Knurren aus, als er auf die Löschtaste drückte, um alle Notizen zu löschen, die er sich für sein nächstes Buch gemacht hatte. Er hatte ein Dutzend Ideen notiert, aber keine von ihnen packte ihn wirklich. Er fühlte sich allmählich, als wäre seine kreative Ader komplett ausgetrocknet, und es frustrierte ihn tierisch.

„Wie läuft es?", fragte Seth, der in die Küche kam.

„Es läuft nicht." Logan knallte den Laptop zu und lehnte sich am Frühstückstisch an seinen Stuhl zurück.

Seth hob beide Augenbrauen. „Schreibblockade?"

„So was in der Art." Er erhob sich und ging in die Küche, um sich eine weitere Tasse Kaffee zu holen.

„Vielleicht hilft es, wenn wir drüber reden." Seth genehmigte sich ein Stück Kuchen aus der weißen Schachtel auf dem Tresen und nahm einen großen Bissen, was dazu führte, dass Krümel über den gekachelten Boden verstreut wurden.

„Himmel, Seth, kannst du nächstes Mal nicht einen Teller nehmen?" Logan schaute betont auf den Boden.

„Tut mir leid", erwiderte er mit dem Mund voller Kuchen.

„Nein, tut es nicht." Logan schnappte sich einen Besen aus seinem Schrank und schob seinen Bruder aus dem Weg.

Seth beäugte ihn. „Du hast echt Schwierigkeiten mit dem Schreiben, oder? Ich bin mir nicht sicher, ob ich je gesehen habe, wie du freiwillig Hausarbeiten erledigst."

„Schnauze", sagte Logan mit einem leisen Lachen. „Was glaubst du denn, wer hier im Haus aufräumt, Schneewittchens Tierfreunde?"

„Ich bin mir sicher, wenn du einen Spruch finden könntest, damit die wilden Tiere deine Böden wischen, würdest du das tun."

„Okay, dieses Gespräch wird seltsam." Logan machte den Saustall seines Bruders fertig sauber, dann stellte er den Besen zurück in den Schrank.

„Also", sagte Seth. „Willst du die Frage beantworten?"

„Welche denn?"

„Die, bei der ich dich gefragt habe, ob du darüber reden willst, was dich stört." Seth lehnte sich an den Tresen und schlug die Beine an den Knöcheln übereinander.

„Eigentlich hast du mir nicht wirklich eine Frage gestellt. Du hast eine Aussage getroffen, und ich habe sie ignoriert." Logan nippte an seinem Kaffee und sah auf seinen Bruder herab.

Seth verdrehte die Augen. „Wie du meinst, mein Freund. Du weißt, dass es hilft, wenn du es dir von der Seele redest."

„Du willst über den Handlungsverlauf meines nächsten Buches reden? Hast du Gedanken zur Heldenreise?" Logan wusste, worüber, oder schon viel mehr über *wen*, Seth reden wollte, aber Logan hätte lieber seine Leber fressen lassen, als seinem Bruder zu erzählen, was am Vorabend bei Georgia passiert war. Nun, da er zu Hause war, wollte er einfach nur zurück zu ihrem Haus laufen und dort weitermachen, wo sie aufgehört hatten. Oder zumindest war es das, was sein Körper von ihm wollte. Der Kopf sagte ihm immer noch, er solle sich dringend fernhalten.

„Im Leben nicht." Seths Lippen zuckten. „Aber wenn du am Übergangsteil eines Songs arbeiten möchtest, mit dem ich mich gerade herumschlage, können wir das tun."

„Klar." Alles, um vom Thema Georgia wegzukommen.

Seine Augen wurden groß. „Du hast dir ja wirklich was Schlimmes zugezogen, wenn du an einem Song arbeiten willst, anstatt über die Frau zu reden, mit der du die letzte Nacht verbracht hast."

„Wir haben die Nacht nicht zusammen verbracht", beharrte Logan. „Sie hat in ihrem Zimmer geschlafen und ich auf dem Sofa."

„Wenn ich mir die dunklen Ringe unter deinen Augen anschaue, dann hast du überhaupt nicht viel geschlafen, Bruder."

„Du lässt das nicht auf sich beruhen, oder?", fragte Logan, der die Augen zusammenkniff.

„Nö." Seth schob sich eine Strähne seiner dunkelblonden Haare aus den Augen und grinste. „Was hat dich denn die ganze Nacht wachgehalten?"

Logan senkte den Kopf und stieß ein Seufzen aus. Nach einem Augenblick schaute er auf und sagte: „Ich kann es nicht noch mal riskieren."

„Was riskieren? Verliebt zu sein? Du verdienst es, glücklich zu sein, Logan", sagte Seth, seine Stimme leise und voller Mitgefühl.

Er stieß schnaubend ein wenig erheitertes Lachen aus. „Liebe. Meinst du das gerade ernst? Du weißt, worüber ich rede. Erst Cherry, dann Brit. Wenn Georgia irgendwas zustoßen würde, wäre das mein Ende. Ich würde mir niemals verzeihen. Wie soll ich denn eine Beziehung führen, wenn ich weiß, dass ich der Grund …" Er schüttelte den Kopf, konnte den Satz nicht beenden.

„Wie oft muss ich dir noch sagen, dass du nicht verflucht bist?", wollte Seth wissen. All sein Verständnis hatte sich verzogen, und in seinen Augen blitzte Zorn. „Manchmal geschehen eben schlimme Dinge."

„Ja!", schoss Logan zurück. „Schlimmer Scheiß passiert. Aber nicht so."

„Wie denn?" Seth bewegte sich, um sich direkt vor seinen Bruder zu stellen. „Wodurch unterscheidet sich denn deine Erfahrung so sehr von jedem anderen, der schon jemand verloren hat, den er liebt? Du sagst die ganze Zeit nur, dass es deine Schuld ist. Wieso denn?"

„Ich will darüber nicht reden." Logan schob sich von der Anrichte weg und wollte schon durchs Haus gehen.

„Natürlich willst du das nicht. Das willst du nie. Wenn du nicht darüber redest, dann musst du niemals in Erwägung ziehen, dein Herz wieder zu öffnen."

Logan wirbelte herum und schaute zu seinem Bruder zurück. „Du hast keine Ahnung, wovon du da redest."

„Ach, habe ich nicht?", spuckte Seth aus. „Du meinst, ich erinnere mich nicht, dass du nach Cherrys Unfall so lange verloren warst, oder dass du dich nach Brits Überdosis komplett verschlossen hast? Ich war da, Logan. Ich war derjenige, der dich durch das Schlimmste begleitet hat. Ich weiß, dass du das alles dir zum Vorwurf gemacht hast, dass du immer noch deine Schuldgefühle mit dir herumschleppst wie eine Strafe. Du musst dir das wirklich anhören." Er kam einen kleinen Schritt auf ihn zu, und die ganze Wut verschwand aus seiner Stimme, als er sagte: „Du hast es verdient zu leben, glücklich zu sein. Und ich habe es verdient, meinen Bruder zurückzubekommen."

Logan blinzelte. „Was meinst du denn damit, dass du es verdient hast, deinen Bruder zurückzubekommen? Ich bin hier. Ich bin immer für dich da gewesen."

Seth strich sich frustriert mit der Hand durch die zerrauften Haare. „Du hast recht, das warst du. Aber du bist ... nicht derselbe. Eher schon eine Hülle dessen, was du früher warst. Du hast dich verschlossen, und ich habe diesen Lebensfunken schon jahrelang nicht mehr gesehen, der dich aus dem Inneren erleuchtet." Er hielt kurz inne. „Na ja, auf jeden Fall nicht bis diese Woche, wenn du über Georgia sprichst. Sie erleuchtet dich, Bruder. Es ist eine verarmte Schande, wenn du das alles wegwerfen würdest, nur weil du glaubst, du bist der Grund, weshalb wir Cherry verloren haben."

„Und Brit", fügte Logan tonlos hinzu.

„Brit ist für das verantwortlich, was mit Brit passiert ist, und das wissen wir beide", sagte Seth. „Ich weiß, dass du sie geliebt hast, und auf ihre Art hat sie auch dich geliebt. Aber sie hatte Probleme, Logan. Welche, mit denen du ihr nicht helfen konntest. Es ist nicht deine Schuld."

Mit dem Verstand wusste Logan, dass sein Bruder recht hatte, aber das änderte nichts an der Tatsache, dass er das Gefühl hatte, als wäre es ihre intensive Affäre gewesen, die Brits letztlichen Fall herbeigeführt hatte. Mit Cherry war es anders, aber er wusste auch, dass sie an jenem Abend niemals im Auto gewesen wäre, wenn sie nicht unbedingt für ihn hätte da sein wollen. Es gab nichts, was sie nicht für Logan getan hätte. Er atmete tief durch. „Dieser Funke, den ich mit Cherry hatte, und bis zu einem gewissen Grad auch mit Brit ... der ist bei Georgia da. Und das macht mir höllische Angst."

Mitgefühl trat in Seths blaue Augen. „Ich verstehe schon. Das tue ich wirklich. Aber willst du echt den Rest deines Lebens auf Erden damit verbringen, einfach so dein Leben zu fristen, hinter deinem Computer eingegraben, oder willst du leben?"

Er kannte die Antwort. Mehr als alles andere wollte er leben, intensiv lieben. Seine Tage und Nächte mit der umwerfenden Liebesromanautorin verbringen, die ihn völlig faszinierte. Aber seine Schuldgefühle ließen es einfach nicht zu.

Seth stieß ein müdes Seufzen aus. „Tu mir einfach einen Gefallen, machst du das?"

„Welchen denn?"

„Zieh die Möglichkeit in Betracht, dass du nicht die Schuld an vergangenen Ereignissen trägst, und dass sowohl Cherry als auch Brit ihre eigenen Entscheidungen getroffen haben. Und auch wenn das, was beiden zugestoßen ist, tragisch war, war es kein Fluch. Es war nur das Leben. Manchmal ist es scheiße. Hart. Aber du bist nicht verflucht."

Logan öffnete den Mund, um etwas zu sagen, aber Seth hob die Hand und hielt ihn auf.

„Du musst nicht antworten oder etwas dagegen einwenden. Denk einfach darüber nach, was ich gesagt habe. Okay?"

„Okay", erwiderte Logan mit heiserer Stimme. „Ich versuch's."

„Gut." Seth schob sich die Hände in die Taschen und wippte auf den Fersen nach hinten. „Na, jetzt, wo wir mit dieser Unterhaltung durch sind, bin ich nicht sicher, wie wir von hier aus weitermachen."

„Du kannst mir erzählen, was zwischen dir und Cal vorgefallen ist", sagte Logan.

„Nächstes Mal." Seth starrte ihn an, was nahelegte, dass sie nicht über dieses Thema reden würden.

„Verstehe. Wir können eine volle Therapiesitzung über meine Probleme führen, aber du sagst mir nicht mal, was der Auslöser dafür war, dass dein Freund dich sitzen lässt und die Band in die Scheiße reitet. So läuft das also?"

„Scheiße." Seth schaute aus dem Fenster. „Er glaubt, ich habe ihn betrogen."

„Hast du das?", fragte Logan, der den wertenden Unterton nicht ganz verbergen konnte.

Seth funkelte ihn böse an. „Meinst du das jetzt ernst?"

Logan zuckte mit einer Schulter. „Du weißt, dass ich meinem Urteil nicht traue. Wenn mich jemand fragen würde, würde ich sagen, Teufel, nein, das würdest du nie machen. Aber was weiß ich denn schon? Ist ja nicht so, als würden wir gerade viel Zeit miteinander verbringen."

„Diese Zeit wird gleich noch kürzer, wenn du nicht aufhörst, dich so affig zu benehmen", schoss Seth zurück. „Nein, ich habe ihn nicht betrogen. Aber du weißt, wie es in einer Band ist. Die Leute erzählen allen möglichen Schwachsinn, um sich wichtig zu machen. Einer der Roadies hat Gerüchte verbreitet, dass ich mich bei jeder möglichen Gelegenheit mit ihm aufs Klo verdrückt hätte. Und diese Gerüchte, zusammen mit seiner Eifersucht wegen des Erfolgs von ‚The One' haben dafür gesorgt, dass Cal einfach durchdreht."

„The One" war die Hit-Single der Band, die Seth über seinen Ex geschrieben hatte. Cal hatte ursprünglich in der Aufnahme gesungen, aber bevor sie sie rausbringen hatten können, war eine Version, die Seth aufgenommen und auf seinen YouTube-Channel gestellt hatte, bevor die Band unter Vertrag gewesen war, viral gegangen. Die Plattenfirma ließ sie den Song mit Seth als Lead-Sänger noch einmal aufnehmen, und seitdem war Cal verbittert. „Du weißt, dass du Besseres verdient hast als das, ja?"

„Du meinst, ich habe jemanden verdient, der mir vertraut? Ja, das weiß ich."

„Und jemanden, der nicht versucht, dir die ganze Freude an deinem Erfolg zu nehmen. Er sollte sich für dich freuen. Dieser Song ist unfassbar, und du klingst unfassbar, wenn du ihn singst. Wenn er nicht so weit an seinem eigenen Ego vorbeikommt, um sich für dich zu freuen, dann bist ohne ihn besser dran."

Seth presste die Lippen fest aufeinander, während in seinem Kinn ein Muskel zuckte.

Logan wusste, dass er einen Nerv getroffen hatte. „Ich will nur das Beste für dich, kleiner Bruder. Das weißt du, oder?"

„Das geht gleich an dich zurück, großer Bruder."

Sie blieben still, während sie überallhin schauten, nur nicht zueinander.

Schließlich lachte Logan über ihre Verlegenheit und wies mit dem Kopf zur Tür. „Komm schon. Machen wir was Witziges."

„Was Witziges? Mir war nicht klar, dass mein großer Bruder weiß, was Spaß ist", sagte Seth schockiert. „Jäten wir etwa Unkraut im Garten? Machen einen Ölwechsel in deinem Auto? Einen Trip zur Textilreinigung?"

„Zur Textilreinigung? Für wen hältst du mich?", fragte Logan.

„So einen verstaubten Schriftsteller? Ich weiß nicht. Seit wann machst du denn was Witziges?"

Logan verdrehte die Augen. „Hör auf." Er stürzte den Rest seines Kaffees hinunter, dann wies er mit dem Kopf zur Tür. „Gehen wir."

KAPITEL 14

*G*eorgia stand in ihrem Büro und lehnte sich auf eine ihrer Krücken, während sie auf ihr leeres Whiteboard schaute. Wenn sie sonst in ihrem Manuskript so weit kam, hatte sie alle Szenen ausgearbeitet und war bereit, die Finger über die Tasten fliegen zu lassen. Die Ideen waren in ihren Gedanken, aber sie brachte es einfach nicht über sich, etwas aufzuschreiben.

Sie wollte unbedingt glauben, dass Bree etwas auf der Spur war. Dass sie nicht wirklich kontrollieren konnte, was geschah. Dass jeder einen freien Willen hatte, und was immer Georgia beschloss zu schreiben, war entweder Schicksal oder einfach nur eine Vision.

Das Problem war, dass Georgia oft dramatische oder sehr schmerzhafte Probleme für ihre Figuren schrieb, durch die sie sich durcharbeiten mussten. Wenn sie das jetzt schrieb, würde sie sich niemals verzeihen, jemandem möglicherweise Schmerzen beschert zu haben. Sie nahm den blauen Stift und holte tief Luft. Sie konnte nicht einfach *nicht* schreiben. Wie sollte sie ihre Rechnungen bezahlen, wenn sie einfach aufhörte? Georgia war über zehn Jahre lang Schriftstellerin. An einem Karrierewechsel, der zwar möglich war, würde sie zerbrechen.

Das bedeutete, wenn sie dieses Buch herausbringen wollte, würde sie es witzig machen müssen. Keine Tragödien. Nur ein Werwolf, der sich in eine süße Hexe verliebte, die ihm half, sich von einem vergangenen Trauma zu erholen. Es gab keinen Grund, neue Schmerzen durchzumachen, oder? Es reichte aus, sich durch alten Schmerz zu arbeiten.

Während sie die Lippen zu einem leichten Lächeln gekrümmt hatte, machte sich Georgia daran, auf ihr Brett zu kritzeln.

Als sie die nächsten fünfzehn Kapitel abgesteckt hatte, stieß sie die Faust in die Luft und beschloss, dass es Zeit für eine Kaffeepause war. Wenn sie wieder an die Arbeit zurückkehrte, würde ihre Heldin den Helden zum ersten Mal zum Eislaufen mitnehmen. Und wenn sie Glück hatten, würden sie das Eis in ihrer Beziehung brechen.

Eine Stunde später ging Georgia auf Krücken ins *Incantation Café*, ihre Laptoptasche auf einer Schulter. Dort war es zum größten Teil leer, und sie entschied sich für einen Tisch am vorderen Fenster anstatt einen weit hinten. Es war ein wunderbar sonniger Herbsttag, und sie wollte die Sonne auf dem Gesicht spüren, während sie Worte zu Papier brachte.

„Georgia!", rief Hanna, die zu ihrer Freundin herüberlief. „Ich habe von deinem Knöchel gehört. Alles in Ordnung bei dir?"

„Mir geht es gut, dank Levi." Sie nickte zu ihrem Knöchel hin. „Ich habe in der Heilerpraxis vorbeigeschaut, bevor ich reingekommen bin. Gerry sagt, Levi hat es hervorragend gemacht, und es heilt wunderbar. Ich kann es immer noch eine Weile nicht belasten, und sie hat mir ein Rezept für einen

Schmerztrank gegeben, falls ich ihn brauche, aber bisher komme ich klar."

„Gut. Das ist echt gut." Hanna zog einen Stuhl heraus. „Setz dich. Ich hol dir einen Latte und einen Kürbis-Cupcake. Die sind mit Frischkäse gefüllt, und meine Güte, du wirst sterben, wenn du probierst."

„Klingt toll. Vielen Dank. Aber mach doch einen Mokka mit Extrasahne aus dem Latte. Ich fühle mich heute … dekadent."

„Extra Sahne. Du bist einfach mein Mädchen." Hanna zwinkerte und eilte zurück zum Tresen.

Georgia öffnete ihren Laptop und wollte gerade anfangen, zu tippen, als sie abgelenkt wurde, weil die unsichtbaren Glocken über der Tür läuteten. Der Mann, der hereinkam, hatte eine Vertrautheit, die sie nicht ganz zuordnen konnte. Er war hochgewachsen und breitschultrig, mit welligen dunkelblonden Haaren. Sie erkannte ihn nicht, aber sein Gang und die Art, wie er sich bewegte, gaben ihr das Gefühl, als hätte sie ihn schon mal getroffen. Sie konnte den Blick nicht von ihm wenden, während er zum Tresen ging.

Sobald er bestellte und Georgia seine Stimme hörte, wusste sie es.

Seth. Logans Bruder. Daran bestand kein Zweifel. Sie hatten die gleiche raue Stimme. Eine Stimme, die einfach fürs Singen gemacht war. Ganz zu schweigen davon, dass zwar ihre Haarfarbe unterschiedlich war, aber sie hatten die gleichen Gesichtszüge. Es bestand kein Zweifel, dass sie verwandt waren.

„Der ist bestimmt für Logan", sagte Hanna mit einem Lachen. „Er ist der einzige Mensch, den ich kenne, der Karamell-Vanille-Latte mit Magermilch bestellt, aber mit vier Espresso-Shots und extra Sahne. Ich meine, das ist irgendwie, als würde man drei Nachtische und eine Diät-Cola bestellen."

Seth lachte. „So was in der Art habe ich erst vor ein paar Minuten gesagt, aber er schwört, das liegt nur daran, dass er den Geschmack von Magermilch lieber mag." Er zuckte mit den Schultern. „Wenn es ihn glücklich macht, bin ich glücklich."

„Das ist mein Motto." Hanna beschäftigte sich damit, die Bestellungen vorzubereiten.

Georgia lehnte sich zurück und beobachtete Seth fasziniert. Er war gut aussehend, aber auf raue Art, während Logan etwas geschliffener war. Sie schätzte, das könnte an ihren Lebensentscheidungen liegen, wenn man bedachte, dass Logan Schriftsteller war und Seth in einer Band.

„Hey", sagte Seth mit einem Nicken, als er merkte, dass sie ihn beobachtete.

Georgia spürte, wie sie ganz rot wurde. „Tut mir leid. Ich wollte dich nicht anstarren. Es ist nur so, dass du mich sehr an Logan erinnerst. Das finde ich faszinierend."

Er beäugte sie interessiert. „Du kennst meinen Bruder?"

Sie nickte. „Ja. Er ist ein guter Freund. Nicht jeder will und kann eine erwachsene Frau aus dem Wald tragen, wenn sie sich den Knöchel verstaucht hat."

In seinen Augen blitzte Erkenntnis. „Ah, du bist bestimmt Georgia." Er kam herüber und hielt ihr eine Hand hin. „Ich bin Seth."

Sie schüttelte ihm die Hand. „Wie schön, dich zu treffen. Bist du lange in der Stadt?"

Er zuckte mit einer Schulter. „Das werden wir sehen. Es hängt davon ab, was mit meiner Band abgeht." Er deutete auf den leeren Stuhl an ihrem Tisch. „Macht es dir was, wenn ich mich setze, während ich auf meine Bestellung warte?"

„Überhaupt nicht. Besonders nicht, wenn du mir die ganzen Geheimnisse deines Bruders erzählst", neckte sie. Seine Miene wurde verhalten, und Georgia wurde sofort klar, dass sie etwas Falsches gesagt hatte. „Tut mir leid. Ich habe nur gescherzt. Das habe ich nicht ernst gemeint."

Er stieß angehaltene Luft aus und lehnte sich an seinen Stuhl zurück. „Keine Sorge. Ich habe bestimmt überreagiert. Es ist nur so, dass wir beide schon eine Menge aufdringliche Presse erlebt haben. Das Showbusiness geht wirklich unter die Haut, weißt du?"

„Nicht wirklich, aber ich kann es mir vorstellen." Sie stieß ein leises Lachen aus. „Wenn ein Schriftsteller nicht gerade ein Bestseller verfasst, kümmert sich eigentlich niemand darum, was wir so tun. Ich bin überrascht, dass die Medien hinter Logan her waren. War es schlimm?"

„Es war vor langer Zeit, bevor er sein Leben verändert hat, um Schriftsteller zu werden. Ich habe gehört, er hat für dich mal am Abend Gitarre gespielt, also weißt du doch, dass er ein Musiker ist. Aber wusstest du, dass er in einer Band war?"

„Er hat mal so was erwähnt. Er sagte, mit Wörtern wäre er besser."

Seth schüttelte langsam den Kopf.

Georgia hob eine Augenbraue. „Du hältst ihn nicht für einen tollen Schriftsteller? Es ist schwer, gegen seinen Erfolg zu argumentieren."

„Das ist es nicht", sagte Seth mit einem leichten Lachen. „Er hat ohne Zweifel seine Fans, aber wenn er sagt, er ist mit Wörtern besser? Nein. Nicht in diesem Leben. Du hast ihn spielen gehört, oder?"

„Klar. Er ist sehr gut mit der Gitarre", stimmte sie zu. Wirklich, wirklich gut.

„Seine Stimme ist sogar noch besser. Seine Band war

gerade dabei, richtig groß rauszukommen, als er aufgehört hat. Sie wollten auf Welttournee gehen und hatten einen Hit. Aber nach dem Unfall hat er einfach alles aufgegeben."

„Welchem Unfall?", fragte Georgia, die sich vorbeugte. „Und welche Band?"

„Seine erste Band hieß Jump Back. Sie hatten ein Lied für eine Kindersendung aufgenommen, die so halbwegs beliebt war. Aber es war seine zweite Band, die Rockband Halo, in die er sein Herz und seine Seele gegeben hat. Schlag's mal nach. Ich bin ziemlich sicher, da gibt es eine Wikipedia-Seite."

„Mache ich." Georgia spähte zu ihm. „Irgendwas sagt mir, dass Logan nicht wollen würde, dass du darüber redest. Warum erzählst du es mir?"

„Weil, Georgia, mein Bruder eine Menge durchgemacht hat. Mehr als die meisten. Er könnte wirklich etwas Spaß im Leben vertragen. Für mich sieht es so aus, als könntest du diejenige sein, die diese Seite von ihm wieder hervorkitzelt. Aber vielleicht muss man sich dazu etwas anstrengen, und ich wollte, dass du erfährst, weshalb das so ist."

In diesem Augenblick kam Hanna mit ihren beiden Bestellungen. Sie stellte Georgias Bestellung vor ihr ab und reichte Seth ein Tablett und eine Tüte zum Mitnehmen.

„Danke, Hanna", sagte Georgia.

Seth stand auf, nachdem er sich auch bedankt hatte. „Ich geh mal besser zurück zu *Magical Notes*, bevor sie nach mir suchen." Er warf einen Blick auf Georgia. „Es war schön, dich kennenzulernen."

„Dich auch", sagte sie, wollte unbedingt weitere Fragen über seinen Bruder stellen, aber sie wollte ihn nicht vor Hanna in Verlegenheit bringen.

Nachdem er hinausgegangen war, wandte Hanna sich an

sie, in ihren Augen funkelte Neugier. „Worüber habt ihr beiden denn geredet?"

„Logan. Wusstest du, dass er in einer Band gespielt hat, bevor er Autor wurde?", fragte Georgia.

„Ja. Ich bin ziemlich sicher, ich wusste, dass er irgendein Lied für eine Kindersendung aufgenommen hat. Warum?"

„Kein besonderer Grund. Sein Bruder hat davon gesprochen." Georgia nahm sich ihren Cupcake, biss einmal ab und stieß ein lautes Stöhnen aus, als die Gewürze und die Frischkäsefüllung auf ihre Geschmacksknospen trafen. „Oh, bei den Göttern", flüsterte sie Hanna beeindruckt zu. „Das ist unfassbar gut."

Hanna strahlte. „Danke. Es war ein bisschen Magie nötig, um es richtig hinzukriegen, aber ich könnte nicht glücklicher mit dem Ergebnis sein."

„Magie?", fragte Georgia.

Hanna zwinkerte nur, und dann ging sie zurück an den Tresen.

„Ich brauche noch ein halbes Dutzend von denen, um sie mit nach Hause zu nehmen", rief sie Hanna nach.

„Bin dabei", rief die Cafébesitzerin zurück.

Georgia öffnete ihren Laptop und suchte nach dem Bandnamen Halo, während sie den Cupcake aufaß und an ihrem Mokka nippte. Nach ein paar Klicks hatte sie die Wikipedia-Seite der Band geöffnet. Dort stand nicht viel, nur eine Zusammenfassung der vier Mitglieder, eine Zeile über ihr One-Hit-Wonder, und dann einen Hinweis, dass eines ihrer Mitglieder in einem tragischen Verkehrsunfall ums Leben gekommen war. Der Name der Frau war Cherry Chance. Sie klickte auf den Link, der zitiert wurde, und überflog den Artikel.

„O nein", flüsterte Georgia, als ihr klar wurde, dass Cherry gestorben war, während sie sich beeilt hatte, in einer stürmischen Nacht Logan auf einem Privatflugplatz zu treffen, weil sie in letzter Minute zu einer Late-Night-Show eingeladen worden waren. Es war ein brutaler Unfall gewesen, und das Foto, das dabei war, brach ihr das Herz. Logan war vor Ort, sein Gesicht gequält, während er ihren leblosen Körper hielt.

Ein Update des Artikels legte nahe, dass sich die Band zwei Monate später aufgelöst hatte, und dass man von Logan bis vor drei Jahren nichts mehr gehört oder gesehen hatte, als seine damalige Freundin tot aufgefunden worden war, nachdem sie Selbstmord begangen hatte.

Georgia rieb sich über ihre schmerzende Brust und musste die Tränen wegwischen, die ihr in die Augen traten. Seth hatte recht. Logan hatte mehr durchgemacht als die meisten, und er verdiente es, jemanden zu haben, der ihm half, Freude zu finden.

Erst als Georgia mit ihrer Tüte voller Cupcakes durch die Tür war und sich mit den Krücken zu ihrem Auto aufmachte, wurde ihr klar, dass es schon wieder geschehen war. Ihre Notizen für ihr nächstes Kapitel passten perfekt zu dem, was sie in Sachen Logan geplant hatte. Der Held hatte eine tragische Vergangenheit, und die Heldin würde ihn ermutigen, sie hinter sich zu lassen, indem sie ihm half, etwas Spaß zu haben. Nur dass Georgia sich gegen die Idee mit dem Eislaufen aussprach. Auf gar keinen Fall würde sie irgendwann in nächster Zeit auf dem Eis stehen.

Aber das hieß nicht, dass sie nichts Besseres finden konnte. Sie musste einfach nur kreativ werden.

KAPITEL 15

„och einer?", fragte Logan, während er auf den Gitarrensaiten klimperte.

Levi, der am Schlagzeug saß, schlug einen raschen Rhythmus. „Auf jeden Fall. Ich muss nirgends anders hin."

„Wie wäre es mit einem Original?", fragte Seth, der mit den Fingern über die Tasten strich.

„Hast du was Neues, das du versuchen möchtest?", fragte Logan seinen Bruder. Sie waren schon seit einer Stunde im Hinterzimmer von *Magical Notes* und spielten alles von Prince bis hin zu den Red Hot Chili Peppers. Logan hatte gewusst, dass sein Bruder es lieben würde, ohne den Druck zu spielen, sich mit seiner Band herumschlagen zu müssen, und er hatte recht behalten. Seth hatte sich voll ins Zeug gelegt und auf das Klavier eingehämmert, während er seine Stimme für den Gesang hergegeben hatte. Und Logan war zufrieden damit gewesen, aus vollstem Herzen Gitarre zu spielen.

„Es gibt da was, an dem ich irgendwie gearbeitet habe. Möchtet ihr?", fragte Seth.

„Auf jeden Fall", ließ Levi sich vernehmen. „Lass es uns hören."

Seth nickte und fing an zu spielen. Die Eröffnung war ein weicher, bittersüßer Klang, und es war die Art Intro, bei der man wirklich innehielt und lauschte. Dann, nach einer Pause, fingen seine Finger an, zu fliegen, als das Tempo dramatisch wurde. Seth nickte den anderen beiden zu und legte nahe, dass sie mitspielen sollten.

Logan stürzte sich hinein, nahm sofort auf, was Seth vorgelegt hatte. Levi brauchte ein paar Versuche, aber schließlich fand er den Rhythmus, und Logan wusste, dass mit etwas Feinschliff die Musik, die Seth geschaffen hatte, etwas Besonderes sein würde.

Sie spielten eine gefühlte Ewigkeit zusammen, bis Seth das Tempo wieder wie beim Intro änderte. Logan und Levi ließen ihre letzten Töne verklingen, sodass Seth im Rampenlicht stand. Und als seine Finger schließlich zum Stillstand kamen, wurden sie alle leise, ließen die Tatsache einsickern, dass sie an etwas beteiligt gewesen waren, das die Seelen der Menschen erreichen würde.

Seth räusperte sich. „Noch mal? Ich habe ein wenig mit dem Text angefangen."

Logan und Levi nickten beiden und warten darauf, dass die Musik wieder anfing.

„Morgenrot, Sonnenlicht. Ich will dich halten, bis die Nacht anbricht", sang Seth mit eindringlicher Stimme.

Eine Gänsehaut stellte sich auf Logans Armen ein, und er wusste, *wusste* einfach, dass das der Song sein würde, der Seth den Durchbruch brachte.

„Am neuen Tag sagst du, du gehörst mir allein, doch dann kam der Anruf rein. Alles gut, sagst du, du bist für immer mein. Sonnenlicht, Abendglut, ich kämpfe gegen die Tränenflut."

Das schnelle Schlagzeug ließ Feuer in Logans Blut aufflammen, und während Seth seinen epischen Trennungssong sang, spürte Logan jede kleinste Note bis in die Seele. Es war bittersüß, voller Verlust, Liebe und Eifersucht. Das würde auf jeden Fall einschlagen.

„Du läufst durch meine Finger wie Sand ", brachte sich Levi ein. *„Ist nur ein Auftrag, mach keinen Aufstand. Mondlicht, Mitternacht, du bist nie wieder bei mir aufgewacht."*

Seth nickte Levi zu, und zusammen warfen sie einander Textzeilen zu, inspirierten sich gegenseitig. Die ganze Zeit spielte Logan weiter, war von seiner Überzeugung eingenommen, dass er den Beginn von etwas Magischem erlebte.

Als die letzten Töne verklangen, stieß Logan einen leisen Pfiff aus.

„Das war … wow", sagte Levi, die Augen aufgerissen.

„Da steckt irgendwas drin, oder?", fragte Seth.

„Es ist ein gottverdammter Hit, Seth." Logan ging rüber zu Levi und klopfte ihm auf die Schulter. „Ich hatte keine Ahnung, dass du so singen kannst."

Levi zuckte mit den Schultern, sein Gesicht wurde leicht rosa. „Ich übe eigentlich nur unter der Dusche."

Seth lachte. „Wird Zeit, dass du aus dem Bad rauskommst, Kleiner, denn ich werde dich brauchen, um diesen Text fertig zu kriegen."

Levis Mund klappte auf. Dann schluckte er und räusperte sich. „Meinst du das ernst?"

Seth warf einen Blick auf Logan. „Da war Magie drin, oder nicht?"

Logan nickte. „Auf jeden Fall. Es wäre ein Verbrechen, wenn ihr nicht zusammenarbeitet."

„Also ist es abgemacht", sagte Seth, der sich vom Klavier

erhob und hinüber zum Schlagzeuger ging. „Wie wäre es, wenn wir die Köpfe zusammenstecken und daran arbeiten, unseren Text zu verfeinern?"

„Äh, ja, okay", sagte Levi. Er sprang auf, warf eines der Becken um. Es fiel mit lautem Krach zu Boden. „Scheiße." Er bemühte sich, es wieder aufzustellen.

Seth lachte leise und machte dann eine Kopfbewegung. „Komm schon. Gehen wir rüber ins Café, damit wir arbeiten können."

Logan sah die beiden wieder in den vorderen Teil des Ladens verschwinden. Als er dann seine Jacke aufsammelte, hörte er das leise Geräusch, als jemand den Raum betrat. Er drehte sich um und sah Georgia, die gleich im Eingang stand, sich auf ihre Krücken stützte.

Sie neigte den Kopf, während sie ihn anlächelte. „Das war beeindruckend."

„Ich bin einfach nur dem gefolgt, was sie vorgegeben haben. Das Lied gehört Seth, und jetzt Levi, schätze ich." Er schnappte sich seine Jacke und schlüpfte hinein. „Wie lange warst du schon da draußen?"

„Nur ein paar Minuten. Ich bin gekommen, um zu sehen, ob du ein paar Stunden Zeit hast, um heute was zu unternehmen."

War das leichte Nervosität, die er da in ihrer Stimme hörte? Er war sich nicht sicher. „Bei mir steht nichts im Kalender. Was hast du denn vor?"

Ihr Lächeln wurde größer. „Magst du Wein?"

„Klar. Wer denn nicht?"

„Gut. Die Pelshes haben ein Weingut, und ich wollte schon immer mal da raus und es mir anschauen. Kommst du mit?"

Er nickte zur Tür hin. „Nach dir."

~

LOGAN ÖFFNETE die Autotür für Georgia und reichte ihr die Krücken.

„Danke." Sie sprang auf einem Fuß hinaus und handhabe die Krücken, als hätte sie sie schon seit Wochen in Gebrauch, nicht erst ein paar Tage. „Hier entlang."

Er folgte ihr über den Bürgersteig, betrachtete die wunderschöne Umgebung. Auf drei Seiten des Gebäudes gab es Weinreben, und sie hatten sich zu umwerfenden Orange- und Gelbtönen verfärbt.

„Es ist Erntezeit", sagte Georgia. „Wenn wir Glück haben, können wir vielleicht zusehen, wie er hergestellt wird."

Logan musste zugeben, dass das cool wäre. Aber ehrlich gesagt war es ihm egal, was sie unternahmen. Er genoss einfach nur, Zeit mit ihr zu verbringen. Auf der Fahrt zum Weingut hatten sie über ihre Lieblingsautoren, -filme und sogar -musik geplaudert. Sie hatte von Seth geschwärmt und kannte sogar ein paar Songs seiner Band.

Er war sogar so entspannt gewesen, dass ihm, als sie darüber gesprochen hatten, wie er und Seth zur Musik gekommen waren, ein Ausrutscher passiert war, und er hatte erwähnt, dass er selbst eine Band gehabt hatte. Er war überrascht gewesen, als Georgia ihm keine Fragen über Halo gestellt hatte, aber dann war ihm rasch klar geworden, dass sie es wohl bereits wusste und das Thema absichtlich auf sich beruhen ließ. Dafür wollte er sie küssen, aber wegen des Umstands, dass sie einfach nur Freunde sein sollten, hatte er sich zurückgehalten.

Sie kamen an der Schiebetür der Scheune an, und Logan öffnete sie für sie.

„Danke", sagte sie leise, während sie an ihm vorbei in das Gebäude ging.

Logan folgte ihr und war überrascht, als er sah, dass sie die Einzigen dort waren. „Haben sie offen?"

„Ja." Sie begab sich zum Tresen und setzte sich auf einen Hocker. Nach einem Augenblick erschien aus der leeren Luft vor ihr eine Speisekarte und schwebte auf den Tresen vor ihr hinab. „Hast du Hunger?"

„Etwas." Er setzte sich neben sie und warf einen Blick über ihre Schulter, noch während seine eigene Speisekarte erschien. „Wonach ist dir denn?"

Sie drehte den Kopf, und ihre Blicke trafen sich. Die Luft zwischen ihnen war plötzlich aufgeladen. Logan konnte nicht verhindern, dass sein Blick auf ihren Lippen landete. *Heilige Scheiße,* dachte er. Die Art, wie er sich zu ihr hingezogen fühlte, schlug einfach alles.

Georgia lehnte sich zurück und holte Luft. „Ich kann mir den gegrillten Thunfisch vorstellen, oder die herzhaften Crêpes."

„Beides. Und die Ravioli mit Ziegenkäse."

„Klingt perfekt." Georgia legte beide Speisekarten zusammen, und dann stieß sie ein leises Keuchen aus, als vor ihnen zwei Weingläser erschienen.

„Wusstest du, dass dieser Ort so verzaubert ist?", fragte Logan sie.

„Nein. Überhaupt nicht. Hanna hat mir erzählt, dass sie was Neues machen und hier interessante Dinge im Busch sind, aber ich dachte, sie hätte sich auf das Cider-Geschäft bezogen, nicht darauf, den Proberaum in eine magische Oase zu verwandeln. Obwohl ich nicht überrascht sein sollte, denn Hanna hat mir erzählt, dass ihre Mutter eine ziemlich talentierte Lufthexe ist."

„Es ist alles noch in Arbeit", sagte eine ältere Frau, die dieselben Augen hatte wie Hanna, während sie hereinkam. „Hi, ich bin Mary, willkommen auf dem Pelsh-Weingut."

„Hi, Mary. Die Speisekarte sieht toll aus", sagte Logan.

„Vielen Dank. Ist sie auch. Aber wartet mal, bis ihr den Wein probiert. Das ist der echte Star." Mary machte sich an die Arbeit, um eine Auswahl an Weinen für sie aufzustellen, und bevor er es sich versah, kam das Essen, über das sie gesprochen, das sie aber eigentlich nie bestellt hatten.

Bis die Weingläser und Teller leer waren, war Logan entspannt und hatte eine fantastische Zeit mit Georgia. Mit ihr konnte man mühelos reden, und es machte Spaß, mit ihr zu lachen.

„Bist du jemals so vertieft in deine Romanhandlung gewesen, dass dir gar nicht klar geworden ist, was um dich herum los ist?", fragte sie.

„Äh, ich schätze schon. Wenn etwa jemand versucht, mit dir zu reden, aber du hörst denjenigen nicht, weil du so tief drin steckst?"

„Genau. Aber ich bin sogar noch schlimmer. Einmal, bevor ich hergezogen bin, habe ich in einem Ferienhaus übernachtet, während ich versuchte, eine Deadline zu schaffen. Ich war draußen und bin rumgelaufen, während ich an einem Problem mit der Handlung gearbeitet habe. Ich war so neben mir, dass ich direkt in den Pool gelaufen bin." Sie lachte leise. „Das wichtigste daran war, als ich auftauchte und nach Luft schnappte, fiel mir plötzlich die Lösung ein."

„Da hattest du Glück", sagte er und grinste sie an. Er liebte eine Frau, die über sich selbst lachen konnte.

„Das dachte ich mir auch. Willst du wissen, was ich das nächste Mal tat, als ich Schwierigkeiten hatte?" Ihre Augen funkelten schelmisch.

„Du hast es mit der Dusche probiert?", fragte er, weil er wusste, dass eine Menge Schriftsteller am besten dachten, während sie unter dem Wasserstrom standen, wo sie nichts ablenken konnte.

„Nö. Ich habe den nächstbesten Pool gesucht und mich reingeworfen."

Er schüttelte den Kopf. „Hat es funktioniert?"

„Nicht mal annähernd. Allerdings habe ich die Nachbarn gut unterhalten. Deren Pool war es."

Logan legte den Kopf zurück und lachte. „Himmel, Georgia. Du bist schon eine Nummer."

„Ich versuch's."

Mary erschien wieder, in ihren Augen funkelte Aufregung. „Seid ihr bereit für die Tour?"

„Es gibt eine Tour?", fragte Georgia und schaute dann auf ihren Fuß hinab. „Wie weit ist es? Ich kann ein wenig auf Krücken laufen, aber wenn wir von einem richtigen Spaziergang reden, muss ich ihn diesmal wohl auslassen."

„Keine Sorge. Gehen ist unnötig." Mary bedeutete ihnen, dass sie ihr folgen sollten.

Logan hielt Georgia einen Arm hin, damit sie sich stützen konnte, während sie vom Hocker glitt und ihre Krücken richtete, und dann folgte er ihr nach draußen durch die Hintertür, wo ein Heuwagen ohne Pferd wartete.

„Eure Kutsche steht bereit", sagte Mary. „Steigt ein und genießt den Nachmittag, während ihr das Gelände erkundet."

„Ich bin bereit, wenn du es bist", sagte Georgia.

Logan nickte. Er konnte sich nicht vorstellen, wo er lieber gewesen wäre.

KAPITEL 16

„*D*as ist mehr, als ich erwartet habe", sagte Georgia, die lachte, während der Wagen über den Feldweg durch das Weingut holperte.

„Echt?", fragte Logan, sein Gesicht so freudig, dass Georgia beinahe weinen musste.

Sie umklammerte den Rand des Holzsitzes, während ihr Hintern auf der harten Oberfläche auf und ab hüpfte. „Sagen wir einfach nur, ich hätte ein Kissen für meinen Allerwertesten mitgebracht, wenn ich gewusst hätte, dass es ein so holpriger Ritt werden würde."

„Ach, du Arme. Aber zumindest hat Mary dir ein Kissen für den Fuß mitgebracht."

Georgia musste zugeben, dass Mary Pelsh wirklich liebenswert war. Sie hatte den Wagen nicht von der Scheune abfahren lassen, bis sie sicher gewesen war, dass Georgias Knöchel keinen weiteren Schaden davontragen würde. „Das Weingut der Pelshes bekommt eine Fünf-Sterne-Rezension auf Yelp."

„Großes Lob."

„Ich habe doch ein Händchen für gute Locations, oder?", fragte ihn Georgia.

„Das auf jeden Fall", sagte er und klang plötzlich ernst, während er eine Hand über ihre legte und ihr die Finger drückte.

Georgias Herz schlug etwas schneller. Als sie beschlossen hatte, Logan diesen Nachmittag auszuführen, hatte sie nie erwartet, dass mehr als Freundschaft daraus erwachsen würde. Sie war nicht naiv. Die Chemie zwischen ihnen war jenseits von Gut und Böse, aber nachdem er sich zurückgezogen hatte, hatte sie angenommen, dass sie diese Linie einfach nicht überschreiten würden.

Du hast darüber geschrieben, sagte eine Stimme ganz weit hinten in ihrem Verstand zu ihr.

Und wenn sie etwas Ähnliches geschrieben hatte? Diese spezielle Szene brachte nichts als Freude. Wenn sie die Dinge geschehen ließ, dann sollte es so sein. Jeder hatte Glück verdient. Georgia schob den Gedanken schnell zur Seite und verschränkte die Finger in denen von Logan. Als er fester zugriff, schmolz ihr Inneres dahin. Es gab nicht viel, das sie lieber mochte als ein Gefühl der Verbindung zu jemandem. Und es war viel zu lange her, seit sie sich nicht einsam gefühlt hatte.

„Was ist das?", fragte Logan, der konzentriert nach vorne spähte.

Georgia folgte seinem Blick und runzelte die Stirn. „Eine Art Teich?"

Als sie näherkamen, kniff Georgia die Augen zusammen und stieß dann ein lautes Lachen aus, sobald sie erkannte, wohin sie unterwegs waren. „Ich kann das nicht glauben."

„Du kannst was nicht glauben? Das sieht aus wie eine Eislaufbahn." Er deutete auf ein kleines Gebäude und einige

Bänke, die an einem Ende aufgereiht standen. „Sie haben sogar eine Scheune für Schlittschuhe." Er schaute auf ihren Fuß hinunter. „Oh, stimmt. Vielleicht nächstes Mal?"

„Es gibt ein nächstes Mal?", fragte Georgia, bevor sie sich aufhalten konnte.

Er schaute hinab auf ihre verbundenen Hände. „Ich halte das für sehr wahrscheinlich, du nicht?"

„Ja. Ich wollte nur nichts vorwegnehmen."

Er lachte leise und hob ihre Hand an seine Lippen.

Der Kuss, den er ihr gab, ließ ihre Haut beben, führte zu einem unwillkürlichen Seufzen, bei dem sie wie ein liebeskranker Teenager klang.

Seine Lippen krümmten sich zu einem winzigen schiefen Lächeln, sodass ihr klar wurde, dass er es gemerkt hatte, aber er sagte nichts, während er beide Hände über ihre legte und sie in seinem Schoß hielt.

„Ich finde, du solltest etwas Eislaufen, und ich werde Videos für unsere Highlights davon machen", neckte Georgia.

„Im Leben nicht", erwiderte er und schüttelte den Kopf. „Wenn ich da rausgehe, breche ich mir am Schluss noch das Steißbein."

„Ernsthaft? Du warst noch nie Eislaufen?", fragte sie.

„Nö."

„Aber du warst bestimmt ein Skateboarder, oder?"

Er beäugte sie. „Woher weißt du das?"

„Nur gut geraten", sagte sie. Er hatte den hageren, aber trotzdem muskulösen Körperbau eines Mannes, der zwar athletisch war, aber nicht viel Zeit im Fitnessstudio verbrachte. „Wann kriege ich denn deine Moves zu sehen?"

„Genau zu dem Zeitpunkt, wenn du mir deine zeigst, sobald du neben dem Pool an deinem Buch arbeitest."

Georgia lachte. „Ja, okay. Irgendwann bald mal werde ich

dich einladen und dir das in Erinnerung rufen."

„Auf jeden Fall."

Der Wagen kam ruckartig neben der Scheune an der Eislaufbahn zum Stillstand.

„O nein, Wagen", sagte Georgia. „Wir steigen nicht aus."

Der Wagen bewegte sich nicht.

Sie schaute sich um, suchte nach einem Knopf oder Hebel, der den Wagen wieder in Bewegung setzen würde. Aber es gab nichts. Nicht mal eine Decke für den Fall, dass ihnen kalt werden würde. „Na, das wird aber peinlich, wenn wir in der Kälte sterben."

„Machen wir etwa ein Drama?", fragte Logan.

„Nicht, wenn wir die ganze Nacht hier draußen gelassen werden. Du hast keine Ahnung, wie kalt mir abends wird."

„Ich halte dich warm", versprach er, während er sich anschickte, aus dem Wagen zu steigen.

Georgia hatte noch Tagträume davon, wie genau er sie warmhalten würde, als er ihr seine Hand bot.

„Komm schon. Wir schauen uns ein bisschen um", sagte er.

Sie legte den Kopf schief, betrachte das goldene Feld zwischen ihnen und den großen Mammutbäumen in der Ferne. Sie kniff die Augen zusammen und war sich sicher, dass sie ein paar Rehe auf der anderen Seite der Wiese äsen sehen konnte. Da die Sonne bereits unterging, war es umwerfend schön. Ja, ihr würde es nichts ausmachen, sich hier draußen Zeit zu lassen. Und wenn sie festsaßen? Bestimmt würden die Pelshes es merken, wenn der Wagen nicht zurückkam, oder?

„Okay, aber ich will trotzdem noch deine Moves auf dem Eis sehen", sagte Georgia, sobald sie sicher auf dem Boden war, und hielt sich mit ihren Krücken aufrecht.

Er hob eine Augenbraue. „Das wirst du nicht auf sich beruhen lassen, oder?"

Sie grinste. „Womit könnte ich dich denn sonst ärgern?"

„Okay", erwiderte er mit einem Nicken. „Ich ziehe mir die Schlittschuhe an, wenn du versprichst, den Schlitten auszuprobieren."

„Schlitten?", fragte sie und schaute sich um. „Was soll ich denn damit anfangen? Es gibt keinen Schnee."

„Es ist ein Schlitten fürs Eis." Logan deutete auf das Gerät, das gleich in der Scheune stand. „Der ist für Leute, die nicht Schlittschuhlaufen können, aber trotzdem das Eis erleben wollen."

„Das werde ich auf jeden Fall machen", sagte Georgia aufgeregt. Sie liebte Eislaufen, und obwohl sie das nicht in den Zustand versetzen würde, es ausprobieren zu können, bekam sie zumindest einen Platz in der ersten Reihe, um Logan zu beobachten.

Sobald Logan die Schlittschuhe anhatte, stand er auf und wackelte gefährlich.

„Huch", sagte sie und packte ihn am Arm, um ihn zu stabilisieren. „Du musst in den Knöcheln stabil bleiben. Lass sie nicht einknicken, oder du fällst auf jeden Fall um."

„Ich glaube, ich brauche eine Lehrerin", sagte er, während er versuchte, hinüber zum Eis zu gehen. Er streckte die Arme aus, um sich zur stabilisieren, als seine Beine wieder wackelten.

„Hey, Logan?", fragte sie.

„Ja?"

„Wann hast du zum letzten Mal irgendwie trainiert?", fragte sie erheitert.

„Du meinst, außer dass ich dich aus dem Wald getragen habe?"

Sie nickte.

„Äh, vielleicht vor sechs Monaten? Ich bin gewandert, aber

sonst habe ich nicht viel gemacht."

„Okay. Na, sorg dafür, dass du Entzündungshemmer bei dir hast, wenn du nach Hause gehst. Vielleicht bekommst du einen Muskelkater."

„Notiert." Er schien sich zu stabilisieren, aber er stand am Rande des Eises und schaute zu ihr zurück. „Ich lege nicht los, bis du auf diesem Schlitten bist."

„Nur darauf wartest du?", fragte sie und warf ihm ein Lächeln zu. „Das kann ich ändern." Mit den Krücken ging Georgia hinüber, um sich neben ihn zu stellen. Er hatte den Schlitten bereits an den Rand des Eises gezogen und hielt ihn ruhig, damit er nicht unter ihr wegrutschte, während sie sich einrichtete. Sobald sie saß, schob er sie sanft hinaus auf das Eis. Der Schlitten glitt etwa drei Meter weit und kam zum Stillstand. Georgia krümmte den Finger in seine Richtung. „Jetzt musst du hier rauskommen, sonst stecke ich für immer fest."

„Das können wir nicht zulassen." Logan machte seinen ersten Schritt auf dem Eis und verlor sofort das Gleichgewicht. Er fiel hart auf die Eisfläche, beide Beine ragten über das Eis hinaus.

„Alles in Ordnung?", fragte sie, ihre Stimme ganz besorgt.

„Ja, nur ein angeschlagenes Ego." Er schob sich wieder hoch und nahm den Handlauf, der um den Teich führte. „Ich kriege es hin."

„Probier es mal mit den Zacken. Die sollten verhindern, dass du das Gleichgewicht verlierst."

Logan schaute auf seine Schlittschuhe, als würde er herausfinden wollen, wo zum Geier die Zacken sein könnten.

Sie deutete auf die Zähne vorne an den Kufen seiner Schlittschuhe.

„Verstanden." Als er diesmal hinaus auf das Eis trat, bebten seine Beine wieder, aber er fiel nicht um.

Georgia hielt ihre Hände vor. „Komm hier rüber. Du kannst mich nehmen, um besser das Gleichgewicht zu halten."

„Schon gut, ich kann – Scheiße!" Er wackelte, und seine Arme begannen zu rudern.

„Zacken!", rief sie.

Er hob einen Fuß und rammte den Zehenteil der Kufen ins Eis, sodass er die Stabilität bekam, die er brauchte.

Georgia grinste ihn an. „Siehst du? Deine ganzen Reflexe vom Skateboarden sind noch da. Du schaffst das."

Aus seinen Augen strahlte Entschlossenheit, während er sich darauf konzentrierte, zu Georgia zu kommen. Sie war nicht überrascht, als seine Beine aufhörten zu beben und er allmählich auf mühelose Art zu ihr glitt.

„Hervorragend. Jetzt langsamer, und ..."

„Verdammt!" Es zog ihm die Beine auseinander, und Georgia war sicher, dass er wieder hinfallen würde, aber er griff vor, und sie packte ihn an den Händen. Es reichte, um zu verhindern, dass er sich das Steißbein auf dem Eis anstieß. „Gut gefangen", sagte er und nickte über ihre Hände hinweg. Er war leicht in der Hocke, während sie auf den Knien saß.

„Du bist derjenige, der nach mir gegriffen hat", sagte sie und lächelte zu ihm auf. „Was jetzt? Ziehst du mich um die Eisbahn?"

Er schaute sich um, beäugte das Dämmerlicht, und plötzlich nickte er entschlossen. „Das kannst du glauben. Dieses Setting kann ich doch nicht auslassen, oder?"

„Nein", sagt sie grinsend. „Weißt du, diese Version von dir mag ich wirklich."

„Ich auch." Er nahm ihre Hände und ging langsam rückwärts. Als der Schlitten sich in Bewegung setzte, grinste er sie an. „Sieht aus, als würden wir es machen."

„Ja, wir tun es."

Als Logan sicherer wurde, machte er etwas schneller. Georgias Haare bewegten sich in der Brise, und obwohl sie auf einem Schlitten war, beschloss sie, dass das die beste Eislauferfahrung war, die sie jemals gehabt hatte.

„Wie wäre es, wenn wir eine Drehung versuchen?", fragte er und klang verwegen.

„Eine Drehung?", keuchte sie. „Ich glaube nicht, dass wir dafür auch nur annähernd bereit sind."

„Entspann dich", sagte er locker. „Ich meine nur, dass wir uns im Kreis drehen, damit wir zurückkönnen."

„Oh, klar", erwiderte sie und freute sich, als er sie völlig mühelos umdrehte.

„Okay, jetzt sieh mal her." Logan ließ einen Schlittschuh nach links gleiten, stellte sein ganzes Gewicht darauf, und ehe sie es sich versah, wirbelte er sie in einem Kreis herum.

Es war großartig mit der kühlen Luft in ihren Haaren und seinen Händen, die um ihre lagen. Sie stieß einen freudigen Jubelschrei aus, der rasch zu einem erschrockenen Ruf wurde, als Logans Schlittschuhe unter ihm wegglitten und er hinfiel, wobei er sie direkt auf sich zog.

Beide waren sie kurz still, und während die Wirklichkeit dieses Augenblicks auf sie aufholte, flüsterte Georgia: „Bist du in Ordnung?"

„Ja." Logan griff nach oben und strich ihr eine Locke auf Abwegen aus den Augen. „Du?"

Sie lächelte auf ihn herab. „Klar. Ich bin weich gelandet."

„Gut", flüsterte er. Er hob den Kopf und streifte mit seinen Lippen ihre.

Georgia versteifte sich nur ganz kurz, aber dann entspannte sie sich und ließ sich in den besten Kuss ihres Lebens sinken.

KAPITEL 17

*L*ogan schlang die Arme um Georgia und hielt sie fest, während er den Kuss vertiefte. Die Magie, die ihn immer umgab, wenn er sie hielt, wurde intensiver und verschlang ihn ganz. Er spürte nicht einmal die Kälte des Eises, die durch seine Kleider sickerte. Er war ganz im Augenblick, war sich nichts bewusst außer ihrer weichen Lippen auf seinen.

„Hi", flüsterte sie, zog sich leicht zurück.

„Hey." Seine Stimme war heiser, als er in ihr gerötetes Gesicht hinaufschaute.

Sie drückte ihm eine kühle Hand auf die Wange. „Das ist echt schön, aber vielleicht sollten wir zurück zum Wagen, bevor es zu kalt wird."

Logan schaute sich ihre Umgebung an, merkte, dass die Sonne bereits untergegangen war und das Licht schwand. „Ja, ich glaube, du hast vielleicht recht."

Georgia stieg wieder auf den Schlitten und wartete, bis er aufstand. Er war nicht annähernd so wacklig wie vorher, aber sein Rücken war etwas mitgenommen. Ein leichter Schmerz schoss sein rechtes Bein hinauf, doch er ignorierte ihn, während er sie vorsichtig zurück an den Rand des Teichs brachte.

„Du hinkst", sagte Georgia ein paar Minuten später von ihrem Sitz auf dem Wagen aus.

„Wie sich herausstellt, kann ich nicht empfehlen, mit dem Rücken auf dem Eis zu landen", sagte er und lächelte sie schwach an. „Ich bin sicher, wenn ich einen Entzündungshemmer nehme, kommt alles in Ordnung."

„Vielleicht sollten wir bei *Charming Herbals* Halt machen. Ich wette, Bree hat was, das hilft."

„So schlimm ist es nicht", sagte er und zuckte dann zusammen, als er sich zurück auf den Wagen schwang.

„Für mich musst du nicht den starken Mann spielen." Sie wackelte mit ihrem Fuß. „Ich bin diejenige, die man aus dem Wald tragen musste, weißt du noch?"

Er lachte leise. „Du hast recht. Wenn der Laden auf hat, halten wir kurz an."

„Gut. Jetzt hoffen wir mal, dass uns dieser fahrbare Untersatz dorthin bringt, wo wir hinmüssen." Sie hob die Hände und riss sie rasch nach unten, als hielte sie Zügel in der Hand, um zu sagen: „Hüh!"

Der Wagen rumpelte weiter, und dann bog er ab auf die Lichtung.

„Mary hat dir gesagt, dass du das tun sollst, als wir noch in der Scheune waren, oder nicht?", fragte er und beäugte sie argwöhnisch.

„Nein. Ich bin einfach nur genial." Sie tätschelte ihm das Bein, und dann wedelte sie mit der Hand zum Weg vor ihnen hin. „Sieh mal. Es ist umwerfend schön."

Er folgte ihrem Blick und konnte nicht anders, als zuzustimmen. Lichterketten beleuchteten die Bäume, die den

Weg säumten. Beleuchtete Kürbisse, die in die Szenen aus dem Weingut geschnitzt waren, schwebten alle drei Meter voneinander entfernt. Falls das noch nicht genug war, um eine romantische Szene abzugeben, lag der Frank-Sinatra-Song „The Way You Look Tonight" in der Luft. Er ließ einen Arm um Georgia gleiten und zog sie an sich, bis sie den Kopf an seine Schulter legte. „Das ist vielleicht das herausragendste Date, auf dem ich je war."

„Es ist ein Date?", fragte sie, schaute mit einem schwachen Lächeln zu ihm auf.

„Wenn das keins ist, dann weiß ich auch nicht." Er hielt sie fester und stellte sich darauf ein, den Rest der Fahrt zu genießen.

Als sie wieder zurück an der Scheune ankamen, war Mary da, um sie zu begrüßen. „Willkommen zurück. Ich habe heißen Kakao und Ingwerkekse für euch."

„Danke, Mary", sagte Logan. „Du hast echt an alles gedacht." Er stieg ab und passte auf, sich nicht zu schnell zu bewegen. Trotzdem schoss ihm Schmerz das Bein hinab, und er musste ein Zusammenzucken unterdrücken.

Er drehte sich um und griff nach Georgia.

Sobald sie wieder auf dem Boden stand und sich von Mary verabschiedet hatte, kniff sie die Augen in seine Richtung zusammen. „Du bist schlimmer verletzt, als du zugibst."

Verdammt. Sie würde das nicht auf sich beruhen lassen, oder? „Mir geht's gut. Das verspreche ich."

„Nein, tut es nicht", sagte sie und schüttelte den Kopf, während sie mit den Krücken zum SUV ging.

Logan nahm den heißen Kakao und die Ingwerkekse. „Ich habe doch schon gesagt, dass wir bei *Charming Herbals* Halt machen", rief er, während er ihr folgte.

DEANNA CHASE

„Gut." Ihre Miene wurde weicher. „Denn bis auf die Tatsache, dass du dich verletzt hast, war heute alles perfekt."

Er öffnete die Tür für sie. „Willst du es noch mal machen? Morgen Nachmittag vielleicht?"

Sie musterte ihn einen langen Augenblick, dann nickte sie. „Klar, aber machen wir es doch am Vormittag und essen dann spät zu Mittag."

„Planst du das Date, obwohl ich dich ausführen möchte?"

„Ja." Sie grinste. „Ich wollte was Bestimmtes unternehmen, und du bist der perfekte Begleiter."

„Klingt ... mysteriös." Er wollte unbedingt wissen, wohin sie ihn mitnehmen wollte, aber er hielt sich zurück und genoss das Spiel.

Sie zuckte mit einer Schulter. „Nicht so mysteriös, wie es abenteuerlich ist."

„Oh, jetzt bin ich echt neugierig."

„Da möchte ich wetten." Georgia drehte sich um und nutzte ihr gutes Bein, um auf den Sitz zu hüpfen. „Gehen wir, Scott Hamilton. Auf uns beide wartet eine heiße Badewanne."

Seine Augenbrauen schossen hoch bei der plötzlich aufblitzenden gedanklichen Vorstellung, dass sie sich ein Bad teilten. „Echt? Bei dir oder bei mir?"

Sie legte den Kopf zurück und lachte. „Okay, das habe ich verdient. Aber so nett das klingt, ich glaube, damit würden wir etwas zu schnell machen. Tut mir leid, Logan. Du planschst heute Nacht in deiner Wanne allein."

Er stieß ein übertriebenes Seufzen aus. „Dir entgeht da was."

„Ohne Zweifel." Sie nahm ihm die heiße Schokolade und die Kekse ab. „Das muss ich mir einfach für ein andermal in den Kalender eintragen."

„Daran werde ich dich erinnern." Er schloss die Tür und

lächelte vor sich hin, während er um das SUV eilte und auf den Fahrersitz stieg.

~

LOGAN HUMPELTE in die Praxis der Heiler und verzog das Gesicht, weil Schmerz sein Bein hinabschoss. Das Schmerzmittel, das er am Vorabend bei *Charming Herbals* bekommen hatte, hatte den Schmerz auf jeden Fall gelindert, und offensichtlich hatte es gut gewirkt, denn er hatte so tief geschlafen, dass er sich die ganze Nacht lang kaum bewegt hatte. Das war toll gewesen, bis zu dem Augenblick, als er versucht hatte, aus dem Bett zu kommen. Dann war alles zum Teufel gegangen. Wenn er nicht ernsthaft Hilfe bekam, würde sein Date mit Georgia völlig vom Tisch fallen.

„Ah, Mr. Malone", sagte die Empfangsdame. „Gerry kommt gleich zu Ihnen."

Er stand am Tresen und nickte, um es zu bestätigen.

„Setzen Sie sich doch hin", fügte sie an.

„Mir geht's gut." Setzen war keine Option. Er hatte kaum aus seinem SUV steigen können, und der einzige Grund, weshalb er es überhaupt geschafft hatte, war, dass Seth ihn gefahren hatte.

Die blonde Empfangsdame beäugte ihn, nickte einmal und griff dann zum Telefon. „Mr. Malone ist hier. Ich würde sagen, es ist dringend." Als sie den Hörer wieder auf den Empfänger legte, erhob sie sich. „Gehen wir, Mr. Malone. Heilerin Whipple sagt, ich soll Sie nach hinten bringen."

Er stieß ein erleichtertes Seufzen aus, in der Hoffnung, dass er im Nu Schmerzmittel bekommen würde. Logan ging vorsichtig, während er der Empfangsdame folgte, und war dankbar, als sie schließlich in einem Untersuchungszimmer anhielten. Sie öffnete ihm die Tür und sagte: „Ziehen Sie sich den Kittel auf dem Bett an. Wenn Sie bereit sind, drücken Sie einfach auf den Knopf neben dem Untersuchungstisch."

Logan hatte Mühe, sich auszuziehen und in den Kittel zu kommen. Bis er fertig war, schwitzte er und fluchte tonlos vor sich hin. Vielleicht hätte er einfach gleich zu *Charming Herbals* gehen sollen. Zumindest hätte der Schmerztrank, den Bree ihm gegeben hatte, ihm gestattet, ohne den stechenden Schmerz in seinem Rücken zu atmen.

Es klopfte an der Tür. Als er sagte, dass alles klar war, steckte Gerry Whipple den Kopf herein und lächelte ihn an. „Bereit für mich?", fragte sie.

„Bereiter werde ich nicht mehr." Er stand neben dem Untersuchungstisch, denn das Sitzen war einfach zu schmerzhaft.

„Hmmm, Sie wirken sehr unentspannt", sagte sie und schrieb bereits etwas auf seine Patientenkarte.

„Falls Sie meinen, weil ich hier nackt in einem Papierkittel stehe, dann nein. Das stört mich nicht. Es ist eher die Tatsache, dass ich mich kaum bewegen kann, ganz zu schweigen von setzen, und das Gefühl habe, dass mich Messer ins Rückgrat stechen."

„Oje. Das klingt furchtbar." Sie legte ihre Patientenkarte ab und kam, um sich hinter ihn zu stellen. „Erzählen Sie mir, wann das angefangen hat."

„Gestern. Ich bin draußen am Weingut der Pelshes aufs Eis gefallen."

„Haben Sie was gegen die Schmerzen genommen?" Sie strich mit den Fingern seinen Rücken hinab, drückte sanft auf das Gewebe neben seiner Wirbelsäule.

„Ja, gestern Abend. Einen Schmerztrank von *Charming*

Herbals." Er holte keuchend Luft, als sie dem Bereich der Verletzung näherkam.

„Ja, ich kann mir vorstellen, dass das wehtut." Ihr Tonfall war mitfühlend und beruhigend gleichzeitig. „Ich wette, das tut auch ganz bis nach unten weh", sagte sie und drückte auf seinen Rücken gleich über dem Steißbein.

„Autsch!", zischte er, während er zurückzuckte, dann zischte er wieder.

„Das tut mir leid", sagte sie. Die Heilerin ließ ihn einige Bewegungen ausführen, um seine Mobilität zu prüfen, und als sie fertig waren, lehnte sie sich an den Tresen und sagte: „Ich kann die Heilberührung nutzen, um Ihnen bei der Heilung zu helfen, und einen stärkeren Schmerztrank verschreiben, aber Sie werden trotzdem noch ein paar Tage außer Gefecht sein."

Logan stieß ein leises Stöhnen aus. „Wie lange sind denn ein paar Tage? Drei?"

„Ja. Vielleicht ein paar mehr, abhängig von Ihrem Fortschritt."

„Verdammt. Ich hatte heute ein Date."

„Das tut mir leid." Sie tätschelte ihm den Arm, wühlte in ihrem Schrank und zog eine kleine Flasche Schmerztrank heraus, und ein Gefäß mit medizinischer Salbe. „Biegen wir Sie mal wieder hin, damit Sie hoffentlich bereit sind, im Nu wieder durch die Stadt zu fegen."

Er streckte die Arme zur Seite aus und sagte: „Lasset die Heilung beginnen."

Zwanzig Minuten später war Logan gerade mit der Zahlung fertig und auf dem Weg nach draußen, als die Vordertür aufschwang und ein hochgewachsener, dunkelhaariger Mann hereinkam, der Logan beinahe umrannte. „Hey, Mann. Passen Sie auf, ja?"

Der Mann riss den Kopf hoch und schaute Logan in die Augen. Austin Steele, der Mann, der der andere Teilnehmer an seinem kürzlichen Blechschaden gewesen war, zog ein finsteres Gesicht, während er sagte: „Ach, Sie sind's. Wird das wohl Ihr Ding? Eine Kollision, jedes Mal wenn wir uns treffen?"

„Nur, wenn Sie mir den Weg abschneiden", sagte er und warf ihm das gespielteste Lächeln zu, das er zustande brachte.

„Ach." Das finstere Gesicht verzog sich, während Austin ihn betrachtete. „Das tut mir leid. Ich habe nur viel im Kopf."

Die Tür zu den Patientenräumen öffnete sich, und Brinn, die Angestellte bei *Hollow Books*, kam zu ihnen in den Eingangsbereich. Sie war damit beschäftigt, ihre langen blonden Haare hochzustecken, als ihr Blick auf Austin landete und sie erstarrte.

„Brinn?", fragte Austin, eindeutig überrascht, sie zu sehen.

„Was …" Sie ließ die Hände an den Seiten sinken und schüttelte den Kopf, als würde sie ihren Augen nicht trauen. „Was machst du denn hier?"

„Ich habe einen Termin, um zur Heilerin zu gehen", sagte er leise, als wolle er sie nicht verscheuchen.

„Nein", sagte sie, hob die Stimme. „Ich meine, hier, in Keating Hollow. Du gehörst hier nicht mehr her, weißt du noch?"

Sein Mund bewegte sich, aber es kamen keine Worte, und Logan tat der Typ beinahe leid. Eindeutig gab es zwischen den beiden eine Vorgeschichte, und Brinn war richtig wütend. Brinn wollte an ihm vorbeigehen, als Austin sagte: „Ich bin zurück. Für immer."

„Ach, wirklich? Na, schön für dich." Nichts an ihrem Tonfall legte nahe, dass sie sich über die Entwicklung freute.

„Brinn", sagte er und brachte sie dazu, abrupt stehen zu bleiben.

„Ja?" Sie warf einen Blick zu ihm zurück, ihre Miene war ausdruckslos.

Er stieß ein Seufzen aus. „Ich wollte nur fragen, ob du Gideon Alexander kennst."

Logan fragte sich, ob er es zu eilig damit gehabt hatte, sich zu weigern, Austin zu sagen, wo er Gideon finden könnte. Brinn kannte ihn eindeutig, und es klang, als hätte er schon mal in Keating Hollow gewohnt. Vielleicht war er nicht der Außenseiter, für den Logan ihn gehalten hatte.

Brinn runzelte die Stirn. „Warum suchst du nach Gideon?"

Austin warf einen Blick auf Logan, und dann zurück zu ihr. „Es ist ... ich will einfach mit ihm reden. Ich habe in seiner Galerie nachgesehen, aber sie wussten nicht, wann er wieder da sein würde."

„Er ist gerade mit seiner Partnerin Miranda unterwegs. Sie sind vor ein paar Tagen aufgebrochen."

Er atmete tief durch. „Irgendeine Ahnung, wann sie zurückkommen?"

„Keine Ahnung." Brinn fing Logans Blick auf, winkte ihm rasch zu, dann eilte sie durch die Tür.

Austin starrte ihr nach, wirkte wie ein verlorener Welpe, und Logan musste der Typ einfach leidtun. Ihn hatte es schlimm erwischt.

„Viel Glück, Mann", sagte Logan und verließ die Praxis.

KAPITEL 18

Georgia war unterwegs durch die Tür, als auf ihrem Telefon Logans Name leuchtete. „Hey", sagte sie. „Kannst du nicht noch ein paar Minuten länger warten, um herauszufinden, was wir unternehmen? Trag nur was Lockeres. Jeans und ein T-Shirt gehen."

„Das mit der Kleidung habe ich bereits hingekriegt. Die Aktivität ist das, was mir Probleme bereitet", sagte er.

„Aktivität?" Sie blieb vor ihrer Tür stehen, ihr Schlüssel bereits im Schloss. „Aber du weißt doch nicht mal, wohin wir gehen."

„Wenn daran irgendwas anderes als meine Liege oder mein Sofa beteiligt ist, dann fürchte ich, lässt es sich nicht machen. Heilerin Whipple hat mir aufgetragen, ein paar Tage lang nicht auf den Beinen zu sein."

„Es ist dein Rücken, oder?", fragte Georgia und schloss ihre Tür fertig ab.

„Genau. Heute Morgen konnte ich mich kaum bewegen, also bin ich losgezogen und habe es anschauen lassen. Tut mir leid, aber sieht so aus, als müsste ich dich bitten, es zu verschieben."

„Das nervt", sagte Georgia. „Es tut mir leid, dass du verletzt bist. Wie stehst du zu Besuch? Ich könnte den Gefallen erwidern und dich ein paar Tage lang von Kopf bis Fuß bedienen." Sie zog die Autotür auf, stieg ein und schlug die Tür zu.

„Du bist bereits unterwegs, oder?"

Georgia grinste. In seiner Stimme lag ein Lächeln, und sie liebte die Tatsache, dass sie für seine gute Laune verantwortlich war, trotz der Tatsache, dass er gerade gehört hatte, dass er ans Sofa gebunden war. „Ja. Soll ich für dich irgendwas holen?"

„Cupcakes. Und Lattes, wenn du beim *Incantation Café* vorbeikommst."

„Bin dabei", sagte sie und beendete den Anruf.

Seth öffnete Logans Tür, und Georgia hielt eine Tüte vom *Incantation Café* hoch. „Ich komme mit Süßkram."

„Du bist meine Heldin." Er hielt ihr die Tür auf und bedeutete ihr, dass sie hereinkommen sollte. „Ich hoffe, du hast extra viel dabei. Wir haben hier drin drei Jungs in der Wachstumsphase."

„Drei? Wer ist der dritte?", fragte Georgia, als ihr Blick schon auf Levi fiel, der an einem Stutzflügel saß und mit den Fingern über die Tasten glitt. „Ah, verstehe."

Levi hob die Hand zum Gruß.

„Habe ich irgendwas unterbrochen?", fragte sie, drehte sich um und stellte fest, dass Logan auf seinem Sofa ruhte. Er war mit drei Kissen gestützt und hatte ein weiteres als Stütze unter den Knien.

„Nein", sagte er mit einem erfreuten Lächeln. „Die beiden haben mir gerade nur einen Song vorgespielt, an dem sie gearbeitet haben."

„Echt?" Georgia reichte Logan den Latte, um den er gebeten hatte, und stellte die Tüte mit Cupcakes auf den Tisch. „Hört bloß nicht für mich auf. Ist es der, an dem ihr gestern bei *Musical Notes* gearbeitet habt?"

„Nein. Es ist ein anderer, der noch nicht fertig ist", sagte Seth, der gegenüber von Logan auf dem Sessel Platz nahm. „Wir haben uns Logans Ideen für ein paar Textzeilen angehört."

„Oh, okay", sagte sie und sank enttäuscht in den anderen Stuhl. „Ich schätze, mir gefällt es auch nicht, meine Arbeit mit anderen zu teilen, bevor sie fertig ist."

„Mir macht es nichts aus", sagte Levi. „Solange es für Seth in Ordnung ist."

Seth stöhnte und schüttelte den Kopf. Aber auf seinem Gesicht war der Hauch eines Lächelns, als er sagte: „Du bist so eifrig."

„Nur aufgeregt", entgegnete Levi.

„Arbeitet ihr denn an einem Album, oder habt ihr nur Spaß?", fragte Georgia. „Denn dieser Song gestern war großartig."

Seth zuckte mit den Schultern. „Wir haben einfach nur aus Spaß angefangen, aber jetzt? Wer weiß? Wir haben bereits einen Song und sind auf gutem Weg zu einem weiteren. Wenn das so weitergeht, nehmen wir sie vielleicht auf."

Levis Augen leuchteten begierig. „Das wäre toll. Kannst du dir vorstellen, dass ich auf Tour gehe, vor tausenden Leuten singe?"

„Oh, dem Kind funkeln die Augen", scherzte Logan und grinste Georgia an.

„Niemand tourt hier irgendwo", sagte Seth, der aufstand und sich eine Akustikgitarre schnappte. „Aber nun, da wir die letzten fünf Minuten damit verbracht haben, darüber zu reden, können wir es auch gleich für Georgia spielen."

Georgia legte die Hände aneinander und rückte an die Sesselkante vor. „Ich bin bereit. Gebt es mir."

Levi fing mit dem Klavier an, und nach den ersten Tönen kam Seth mit der Gitarre und mit seinem tiefen Gesang dazu. Der Song war eine Geschichte von einem Sohn, der versuchte, seinem Vater zu vergeben, nicht um des Vaters Willen, sondern für den Sohn. Er war sogar noch berührender als der, den sie zuletzt gehört hatte, und es dauerte nicht lang, bis ihr Tränen über das Gesicht liefen.

Levi übernahm und sang: *„Du hast mich nie gekannt, bist nur vor Angst fast weggerannt, den Blick für immer abgewandt. Verzeihen kann ich dir, vergessen nicht so bald, denn meine Schuld bei dir ist längst schon abbezahlt."*

„Längst schon abbezahlt", sang Georgia als Backgroundstimme.

Levi nickte zustimmend, und während er weiter sang, fügte sie ihren Gesang hinzu, ließ sich von dem Text mitnehmen. Ihr Herz war wund, als die Musik verklang, und ihre Augen waren immer noch feucht von Tränen.

„Das war … unfassbar", stieß sie hervor, wischte sich über die Augen.

„Deine Stimme hat richtig was ausgemacht", sagte Seth, der sie mit offener Neugier betrachtete. „Warum bist du denn keine Sängerin?"

„Ich?" Georgia stieß ein nervöses Lachen aus. „Ich stelle

mich nicht so toll vor Publikum an. Ich bin viel lieber hinter meiner Tastatur." Sie warf einen Blick auf Logan. „Ist es für dich genauso, oder liebst du die Energie vom Publikum?"

Logan rieb sich übers Kinn, während er über ihre Frage nachdachte. „Als ich jünger war, hätte ich dir erzählt, dass ich für das Feedback von den Fans lebe. Dass es eine Energie gibt, die Euphorie erzeugt. Aber jetzt? Ich weiß nicht. Ich werde leicht überwältigt, wenn zu viele Leute in einem Raum sind."

„Er hasst Menschenmengen", ließ Seth sich vernehmen. „Früher war das anders."

„Ich schätze, ich werde auf meine alten Tage einfach mürrischer", scherzte Logan.

Georgia war sicher, dass das nicht der Fall war. Sehr wahrscheinlich hatten seine Traumata zu einem Bedürfnis beigetragen, ein stilles Leben führen zu wollen. Sie griff nach seiner Hand und nahm sie in ihre, drückte sie, um ihn wissen zu lassen, dass sie es verstand. „Es ist gut, dass wir nicht alle im Rampenlicht stehen wollen. Da bleibt mehr Platz für Leute wie euch beide, um zu glänzen." Sie deutete sowohl auf Levi als auch auf Seth. „Ich kann mir richtig vorstellen, wie ihr beiden auf der Bühne steht und ein supertolles Konzert gebt. Ich brauche Plätze in der ersten Reihe, wenn es so weit ist."

„Kleine", sagte Levi mit einer gesunden Dosis Selbstbewusstsein. „Wenn ich auf einer Bühne stehe und diesen Song singe, und du bist da, dann stehst du mit mir auf der Bühne. Deine Stimme hat es verdient, gehört zu werden."

„Danke", sagte Georgia, die sich die Hände auf ihre warmen Wangen legte. „Das ist sehr nett von dir."

„Eher schon egoistisch", fügte Seth an. „Der Song war vorher gut, aber deine Stimme hat ihn auf das nächste Level gehoben." Er wandte seine Aufmerksamkeit Logan zu. „Du solltest echt mal sehen, ob du sie dazu überreden kannst, etwas aufzunehmen."

„Georgia weiß, was sie will", erwiderte Logan milde. „Aber ich werde sehen, was ich tun kann."

„Echt? Du glaubst, du kannst mich zu etwas beeinflussen?", neckte sie.

„Wenn es um Musik geht?", fragte er. „Vielleicht ein bisschen."

Sie machte sich nicht die Mühe, es zu leugnen. Georgia spürte auch die Magie, die funkte, wenn sie zusammen spielten. In einem dieser Momente hätte er sie zu beinahe allem überreden können. Interessant daran war die Tatsache, dass die Magie nicht da gewesen war, während sie mit Levi und Seth gesungen hatte. Da blieb kein Zweifel, dass sie und Logan etwas Besonderes hatten.

„Okay, und nach diesem Hinweis ... Levi?" Seth erhob sich und wies mit dem Kopf zur Tür. „Ich glaube, es ist Zeit, dass wir nicht mehr weiter in euer Date eindringen."

„Ihr müsst nicht gehen", beharrte Georgia. „Wir hängen nur rum und essen Cupcakes."

„Ich muss sowieso los", sagte Levi, der sich erhob. „Heilerin Snow erwartet mich heute Nachmittag." Als er gerade nach seinem Handy griff, das auf dem Klavier lag, fing es an, die Melodie von „Free Fallin'" von Tom Petty zu spielen. Er nahm es und ging dran. „Silas, Hi. Kann ich dich gleich zurückrufen? Ich bin nur auf dem Weg, um ... Was?" Seine Augen wurden groß, und dann breitete sich ein riesiges Grinsen auf seinem Gesicht aus. „Meinst das ernst? Das ist großartig."

Georgia, Logan und Seth waren alle still, während sie beobachteten, wie Levi Feuer und Flamme für das war, was Silas ihm gerade erzählt hatte.

„Das hast du so verdient, Si. Echt jetzt", sagte er in sein

Handy. Glückstränen standen in seinen Augen. „Okay, ja. In Ordnung. Wir sehen uns morgen. Ich liebe dich." Als er den Anruf beendete, drehte er sich zum Rest von ihnen um und sagte: „Silas wurde gerade als Bester Darsteller bei den Oscars nominiert. Heilige Scheiße!" Die Farbe wich plötzlich aus seinem Gesicht, und er sank wieder auf die Klavierbank hinab. „Ein Oscar. Wisst ihr, was das heißt?"

Georgia warf einen Blick auf die beiden Männer. Keiner hatte eine Antwort auf Levis Frage. „Nein, Levi. Was heißt es denn?"

„Er wird so beschäftigt sein. Die Angebote werden niemals wieder ein Ende nehmen." Er schloss die Augen und drückte sich eine Hand an die Stirn. „Es wird praktisch unmöglich werden, einander zu sehen."

„Aber er kommt morgen nach Hause, oder?", fragte Georgia sanft. „Um dich zu sehen."

„Und sich mit Cameron zu treffen. Es gibt da ein neues Drehbuch, über das er mit ihm reden will. Vermutlich versucht Cameron, ihn einzuspannen, bevor alle anderen anrufen." Levi legte beide Hände auf sein Gesicht und stieß ein frustriertes Knurren aus, bevor er den Kopf wieder hochriss. „Bei den Göttern. Man höre sich mich an, wie ich mir Sorgen mache, was das für unsere gemeinsame Zeit bedeutet, wo ich doch für ihn begeistert sein sollte. Was für ein Freund bin ich denn?"

„Einer, der ihn vermisst." Georgia stand auf und ging an seine Seite. Sie legte ihm sanft eine Hand auf den Nacken. „Das ist okay, weißt du."

Er stieß schnaubend ein Lachen aus. „Was ist okay? Sich Sorgen darum zu machen, dass dieses tolle Ding, das in seinem Leben passiert, einen Einfluss darauf hat, wie oft ich ihn sehe oder ob ich ihn überhaupt noch sehe?"

„Ja." Sie nickte. „Das ist auf jeden Fall okay. Solange du ihn unterstützt, ist es in Ordnung, zu spüren, was immer du spürst. Und nach allem, was wir gerade gehört haben, warst du aufrichtig begeistert für ihn."

„Natürlich bin ich das. Ich bin so stolz auf ihn. Ich habe es ernst gemeint, als ich gesagt habe, dass er das verdient hat." Levi stieß langsam Luft aus und schaute auf, seine Miene war entschlossen. „Ich muss einfach nur damit klarkommen. Ich bin sicher, das wird funktionieren."

„Das wird es, wenn du es möchtest", sagte sie.

Er stieß ein leises Lachen aus. „Das hat mir im Grunde Amelia vor ein paar Monaten erzählt. Ihr könnt euch doch nicht beide irren, oder?"

Georgia nickte zustimmend, und als er wieder aufstand, nahm sie ihn in die Arme und flüsterte: „Es ist wunderbar, dass du so eine Stütze bist, aber ich verstehe, was passiert, wenn dein Partner überlebensgroß ist. Ganz schnell findet man sich in einer Situation wieder, wo man sein Leben anpasst, um zu seinem zu passen. Sorg nur dafür, dass du auch deinen Träumen folgst, während Silas draußen den seinen nachjagt."

Er zog sich zurück, schaute ihr in die Augen und nickte ernst. „Das werde ich versuchen."

„Gut. Jetzt zieh los und schreib noch ein paar Songs, Levi, denn du hast eine ziemliche Gabe", sagte sie.

„Keine Sorge", ließ sich Seth vernehmen. „Ich lasse ihn nicht vom Haken, wenn es ums Schreiben geht. Wir haben zwei Songs in zwei Tagen geschrieben. Ich kann nicht erwarten, zu sehen, wie tief diese Ader sich erstreckt."

Levi wurde rot, und seine Lippen weiteten sich zu einem zögerlichen Lächeln. „Echt?"

„Echt." Seth ging zur Eingangstür und öffnete sie für Levi. Die beiden winkten, und dann verschwanden sie nach draußen.

„Na", sagte Georgia, die sich neben Logan setzte und sich den zweiten Latte schnappte, den sie mitgebracht, aber noch nicht angefasst hatte. „Das war schon was."

„*Du* warst schon was", sagte Logan. „Wie schade, dass du keine Kinder hast. Du wärst eine tolle Mutter."

Sie verschluckte sich an ihrem Latte. „Was? Ich? Auf gar keinen Fall." Sie schüttelte den Kopf und stieß ein selbstironisches Lachen aus. Dann plapperte sie nervös weiter. „Ich wäre zu sehr auf mein Manuskript fokussiert und würde vergessen, ihnen was zu essen zu geben, oder sie am Haus eines Freundes abzuholen, oder nicht mal merken, wenn sie einander im Nebenzimmer umbringen. Diese Kopfhörer mit Noice Cancelling schaffen echt was weg, weißt du?"

„Entspann dich", sagte er lachend. „Ich hab doch gar nichts vorgeschlagen, nur dass du dich mit Levi echt toll angestellt hast. Deine nicht existenten Kinder verpassen eine wirklich tolle Mutter."

„Na ja, danke. Glaube ich."

„Es ist auf jeden Fall ein Kompliment." Logan nickte zu der Tüte auf dem Tisch hin. „Ich habe gehört, da drin sind vielleicht ein oder zwei Cupcakes."

Sie grinste. „Das ist ein Gerücht."

Er griff nach der Tüte, aber als er nicht rankam, nahm sie sie für ihn und fragte: „Kürbis, Schoko oder Zitrone?"

„Schoko."

„Typisch", neckte sie und reichte ihm einen.

„Und du entscheidest dich für Kürbis, oder?", entgegnete er.

„Ja. Immer."

„Der Standard." Er zwinkerte.

Georgia holte ihren Kürbismuffin heraus. „Mir ist es ganz recht, wenn man mich Standard nennt." Sie machte viel

Gewese darum, ein großes Stück abzubeißen, und stöhnte vor Vergnügen.

„Ich nehme das zurück. Du bist alles andere als Standard", sagte Logan ernst. „Eher schon überragend."

Georgias ganzer Körper wurde bei dem Kompliment heiß, und plötzlich fühlte sie sich schüchtern und unbehaglich, weil sie in seinem Wohnzimmer saß. Sie wandte den Blick ab, war sich nicht sicher, was sie sagen sollte.

Die Stille lastete schwer zwischen ihnen, während sie an ihren Cupcakes knabberten und an ihren Lattes nippten.

Schließlich sagte Logan: „Georgia?"

„Ja?", erwiderte sie, schaute ihn immer noch nicht an.

„Würde es dir was ausmachen, ein paar neue Songtexte zu singen, während ich Gitarre spiele?"

Sie riss den Kopf herum, um ihn anzustarren. Er hielt die Gitarre auf dem Schoß, und sie konnte nicht verhindern, dass sie sich fragte, wo sie hergekommen war. Sie war ihr vorhin gar nicht aufgefallen. „Neue Textzeilen? Hast du die geschrieben?"

Er nickte. „Ihnen fehlt vielleicht noch der Feinschliff, aber ich will hören, wie sie mit dieser Gitarrenmelodie klingen. Und na ja, ich habe diesen Song angefangen, während ich deine Stimme im Sinn hatte."

Georgia war sprachlos. „Meine Stimme?"

Er nickte. „Seit ich gehört habe, wie du in der Brauerei singst, kriege ich dich gar nicht mehr aus dem Kopf."

„Ich bin mir nicht sicher, wie ich damit klar komme, dass ich rund um die Uhr in deinen Gedanken hause."

Er verdrehte die Augen. „Ich habe deine Stimme gemeint, aber glaub doch, was du willst."

„Mache ich." Sie nahm einen Schluck vom Latte und stellte

ihn dann auf dem Tisch ab. „Okay, ich bin bereit, wenn du es bist."

Er schaute sie an, seine silbergrauen Augen waren durchdringend, und dann fing er an zu spielen.

KAPITEL 19

*L*ogan war sich nicht sicher, was über ihn gekommen war. Es war Jahre her, dass er Textzeilen, die ihm durch die Gedanken gingen, mit dem Stift aufs Papier gebracht hatte. Hatte er diesen Teil seiner selbst nicht hinter sich gelassen? Er warf es Seth und Levi vor. Hätten sie sich nicht Hals über Kopf darauf gestürzt, vor ihm an diesen Songs zu arbeiten, wäre es ihm vermutlich möglich gewesen, das Songschreiben beiseitezuschieben.

Vielleicht.

Tief drinnen wusste er, dass er sich etwas vormachte. Sein echter Fall war der Abend gewesen, an dem er Georgia zur Seite gesprungen war, als sie in der Brauerei gesungen hatte. Das Feuer war entzündet worden, und das war der Grund, weshalb er seine Gitarre in letzter Zeit so oft zur Hand genommen hatte. Logan griff in seine Tasche und reichte Georgia das Blatt mit dem Text, den er bereits aus seinem Kopf bekommen hatte. Er hatte es „Neubeginn" genannt.

Sie hielt seinen Blick ein paar Momente fest, aber dann

musterte sie das Blatt. Sie holte scharf Luft und warf rasch einen Blick zu ihm. „Du hast das geschrieben?"

Er nickte.

„Wann?"

„Gestern Nacht." Man musste ihr nicht sagen, dass er es über sich geschrieben hatte, aus ihrer Perspektive. Der Schock war in ihren dunklen Augen sichtbar. Er schlug die Gitarre an und platzte beinahe, weil er so dringend spielen wollte. „Singst du es für mich?"

„Ja, klar", flüsterte sie, sah wieder die Textzeilen an.

„Ich sagte ja, es fehlt noch der Feinschliff."

„Es ist umwerfend", entgegnete sie fest. Dann räusperte sie sich und richtete sich gerade auf. „Machen wir's."

Logan spielte die ersten paar Akkorde, und als er bereit für ihren Einsatz war, nickte er, um ihr das Signal zu geben.

Sie traf den Ton perfekt, während sie die ersten Worte mit sanfter Stimme sang. *„Es war Nacht, als es geschah, das Scheinwerferlicht ganz nah, deine Finger auf den Saiten, um meine Stimme zu leiten."*

Logan hielt ihren Blick und spielte schneller.

Georgia ließ zu, dass das Lied sich aufbaute, was das Drama erhöhte. *„Du nanntest es Magie. Ich hab sie auch gespürt."*

Bis sie im nächsten Abschnitt ankam, lag so viel Gefühl in ihrer Stimme, dass Logan Tränen wegblinzeln musste. Der Song war so persönlich. Er kleidete all das in Worte, wovor er in den letzten paar Jahren zu entsetzt gewesen war, um sich den Tatsachen zu stellen.

„Am nächsten Tag warst du fort, zurück an deinem Schreckensort. Deine Liebe war längst kalt, du gabst mir nicht länger Halt. Aber dann kam die Magie und brach durch deinen Wall, und es bleibt nur die Frage, ob ich es wage: den Fall."

Logan schlug ein paar weitere Akkorde auf der Gitarre an,

bevor seine Finger innehielten. Sie saßen beide da, sahen einander an, bis er schließlich sagte: „Na, was meinst du?"

Sie schluckte schwer, und mit entschiedenem Ausdruck auf dem Gesicht sagte sie: „Ich glaube, es ist Zeit, dass du mir von deiner Vergangenheit erzählst."

Logan hatte gewusst, dass das kommen würde. Er redete niemals über Cherry oder Brit. Es war einfach zu schmerzhaft. „Ich …" Er stellte die Gitarre zur Seite und betete um Stärke. „Ich weiß, dass Seth mit dir geredet hat." Sein Bruder hatte ihn vorgewarnt, dass er ihr gesagt hatte, sie solle seine Vergangenheit nachschlagen. Logan war nicht erfreut gewesen, dass Seth sich eingemischt hatte. Aber inzwischen? Wenn das bedeutete, dass er diese beiden Abende nicht noch einmal nacherleben musste, dann war er dankbar. „Hast du nach mir gesucht, wie Seth vorgeschlagen hat?"

Georgia nickte, ihr Blick war voller Mitgefühl.

„Also weißt du von Cherry und Brit", sagte er, seine Stimme brach bei Cherrys Namen.

„Ich weiß, dass du zwei Menschen verloren hattest, die dir sehr wichtig waren", sagte Georgia.

„Nicht nur wichtig. Cherry … sie war in meiner Band, und sie war auch meine Mitautorin. Wir haben alles Songs zusammen geschrieben. Sie war meine andere Hälfte, und dann … ist sie meinetwegen gestorben." Er biss die Zähne aufeinander, in dem Wissen, wie dramatisch er klang. Es war so ein Klischee, die Schuld für etwas auf sich zu nehmen, was alle als Unfall betrachteten. Aber Klischee hin oder her, er war derjenige, der sie angefleht hatte, an diesem Abend schnell zum Flughafen zu fahren. „Sie wollte nicht mit mir kommen. In der Nacht des Unfalls erzählte sie mir, dass ich allein zu dem Interview gehen sollte. Es war Sturm draußen, und sie war müde, fühlte sich nicht gut. Aber ich habe darauf bestanden, habe gesagt, dass ich sie dort brauche. Sie war meine Partnerin, diejenige, die die Magie in mir entfachte. Ich habe sie mit Schuldgefühlen zu diesem Treffen mit mir am Flughafen getrieben, nur, dass sie niemals aufgetaucht ist."

Georgia sagte kein Wort, sie schien zu wissen, dass er einfach Raum zum Reden brauchte.

„Weißt du, was das Schlimmste an dieser vertrackten Situation war?"

Sie schüttelte den Kopf.

Ein dumpfer Schmerz breitete sich in deiner Brust aus, etwas, das immer geschah, wenn er sich gestattete, über Cherry zu reden. „Ich war angepisst, dass sie zu spät kam. Ich dachte, sie würde mich bestrafen. Ich ließ ihr beschissene Sprachnachrichten auf dem Handy und habe ihr zum Vorwurf gemacht, sie würde unsere Chance untergraben wollen, groß rauszukommen." Er stieß ein hohles Lachen aus. „Sie liebte die Musik, aber nicht die Musikindustrie. Ich glaube ehrlich, sie wäre glücklich damit gewesen, nur für etwas Trinkgeld in einer Kneipe vor Ort an den Wochenenden zu singen."

„Ruhm ist nicht für jeden", sagte Georgia.

„Nein, ist er nicht. Und weißt du was? Sie hatte recht. Ich hätte es verabscheut, berühmt zu sein. Ich sehe, was Seth durchmacht, und seine Band war noch nicht mal in den Top 20. Sie haben ein paar Hits gehabt, aber sie sind noch weit entfernt vom Starruhm. Es wird oft in die Privatsphäre eingedrungen, und Menschen überschreiten Grenzen. Ich vermute, wenn unsere Band wirklich groß rausgekommen wäre, hätte ich mich verdrückt und wäre am Ende an einem Orte wie Keating Hollow gelandet, nur um von allem wegzukommen."

Georgia lächelte ihn an. „Ich war ganze fünf Minuten zu einer Signierstunde hier, als mir klar wurde, dass das mein Ort ist. Es ist irgendwas Besonderes an diesem magischen Städtchen."

Er nickte. „Ist es. Cherry hätte es geliebt."

„Es tut mir leid, dass du sie verloren hast", sagte Georgia, die seine beiden Hände in ihre nahm. „Ich weiß, wie es sich anfühlt, jemanden zu verlieren, den man so sehr liebt. Mein Mann Nick ist plötzlich bei einem Ski-Unfall ums Leben gekommen. Ich dachte, der Schmerz in meiner Brust würde niemals nachlassen."

„Das tut mir leid, Georgia. Viel mehr, als du ahnst", sagte er und drückte ihr die Hand.

„Danke. Du weißt, wie oft Leute sagen, dass die Zeit alles heilt?"

„Das habe ich schon gehört." Er runzelte die Stirn. „Ich wünschte, ich würde das glauben."

„Ja. Das ist Schwachsinn", bestätigte sie. „Man lernt einfach, damit zu leben."

Er lächelte sie traurig an. „Ich schätze, das hängt davon ab, was man mit Leben meint." Er rückte ein wenig, damit er sie besser sehen konnte. „Ich habe eine Chance wahrgenommen, wieder zu leben. Die Verbindung war sofort da. Brit und ich hatten diese alles verzehrende Leidenschaft füreinander. Es war nicht die Partnerschaft, die ich mit Cherry hatte, aber es war echt, und ich dachte, ich hätte endlich meine zweite Chance in der Liebe bekommen. Leider hatte sie, obwohl ich schon glaube, dass sie mich geliebt hat, jemand anderen, mit dem sie die ganze Zeit über geschlafen hat. Nachdem ich das herausgefunden und ihr erzählt habe, dass es vorbei ist, hat sie sich das Leben genommen. Ich war danach lange Zeit völlig durch den Wind und habe mich davon überzeugt, dass für mich Liebe nicht auf dem Plan steht. Dass es zu schmerzhaft ist. Verbindungen wie diese … vielleicht brennt die Flamme viel zu hell und ist dazu ausersehen, auszubrennen."

Georgia schürzte die Lippen, während sie ihn musterte. „Sagst du, du hast sie zu sehr geliebt, und das wäre letztlich ihr Untergang gewesen?"

Er stieß ein wenig erheitertes Lachen aus. „So würde ich es nicht unbedingt formulieren, aber Ja. Es gab eine bis in die Seele reichende magische Verbindung, die ich zu jeder von ihnen gespürt habe. Ich will nicht sagen, dass es Liebe auf den ersten Blick war, denn das war es nicht. Bei keiner von ihnen. Aber es gab trotzdem Magie, die entzündet wurde, während wir zusammen waren. Sie war echt und ließ sich nicht leugnen, und einfach nur das beste Gefühl der Welt. Es war leicht, der Liebe abzuschwören, da ich dieses Gefühl niemals bei einer anderen hatte … bis jetzt."

„Bis jetzt?", flüsterte Georgia. Ihr Körper war völlig reglos geworden, während ihre Augen vor Entsetzen groß wurden.

„Bis jetzt", bestätigte er. „Darum habe ich mich an diesem Abend in deinem Zimmer vor dir zurückgezogen. Ich sage mir immer, dass es eine schlechte Idee ist, und dann, als du mir erzählt hast, dass deine Schreibszenen wahr werden, war ich mir sicher, dass es eine furchtbare Idee ist. Nicht, weil ich Angst davor habe, was du schreiben könntest, sondern weil es bestätigt, dass wir verbunden sind. Georgia, wenn wir so weitermachen und ich dich verliere, werde ich das nicht überleben. Und noch wichtiger, ich habe entsetzliche Angst, dass etwas Furchtbares passieren wird, weil wir eine Verbindung haben."

Georgia wollte unbedingt aufstehen. Durch das Zimmer gehen. Ihr Fuß wurde allmählich zu einer riesigen Beeinträchtigung. Stattdessen betrachtete sie die Decke, dachte über das nach, was er gerade gesagt hatte. Schließlich schaute sie ihn an. „Das ist eine Menge, um es zu verdauen."

„Ich weiß." Er schwang die Beine vom Sofa und stand auf, gab Acht, dass er sich nicht zu schnell bewegte. Obwohl er ein paar Tage nicht auf den Beinen sein sollte, war er kein Invalide.

„Was machst du?", fragte sie, stützte die Hände auf die Hüfte. „Du sollst dich doch ausruhen, weißt du noch?"

„Ich habe mich den ganzen Tag ausgeruht." Er bewegte sich, um sich an den Beistelltisch direkt vor ihr zu lehnen. Logan legte seine Handflächen an ihre Wange und sagte: „Wenn wir zusammen Musik machen, nimmt mich diese Magie völlig ein. Ich wusste am Abend in der Brauerei, dass wir Schwierigkeiten haben." Er lächelte sie schwach an. „Ich habe geschworen, mich fernzuhalten, aber ehrlich, Georgia. Das ist ein Kampf, den ich verliere. Denn gerade im Augenblick, selbst wenn die Gitarre auf der Seite steht, bindet diese Verbindung uns aneinander. Ich glaube nicht, dass ich dagegen ankämpfen kann, nicht, wenn du sie auch spürst."

Georgias Augen musterten seine. Nach ein paar Sekunden rückte sie vor und sagte: „Logan, wenn ich Ja sage, dann war's das, oder?"

Er nickte, wusste aus Erfahrung, dass es ihm niemals möglich sein würde, jetzt noch zu gehen.

Sie biss sich auf die Unterlippe, bevor sie fragte: „Wird es einen Unterschied machen, wenn ich sage, dass ich bereits eine solche Szene geschrieben habe?"

„Hast du das?" Er glaubte das nicht wirklich. Sie schien zu überrascht von einigen seiner Worte.

„Nein." Sie lächelte zu ihm auf. „Allerdings hatte ich Pläne, dass der Held vor der Heldin seine Seele öffnet, nachdem sie ihm gezeigt hat, was er all die Jahre verpasst hat, in denen er sich im Wald versteckt hat. Also schon irgendwie dicht dran."

„Macht dir das immer noch Panik?"

Langsam nickte sie. „Das tut es, aber ich bin mir nicht sicher, ob es irgendwas gibt, was ich dagegen tun kann. Entweder höre ich auf zu schreiben, oder ich höre auf zu leben. Keine dieser Optionen ist sehr verlockend."

„Nein, sind sie nicht." Er beugte sich vor, ließ ihr eine Menge Zeit, um sich zurückzuziehen.

„Logan, ich muss ehrlich sein. Diese Beziehung, die wir da anfangen, ist sehr intensiv. Die Verbindung, von der du sprichst, die spüre ich auch. Und ich bin mir sicher, wenn ich mich ihr überlasse, wenn ich Ja dazu sage, das mit dir anzufangen, dann werde ich ziemlich hart landen. Ich bitte nicht um irgendwelche Versprechen. Dafür ist es zu früh. Aber ich muss wissen, dass du nicht wegläufst, wenn es schwierig wird."

„Ich kann zumindest ein Versprechen geben. Ich werde nicht weglaufen", sagte er mit belegter Stimme.

Georgia standen Tränen in Augen, als sie ihre letzte Verteidigung aufgab und ihre Lippen auf seine legte. Sie war sich nicht sicher, wie lange sie in den Armen des anderen dastanden, aber als sie sich schließlich löste, war sie atemlos und ein wenig benebelt. „Hui."

„Das hätte ich nicht besser ausdrücken können", sagte er und strich ihr über die Wange.

Sie räusperte sich und zog sich zurück, weil sie etwas Abstand brauchte. Ansonsten würden sich die Dinge mit Warpgeschwindigkeit bewegen, und sie brauchte Zeit, um alles zu verarbeiten. „Was meinst du, sollen wir noch ein bisschen an diesem Song arbeiten? Vielleicht etwas mehr Text ausprobieren?"

Seine Augen leuchteten. „Klar. Das würde mir gefallen." Logan ging zurück zum Sofa, ließ sich zu einer bequemen Sitzposition nieder und nahm seine Gitarre, und die beiden verbrachten die nächsten paar Stunden damit, seinen Song zu etwas zutiefst Persönlichem für sie beide zu machen.

KAPITEL 20

*E*s war drei Tage her, seit Georgia zugestimmt hatte, eine Beziehung mit Logan einzugehen. Es war auch drei Tage her, seit sie ihn gesehen hatte. Nachdem sie seinen Song fertig geschrieben hatten, den sie „Neubeginn" genannt hatten, hatte sie beschlossen, dass es für sie wichtig war, nach Hause zu gehen und ihnen beiden Zeit zu geben, um zu verarbeiten, was zwischen ihnen passiert war.

Sie setzte sich auf den Rand ihres Bettes und betrachtete ein Foto von ihr und Nick. Es war im Sommer vor seinem Unfall aufgenommen worden. Sie waren am Strand, lachten über irgendetwas. Es gab dort so viel Freude. So viel Liebe. Er war ihr bester Freund gewesen.

Das eine, was sie mit Nick nicht gehabt hatte, war diese Verbindung, die sie zu Logan spürte.

Sie hätte gelogen, wenn sie gesagt hätte, dass ihre Gefühle für Logan ihr keine Angst einjagten. Es war der Grund, weshalb sie diejenige gewesen war, die auf die Bremse gestiegen war. Die Ironie war, dass sie es getan hatte, gleich nachdem sie sich von ihm hatte versprechen lassen, dass er nicht weglaufen würde.

Georgia strich mit dem Finger über das Foto. Wo wäre sie jetzt, falls Nick niemals diesen Ski-Unfall gehabt hätte? Wären sie zusammen nach Keating Hollow gezogen? Sie glaubte das nicht wirklich. Er hatte die Stadt geliebt, und den Strand unten in Südkalifornien. Und Georgia wusste einfach, dass ihn der Gedanke ans Kleinstadtleben abgeschreckt hätte.

Mit einem Seufzen stand sie auf, ging auf Krücken hinüber zu ihrem Buchregal und stellte das Foto auf eines der Bretter.

So schwer es war, das zuzugeben, sie hatte mehr Kompromisse geschlossen, als ihr eigentlich recht waren, als sie mit Nick verheiratet gewesen war. Georgia hatte oft seine Wünsche und Bedürfnisse vor ihre gestellt, und es hatte gedauert, bis sie allein gewesen war, um sich klar zu machen, wie oft sie eigentlich ignoriert hatte, was sie wollte, weil sie Konflikte unbedingt vermeiden wollte. Sie weigerte sich, diesen Fehler zu wiederholen, wenn sie irgendeine Beziehung weiterverfolgte.

Und das war mehr als alles andere der Grund, weshalb sie etwas Abstand von Logan brauchte. Sie war gerne allein. Niemandem eine Erklärung schuldig. Sie lebte ihr Leben zu ihren eigenen Bedingungen. Sie hatte nicht einmal nach jemandem gesucht, mit dem sie zusammen sein konnte, nicht ernsthaft, und dann war Logan in ihr Leben getreten.

Logan hatte die Macht, alles zu verändern. Es wäre so leicht, sich in ihm zu verlieren. Aber das war das eine, was sie sich weigerte zu tun.

Georgia war glücklich, ihr Leben mit jemanden zu teilen, ihr Herz und ihre Liebe, aber sie wollte nicht feststellen, dass sie den Traum eines anderen lebte. Das hatte sie schon einmal getan, und nun war es an ihr, sich selbst an erster Stelle zu setzen.

Auf ihrem Handy summte eine Nachricht. Sie lächelte, als sie sah, dass sie von Logan kam.

Ich fahre um zehn los. Sind Jeans und ein T-Shirt immer noch der Dresscode?

Georgia lächelte vor sich hin, als sie seine Nachricht beantwortete. *Und bequeme Schuhe.*

Gibt es noch andere? Er schloss die Nachricht mit einem Herz-Emoji ab.

Georgia schob sich das Handy in die Hosentasche und ging auf Krücken nach unten.

„Okay, wo genau gehen wir hin, wenn du auf Krücken läufst, und ich bequeme Schuhe brauche?", fragte Logan, während Georgia ihr Auto auf den Highway zum Meer lenkte.

„Das siehst du schon noch." Sie grinste ihn an. „Du wirst es lieben."

„Schon gut. Sag es mir nicht." Er drehte sich auf seinem Sitz, sein Blick bohrte sich direkt in sie hinein.

„Was?", fragte sie und schaute ihn von der Seite an. Er benahm sich ein wenig nervös, als gäbe es etwas, das er sagen wollte, aber er hätte noch nicht ganz beschlossen, dass er bereit dafür war. „Irgendwas ist im Busch."

Logan stieß ein leises Lachen aus. „Dir entgeht nichts, oder?"

„Nein. Spuck es aus." Sie wandte ihre Aufmerksamkeit zurück zur Straße, konzentrierte sich auf den kurvenreichen Highway.

„Also, weißt du noch, als du vor ein paar Tagen zu mir nach Hause gekommen bist, und Seth und Levi da waren, um an diesem Song zu arbeiten?", fragte er.

„Klar. Das hat toll geklungen. Haben sie ihn fertiggemacht?"

„Ja, tatsächlich schon. Die beiden haben ihre ganze Freizeit damit verbracht, zusammen an Ideen zu arbeiten. Ich schwöre, wenn sie so weitermachen, sind sie am Ende des Monats bereit, ein Album aufzunehmen. Wie es der Zufall so will, stellen sie gerade ein Demo-Tape zusammen, das sie an Seths Plattenfirma schicken können."

„Das ist aufregend." Georgia warf einen Blick hinüber zu ihm, ein schwaches verwirrtes Lächeln auf dem Gesicht. „Aber was ist mit Seths Band? Sind sie nicht noch zusammen?"

„Praktisch schon, aber sie können nichts tun, außer Cal kommt zurück. Sie können keine Musik machen oder touren, den Cal ist ihr Leadsänger. Er redet nicht mal mit Seth, darum hat Seth keine Ahnung, wie die Dinge stehen, aber er vermutet, dass die Band sich auflöst. Die Plattenfirma wird einen Anfall kriegen, aber da Seth immer bereit war, seine Verpflichtungen zu erfüllen, wird er nicht derjenige sein, der den Vertrag bricht. Es wird Cal sein, der verklagt wird, und zwar von allen, außer man kann zu einer Einigung kommen."

„Das klingt nach einer komplizierten Schlammschlacht", sagte Georgia, während sie nach links auf den Highway 101 abbog, Richtung Süden nach Eureka.

„Ist es. Aber Seth macht, worin er am besten ist, und kanalisiert seine Gefühle in seine Musik."

„Gut für ihn. Und Levi auch, wie es klingt."

Logan nickte. „Ja, und da kommen wir ins Spiel."

Georgia hob die Augenbrauen. „Wir? Was heißt das denn?"

„Ich bin froh, dass du fragst." Er lächelte sie verlegen an.

„Zurück zu diesem Tag, an dem Levi und Seth in meinem Wohnzimmer gearbeitet haben. Sie haben ihre Session tatsächlich aufgezeichnet und vergessen, den Recorder abzuschalten, als sie gegangen sind."

„Sie haben was?" Georgia spürte, wie ihr ganzer Körper eiskalt wurde. „Heißt das, dass unsere ganze Unterhaltung aufgezeichnet wurde? Liebe Götter, haben sie sich unsere ganze private Diskussion angehört?" Obwohl sie nichts gesagt hatten, das auf einer Webseite mit Gerüchten landen würde, gefiel ihr der Gedanke nicht, dass jemand anderes bei ihrem Privatleben mithören konnte.

„Ach, nein! Ich habe es gefunden, nachdem du weg warst, und habe alles gelöscht, bis auf den Song. Du klingst wunderbar, Georgia."

Freude strömte durch sie hindurch, weil er sie lobte. „Danke. Ich schätze, es ist nett, dass wir das auf Band haben."

„Es kommt noch besser. Seth hat es gehört, und er will, dass wir es aufnehmen."

„Aufnehmen?" Georgia war damit beschäftigt, eine Parklücke zu suchen, und beschloss, dass sie nicht richtig verstanden hatte. Sobald sie das Auto auf einem großen Parkplatz nahe am Strand geparkt hatte, wandte sie sich zu ihm. „Was meinst du damit, es aufnehmen? Haben wir das nicht bereits gemacht, wenn du es schon auf Band hast?"

„Ich meinte, es im Studio aufnehmen. Seth sagt, das ist genau das Ding, nach dem die Plattenfirma sucht, und wir könnten eine Gelegenheit kriegen, es zu verlegen."

Georgia war zwar Schriftstellerin, aber sie wusste nicht wirklich viel über die Welt der Musik, und sie hatte Fragen. „Was heißt es, einen Song zu verlegen?"

„Wir würden eine Demo aufnehmen, und ihn dann von der

Plattenfirma an Produzenten schicken lassen, um zu sehen, wer Interesse daran hätte, ihn aufzunehmen. Wenn jemand zugreift, würden wir als Songwriter genannt werden und Tantiemen bekommen, sobald er rauskommt."

„Das würde ich echt gerne machen!" Georgia spürte Schmetterlinge im Bauch, wenn sie nur daran dachte. Wie cool wäre es denn, zu hören, wie jemand Tolles ihren Song im Radio sang? „Wann will er denn, dass wir das tun?"

„Im Laufe dieser Woche hat er etwas Zeit im Studio. Bist du dabei?"

„Ich bin dabei." Sie grinsten einander aufgeregt an.

Dann schaute Logan sich um und sagte: „Hast du mich zu einem Jahrmarkt gebracht?"

„Nicht nur einem Jahrmarkt", erwiderte sie. „Einem Jahrmarkt am Strand. Das gehört alles zu meinem Plan, dir zu zeigen, dass es in Keating Hollow nicht nur Wanderwege gibt."

„Aber wir sind nicht in Keating Hollow", neckte er sie.

„Dicht genug dran." Sie schob ihre Autotür auf. „Komm schon, Kumpel. Es gibt ein Riesenrad, auf dem mein Name steht."

Logan verschwendete keine Zeit, um auf ihre Seite des Autos zu laufen. Offensichtlich war er über seine Verletzung beim Eislaufen hinweg. Er hielt ihr eine Hand hin, sodass sie sich stützen konnte, während sie sowohl ihn als auch eine ihrer Krücken nutzte, um sich aus dem Sitz zu stemmen. Sobald sie beide Krücken hatte und behaglich neben ihm im Gleichgewicht war, sagte er: „Ich bin bereit für den Jahrmarkt, wenn du es bist, aber willst du denn echt hier mit Krücken rumlaufen?"

„Ach, ich brauche keine Krücken." Sie zwinkerte ihm zu. „Folge mir einfach."

Logan stellte keine Fragen. Er ließ sie einfach die Führung übernehmen und blieb bereit, falls sie irgendetwas brauchte.

Sobald sie an den Eingang des Parks kamen, rollte eine Frau in einer blauen Uniform einen Stuhl zu ihr herüber und sagte: „Ms. Exler? Ich bin Jean. Ich glaube, wir haben uns am Telefon gesprochen?"

„Ja, das bin ich." Georgia strahlte sie an. „Vielen Dank dafür. Mein Freund hatte schon Sorgen, wie ich von A nach B kommen soll." *Freund.* Das Wort schoss in ihren Gedanken hin und her. Es war das erste Mal, dass sie zugelassen hatte, dass sie es benutzte, und es fühlte sich gut an. Verdammt gut. Sie zwinkerte ihm zu.

Er erwiderte das Zwinkern, wirkte sexy in seiner ausgeblichenen Jeans und dem offenen Flanellhemd über dem weißen T-Shirt.

Sobald Georgia im Rollstuhl saß, nahm die Frau die Krücken und wedelte mit der Hand zu einem Büro hinter ihr. „Wenn Sie bereit zum Aufbruch sind, kommen Sie einfach hierher zurück zum Büro. Ihre Krücken werden hier auf Sie warten."

„Vielen Dank, Jean." Georgia nickte Logan zu. „Rollen wir los."

Logan ging hinter sie, beugte sich vor und sagte: „Heißt das, sobald wir unsere Eintrittskarten bekommen, können wir bei jeder Schlange ganz vorne rein?"

„Ja." Sie warf einen Blick über die Schulter. „Das ist der perfekte Augenblick, um herzukommen, oder? In einer anderen Woche wären wir die Verlierer ganz hinten in der Schlange."

Sie lachten beide, während Logan sie durch die Menschenmenge leitete, die Zuckerwatte und frittierte Twinkies aß.

Drei Stunden später drückte Georgia sich eine Hand auf den Magen und stöhnte. „Ich bringe keinen Bissen mehr runter."

„Nicht mal Schmalzgebäck?", fragte Logan, der auf die Schlange vor ihnen deutete. „Der frittierte Teig mit Puderzucker sieht einfach unfassbar gut aus."

Bei dem Gedanken daran drehte sich ihr der Magen um. „Auf keinen Fall. Außer du willst, dass ich mich im Auto auf dem Rückweg übergebe."

Logan lachte. „Nein, danke. Ich glaube, wir sind hier durch."

„Aber wir sind noch nicht Riesenrad gefahren", protestierte sie. „Ich habe das Beste für den Schluss aufgehoben."

Er warf ihr einen skeptischen Blick zu. „Echt? Du hast gerade gesagt, du übergibst dich vielleicht im Auto."

„Nur, wenn ich weiteresse." Sie warf einen Blick hinüber zu dem Fahrgeschäft. „Schau, sie stehen nicht mal sonderlich lange an."

„Als ob das eine Rolle spielt. Dieser Rollstuhl ist magisch."

Das stimmte. Sie hatten nicht länger als fünf Minuten auf jedes Fahrgeschäft im Park gewartet. „Okay, gut. Wie wäre es, wenn ich dir verspreche, dass wir oben knutschen können?"

„Alles klar." Sofort begann er, ihren Stuhl auf das Fahrgeschäft zuzuschieben, während Georgia lachte.

„Du machst es einem zu leicht", sagte sie.

„Das sehe ich anders. Du bist diejenige, die sich auf mich wirft", neckte er.

„Georgia? Logan?", rief eine vertraute Stimme hinter ihnen.

Logan blieb stehen, und sie reckten beide den Hals, um festzustellen, dass Miranda Moon und Gideon Alexander Hand in Hand auf sie zukamen.

„Miranda! Was macht ihr beiden denn hier? Ich dachte, ihr wärt gar nicht in der Stadt", sagte Georgia, die sich ihren fahrbaren Untersatz schnappte und ihn umdrehte, um ihre Freundin zu begrüßen.

„Sind wir auch nicht, irgendwie. Wir haben die letzten paar Wochen damit verbracht, die Küste zu erkunden. Wir sind heute Abend zurück unterwegs in die Stadt." Ihr Blick richtete sich auf Georgias Fuß. „Was ist denn passiert?"

„Ein Wanderunfall. Ist schon in Ordnung. Ich kann ihn nur noch eine Woche oder so nicht belasten", sagte Georgia.

„Also seid ihr natürlich zum Jahrmarkt gegangen", ließ sich Gideon vernehmen.

„Hey, Mann. Das war der beste Zeitpunkt, um herzukommen", brachte sich Logan ein. „Wir sind kein einziges Mal angestanden."

„Nett." Miranda nickte anerkennend, dann wanderte ihr Blick von Georgia zu Logan und wieder zurück. In ihren Augen stand ein wissender Ausdruck, und Georgia wusste, dass sie später durchlöchert werden würde. Das war schon in Ordnung. Sie konnte ein wenig Zeit zum Plaudern mit einer Freundin gebrauchen.

„Wir sind unterwegs zum Riesenrad", sagte Georgia. „Habt ihr daran Interesse?"

„Ist das eine echte Frage?", wollte Miranda wissen, die ihren Arm durch den von Gideon schob. „Geht voraus."

Während sie darauf warteten, dass am Riesenrad der Ausstieg beendet wurde, trat Gideon vor, um sich neben Logan zu stellen. „Hey. Wie kommst du mit dem neuen Buch voran? Hast du Fortschritte gemacht?"

Georgia beobachtete ihren Austausch interessiert. Sie hatte nicht gewusst, dass Logan mit Gideon befreundet war. Tatsächlich hatte sie ihn, außer, dass er mit ihr zusammen war, mit niemandem außer Seth und Levi gesehen. Aber sie waren eindeutig vertraut genug miteinander, dass Gideon wusste, dass Logan ein neues Buch angefangen hatte.

„Noch nicht", sagte Logan mit einem wenig besorgten Schulterzucken. „Mein Bruder ist in der Stadt, und er arbeitet an neuer Musik."

„Das ist bestimmt eine Ablenkung", meinte Gideon.

„Er liebt es", mischte Georgia sich ein. „Er hat auch ein bisschen gespielt und geschrieben."

„Echt?" Gideon wirkte beeindruckt. „Musik, was? Das ist cool. Ich kann es nicht erwarten, etwas davon zu hören."

„Ich auch", sagte Miranda. „Ich würde das nur zu gerne hören, und vielleicht sehen, ob etwas dazu von gut als Gastauftritt in diese neue Serie passen würde, die Cameron und ich gerade verkauft haben."

„Ihr habt eine weitere Serie verkauft!", rief Georgia. „Das ist unfassbar. Das ist die zweite, oder?"

Sie nickte. „Sie spielt in einer Kleinstadt, Keating Hollow nicht ganz unähnlich, aber jeder hat eine andere Fähigkeit. Ein bisschen so im Stil von *Buffy*, nur kein Höllenschlund. Cooles, hippes Teenager-Drama, aber im Stil von Urban Fantasy. So haben wir es zumindest gepitcht."

„So gut", schwärmte Georgia. „Ich stehe … na ja, sitze hier vor wahrer Größe. Ich bin ganz von den Socken."

„Hör auf", sagte Miranda, ihre Wangen wurden rot. „Wir hatten nur Glück, das ist alles."

„Nein, so war es nicht", sagte Gideon, der sie leicht anstieß. „Ihr habt hart dafür gearbeitet. Es war nicht Glück. Wenn überhaupt, dann war es Beharrlichkeit."

„Hör auf den Mann, Miranda", sagte Georgia. „Er hat recht. Es war kein Glück. Du und Cameron habt es herbeigeführt. Und kann ich einfach mal sagen, wie verdammt begeistert ich für euch bin?" Georgia streckte die Arme hoch, griff nach ihrer Freundin, um sie zu umarmen.

„Danke, Miranda", sagte Logan. „Ich werde daran denken, Seth ein Demo rüberschicken zu lassen."

„Macht das auf jeden Fall", sagte sie.

Der Mann am Riesenrad winkte ihnen, um ihnen zu sagen, dass sie für die Fahrt dran waren.

„Es ist Zeit, die Wolken zu küssen", sagte Logan, der Georgia vorschob.

Sie warf einen Blick zurück. „Wenn wir uns später nicht mehr sehen, war es schön, euch getroffen haben. Und ruf mich an, wir müssen uns bald mal abends auf was zu trinken treffen."

„Wir freuen uns darauf", rief Miranda zurück.

„Oh, hey, Gideon?", sagte Logan.

„Ja?"

„Ich hab vergessen, es dir zu sagen. In der Stadt ist ein Mann, der nach dir sucht. Jemand, der Austin Steele heißt. Er wollte, dass ich ihm deine Adresse gebe. Ich habe das nicht gemacht, aber er weiß, wo dein Laden ist, also wird er dir früher oder später vermutlich begegnen."

Gideon runzelte die Stirn und schüttelte den Kopf. „Dieser Name klingt überhaupt nicht – Moment. Er klingt vertraut." Er wandte sich an Miranda. „Klingelt da bei dir irgendwas?"

„Überhaupt nicht", sagte sie.

„Ich schätze, wenn er weiß, wo mein Laden ist, werde ich bald genug herausfinden, was er will. Danke für die Vorwarnung, Logan. Das weiß ich zu schätzen."

„Natürlich. Wozu gibt es denn sonst Nachbarn?" Sie schüttelten sich kompliziert die Hände, was den Betreiber dazu brachte, seine Geduld zu verlieren.

„Steigt ihr jetzt ein oder nicht?", blaffte der Mann. „Nur

weil sie nicht gehen kann, heißt das nicht, dass ihr ewig die Schlange aufhalten könnt."

„Tschuldigung!", rief Georgia und stieß Logan in den Oberschenkel. „Komm schon. Letzte Chance, um oben rumzuknutschen." Georgia hörte, wie Miranda und Gideon kicherten, während Logan sie in die Riesenrad-Fantasie schob, von der sie schon geträumt hatte, seit sie ein Teenager gewesen war.

KAPITEL 21

ie nächste Woche war himmlisch, soweit es Logan betraf. Er hatte seit dem Date, das sie auf dem Jahrmarkt gehabt hatten, beinahe jeden Tag mit Georgia verbracht. Sie waren mit Magenschmerzen, ein paar Plüschbären von den Losbuden und einem Selfie nach Hause gekommen, auf dem sie sich oben auf dem Riesenrad küssten. Es war der perfekte Tag gewesen.

Genau wie der Tag, an dem Georgia darauf bestanden hatte, dass sie beide einen Backkurs bei Miss Maple in ihrer Backstube machten. Georgia hatte einen Käsekuchen gebacken und er Donuts. Der Käsekuchen war perfekt geworden. Die Donuts ... na, an denen musste man noch arbeiten. Aber er hatte trotzdem eine Menge Spaß gehabt. Dann war da noch das Bücherfest, der Bauernmarkt, der Cider-Freitag und eine Sonderpremiere von Silas' neuem Film zu Hause bei Cameron und Wanda. Silas war so großzügig gewesen, vorbeizukommen und Fragen zu beantworten. Es war ein erinnerungswürdiger Abend gewesen.

Zu sagen, dass Logan seine Zeit mit Georgia beim

Erkunden von Keating Hollow genoss, wäre eine Untertreibung gewesen. Tatsächlich konnte er sich nicht erinnern, wann er schon jemals glücklicher gewesen war. Georgia hatte sich wirklich ins Zeug gelegt, um ihm zu zeigen, was sie an dem Städtchen liebte. Mit ihr an seiner Seite hatte er sich noch mehr in den Ort verliebt, den er beschlossen hatte, zu seiner Heimat zu machen.

„Ich bin nervös", sagte Georgia. Sie hatte ihre Krücken schließlich los und stand vor ihm, rang die Hände. Weshalb rang sie die Hände? Das war nichts, was er sie schon jemals hatte machen sehen.

„Warum denn? Seth und Levi haben doch bereits gehört, wie du singst", sagte er.

„Ja, ich weiß, aber da habe ich nur herumgespielt. Das ist … für dich wichtig." Sie ging hinüber zum Fenster und schaute in das Abteil des Tonmeisters. „Schau mal." Sie deutete darauf. „Das ist professionell, nicht irgendein simpler Recorder, der nur mitten im Zimmer steht."

„Das ist doch nur semiprofessionell", sagte Chad, der mit Seth, Levi und Silas hinter sich in den gemieteten Raum kam. „In einer Plattenfirma würde man so was nicht finden, aber für das, was wir brauchen, reicht es."

Als Seth und Levi beschlossen hatten, dass sie einige Stücke für die Plattenfirma aufnehmen würden, hatten sie Chad eingespannt, um ihnen zu helfen, irgendwo in der Nähe von Keating Hollow einen Ort zu finden, wo sie das machen konnten. Mit Wandas Hilfe hatten sie überraschenderweise in der Stadt ein Gebäude gefunden, das früher als Radiosender gedient hatte, der vor etwa zehn Jahren pleitegegangen war, und er besaß bereits eine schalldichte Kammer. Wanda hatte etwas Magie gewirkt, damit sie ihn für drei Monate pachten konnten, und sie hatten sich gleich an die Arbeit gemacht, damit er für Aufzeichnungen tauglich wurde. Nachdem sie alles aufgeräumt hatten, hatten sie neuere Ausstattung dort hingebracht. Und nun waren sie alle hier, bereit, neue Musik aufzunehmen.

Chad kam herüber zu den Keyboards und forderte Seth, Levi und Logan auf, ihren Platz einzunehmen. „Wärmen wir uns ein wenig auf, während wir darauf warten, dass unser Tontyp sich fertigmacht."

Der Tontyp war kein anderer als Silas Ansell. Wie es sich erwies, hatte er sich für das Mischen von Musik interessiert, als er jünger gewesen war, und hatte mit einem Freund viel Zeit in Aufnahmestudios verbracht, wo er einiges gelernt hatte, während er auch noch den Bonus genossen hatte, nicht von seiner ruhmsüchtigen Mutter kontrolliert zu werden.

Als Silas im Tonraum verschwand, setzte Logan sich hinter das Schlagzeug und beobachtete Georgia. Es schien, als würden nicht nur ihre Nerven mit ihr durchgehen, aber er konnte nicht ganz sicher sein. Sie hatte auf jeden Fall ins Studio kommen und an ihrem Song arbeiten wollen, aber seit dem Augenblick, in dem sie eingetreten war, wirkte sie, als wäre sie etwas grün im Gesicht.

Während Levi und Seth sich an ihren Instrumenten aufwärmten, ging Logan hinüber zu Georgia und legte ihr eine Hand auf die Schulter. „Bist du sicher, dass du in Ordnung bist? Du siehst aus wie damals, als du dieses letzte frittierte Twinkie gegessen hast."

„Oh, bei den Göttern", rief sie und vergrub den Kopf an seiner Schulter. „Erwähne das bitte nicht. Ich werde mich echt noch übergeben." Sie hielt sich fest und drückte sich enger an ihn. „Ich bin nur richtig nervös. Ich weiß nicht, warum. Vielleicht, weil ich weiß, dass wichtige Musikleute das hören könnten. Ich will nicht klingen wie einer dieser abgedrehten

Typen, die es mit ‚American Idol' versuchen, ohne zu ahnen, dass sie nicht singen können."

„So wirst du auf gar keinen Fall klingen", sagte er mit einem leisen Lachen. „Vertraue mir, meine Liebe. Du würdest die Rivalinnen vernichten, wenn du es versuchen würdest."

„Ich bin zu alt. Sie würden mich nicht nehmen", murmelte sie.

„Selber schuld." Er strich mit den Händen über ihre dunklen Locken, versuchte, sie zu beruhigen. „Vertraue mir, okay? Wir werden niemanden etwas hören lassen, das nicht toll ist. Du hast ein Vetorecht. Funktioniert das für dich?"

Sie nickte, ließ ihn immer noch nicht los, aber ihr Puls kehrte allmählich in die Normalzone zurück, und das Entsetzen in ihrer Magengrube hatte nachgelassen. „Es ist schon ehrlich ein toller Song, oder?"

„Ist es. Wenn du ihn singst, klingst du wie ein Engel", bestätigte er.

„Okay, sind alle allmählich fertig?", fragte Silas über Lautsprecher. „Denn ich bin hier drin bereit zum Loslegen."

Logan warf einen Blick hinüber zu Georgia. „Bist du bereit?"

„Nein", sagte sie mit einem Lachen. „Aber andererseits bezweifle ich, dass ich das jemals sein werde. Bringen wir diese Show mal in Gang."

„Los geht's, Jungs", sagte Logan, der zurück ans Schlagzeug ging. „Unser Mädchen ist bereit, uns die Herzen rauszureißen."

„Auf vier", sagte Seth. „Eins, zwei, drei, vier."

Das Arrangement hatte sich ein wenig verändert, um zur Band zu passen, aber das Intro war immer noch diese herzzerreißende Melodie, die Logan auf eine Art bewegte, wie es die meiste Musik nicht schaffte. Er war gebannt und beobachtete

Georgia. In dem Augenblick, in dem die Musik anfing, merkte er sichtlich, wie ihre Schultern sich entspannten und die Musik durch sie durchströmte. Er wusste einfach, dass sie spektakulär sein würde. Er konnte es bis in die Zehenspitzen spüren.

Und als sie den Mund öffnete und ihre Worte sang, ging das Herz in seiner Brust weit auf. Er wusste, dass er ihr den Rest seines Lebens lang zuhören könnte, wie sie das tat. Es gab keinen Zweifel in seinen Gedanken, wenn sie eine Karriere als Sängerin wollte, würde man sie sofort nehmen. Sie hatte diese Adele-Art an sich, bei der alle einfach nur in dem innehielten, was sie taten, sobald man sie hörte.

Georgias Augen waren geschlossen, aber ihr Körper bewegte sich mit jedem Ton, erzählte seine eigene Geschichte von Liebe und zweiten Chancen. Ihre Aufrichtigkeit zog ihn an, sodass er völlig gebannt von jeder ihrer Bewegungen war. Jedem Ton. Jedem Atemzug.

Als die Musik schließlich verklang, war die Band untypisch leise. Georgia schaute sich um, benahm sich, als würde sie auf ein Urteil warten. Als keines kam, wurde aus ihrer entrückten Miene eine besorgte.

Logan sprang von seinem Sitz am Schlagzeug auf und begann zu klatschen.

Seth, Levi und Chad schlossen sich alle an, es wurde gejubelt und gejohlt, weil sie so begeistert waren.

Ein leises Lachen kam über den Lautsprecher. „Das war echt toll", sagte Silas. „Können wir das nun als Duett versuchen? Ich glaube, das wäre noch stärker, wenn die Worte aus unterschiedlichen Perspektiven kommen."

„Ja, klar", sagte Logan, während er ein Blatt Papier herausholte, auf dem der Songtext geschrieben stand. Rasch machte er einige Änderungen, zeigte sie Georgia, und dann ließ er Levi ans Schlagzeug. Denn Logan musste ein Lied singen.

„Du hast es wunderbar gemacht", flüsterte Logan ihr ins Ohr. „Das ist nur, damit sie eine Auswahl haben."

„Klar. Alles in Ordnung." Georgia ließ ihre Hand in seine gleiten, und er drückte ihre Finger zur Unterstützung.

„Lass mich wissen, wenn irgendwas davon zu viel wird. Wenn ja, können wir jederzeit Schluss machen", bot er an.

Aber Georgia funkelte ihn nur an und schüttelte verärgert den Kopf. „So zerbrechlich bin ich nicht, Logan. Hör auf, mich zu behandeln, als wäre ich aus Glas. Ich kann das. Jetzt lass uns eine Show für die Jungs hinlegen, an die sie sich lange erinnern werden."

„Ganz deiner Meinung", fügte er an.

Als diesmal die Musik anfing, hielt Logan den Blick fest auf Georgia gerichtet. Die vertraute Magie war da, nur zehnmal stärker. Alles, was er sah, war sie, während sie einander ihre Geschichte erzählten. Er war gebannt bis zu dem Punkt, dass sogar die Band und die Noten verschwunden waren. Es gab nur noch sie beide und die Liebe, die zwischen ihnen prickelte.

Als ihre beiden Stimmen verklangen, stand Logan reglos da, betrachtete sie voller Ehrfurcht. Sie hielt seinen Blick, wirkte strahlend, während sie vor Glück leuchtete.

„Das war's", sagte Silas über Lautsprecher. „Wir haben es."

Der Raum brach in Applaus und Pfiffe aus, während die anderen Männer ihre Anerkennung zeigten.

„Ich glaube, es hat ihnen gefallen", sagte Georgia, die sich immer noch an Logan festhielt.

„Aber natürlich", sagte Logan. Denn er wusste tief in seiner Seele, dass sie gerade einen Hit aufgenommen hatten.

KAPITEL 22

eorgia saß an ihrem Schreibtisch, starrte auf die leere Seite vor ihr. Sie hatte die letzten paar Wochen damit verbracht, Szene um Szene zu schreiben, in der sich der Held und die Heldin näherkamen. Der Held hatte angefangen, sich zu öffnen, und ihre Heldin vertraute allmählich darauf, dass ihr Gestaltwandler bei ihr bleiben würde. Dass er nicht plötzlich gehen und wieder im Wald verschwinden würde, um sich mit den Problemen seines früheren Rudels zu befassen. Sie waren glücklich.

Sie fragte sich, ob sie einfach den Epilog schreiben konnte. Ob sie den sogenannten schwarzen Augenblick einfach völlig meiden konnte. Ihr Notizbuch war auf einer Seite geöffnet, auf die sie geschrieben hatte: *schwarzer Augenblick. Die Vergangenheit des Helden kehrt zurück, um ihn heimzusuchen.*

Die Szene spielte sich bereits in ihrem Kopf ab. Der Held war unterwegs, um sie zu einem Date abzuholen. Es war der Abend, an dem er ihr seine Liebe erklären würde. Er hatte eine signierte Ausgabe ihres Lieblingsbuchs, die Schlüssel zu einem neuen Haus, das er gerade an der Bergflanke gekauft hatte, und das Versprechen, sie ewig zu lieben. Er hatte vor, sie zu fragen, wie sie zu Wolfswelpen stand und ob sie dachte, dass es solche in ihrer Zukunft geben könnte. Es war das Happy End, von dem er nie geglaubt hatte, es jemals verdient zu haben.

Aber bevor er an ihr Haus käme, würde er über etwas fahren, was zu einem Platten führt. Sobald er aussteigt, ist der von Wölfen umgeben. Es sind Mitglieder seines alten Rudels. Sie kommen mit der schrecklichen Nachricht, dass das Rudel Schwierigkeiten hat, und sie seine Hilfe brauchen. Er muss sich entscheiden; das Rudel und alles, was er je gekannt hat, oder ein neues Leben mit derjenigen, der sein Herz gehört. Die Treue zu seinem Rudel gewinnt, und er verschwindet.

„Igitt!" Georgia erhob sich abrupt und weigerte sich, die Szene zu schreiben, die ihr so klar in Gedanken stand. Vielleicht, wenn sie es nicht in Worte fasste, würde sie es nicht durchmachen müssen, Logan zu verlieren.

Ihr Magen drehte sich um, und Tränen stiegen ihr in die Augen. Weshalb geschah das mit ihr? Sie hatte beinahe vier Jahrzehnte ohne auch nur den Hauch eines magischen Talents verbracht. Diese Tatsache hatte sie in ihren jüngeren Tagen sehr frustriert. Dass sie umgeben von Hexen aufgewachsen war, wo sie doch nicht einmal einen Kräutertrank zustande brachte, war ein Schlag für ihr Selbstwertgefühl als junger Mensch gewesen. Aber sie hatte es überstanden. Hatte gelernt, zu lieben, wer sie war. Nun? Sie wollte diesen Fluch zurückgeben. Dass sie wusste, was kam, nervte einfach nur.

Sie nahm ihr Handy und rief Tante Dee an.

Dee ging beinahe sofort ran. „Georgia, was für eine schöne Überraschung. Du rufst fast niemals während der Arbeitszeit an. Hast du Schwierigkeiten mit dem Buch?"

„Ja", antwortete sie und sagte dann beinahe sofort: „Nein."

Ihre Tante lachte leise. „Klingt, als könntest du ein offenes Ohr gebrauchen."

„Ich kann das Buch nicht abschließen", sagte Georgia. „Fast jedes Kapitel ist wahr geworden. Oder zumindest war es so dicht dran, dass ich denselben emotionalen Schmerz und das Wachstum wie meine Heldin durchgemacht habe. Jetzt muss ich den Augenblick schreiben, in dem der Held sie verlässt, und ich kann es einfach nicht."

„Dann mach es nicht", sagte Dee. „Schreib das Ende, das du willst. Niemand hat je gesagt, dass es eine Tragödie geben muss, bevor der neue Morgen dämmert."

„Doch, das sagt schon jemand. Hast du jemals irgendein Buch übers Schreiben gelesen?", fragte sie ihre Tante, obwohl sie bereits wusste, dass die Antwort Nein lautete. Ihre Tante war keine Autorin.

„Ich habe einfach nur gemeint, du kannst deine eigenen Regeln machen. Niemand hält dich auf", sagte die. „Es ist ja nicht, als hättest du einen Verleger, vor dem du dich verantworten musst."

„Das stimmt." Georgia beruhigte sich allmählich. „Vielleicht kann ich irgendeine andere Art Auflösung finden, um das Ganze abzuschließen."

„Da hast du's. Fühlst du dich jetzt nicht besser?"

„Vielleicht? Ich will einfach nur, dass dieses Buch fertig wird, damit ich aufhören kann, mich zu sorgen, wie es meine Beziehung beeinflusst." Georgia ging ans Fenster und schaute hinaus auf die Mammutbäume hinter ihrem Haus. „Ich schätze, ein Spaziergang im Wald könnte mir helfen, auf ein paar Ideen zu kommen."

„Wie wäre es mit einem Tag im Spa", sagte Dee. „Das hilft mir immer. Massage, Algenpackung, Gesichtsbehandlung, Maniküre und Pediküre. Wie wäre es, wenn ich im Spa da in der Stadt bei dir anrufe und dir einen Termin buche. Wenn ich schon nicht da sein kann, kann ich dich zumindest aus der Ferne verwöhnen."

Georgia lachte vor ihrer Tante. „Du weißt, dass du das nicht machen musst."

„Es geht doch nicht ums Müssen, meine Liebe. Es ist nur die Frage, ob deine Tante das will. Jetzt lass mich mal aus diesem Anruf raus. Ich muss einen Termin für dich vereinbaren. Ich schreibe dir, wenn er fertig ist."

„Ich liebe dich", sagte Georgia, die sich schon tausend Mal besser fühlte. Das lag nicht daran, dass ihre Tante beschlossen hatte, ihr einen Tag im Spa zu schenken, obwohl das auf keinen Fall schadete. Es lag daran, dass Dee ihr ein besseres Gefühl gegeben hatte, indem sie einfach für sie da war. „Du solltest bald zu Besuch kommen."

„Das mache ich, meine Liebe. Keine Sorge. Ich werde die ganzen Feste nicht versäumen."

„Welche Feste?", fragte Georgia. „Du meinst die Feiertage?" Weihnachten in Keating Hollow war immer wunderbar, aber es war nichts im Vergleich zu Christmas Grove, einer Stadt, die ein paar Stunden entfernt lag und die ganze Zeit pure Magie war.

„Klar. Die Feiertage. Ich muss los. Ich liebe dich." Dee beendete den Anruf, und Georgia sank an ihren Schreibtisch zurück.

Anstatt die nächste Szene zu schreiben, machte sich Georgia ein paar Notizen, versuchte, den Rat ihrer Tante in die Tat umzusetzen. Vielleicht würde sie den Helden versuchen lassen, seine Probleme mit einem normalen Leben durchzuarbeiten, bevor er mit der Heldin zusammenkommen konnte. Anstatt frei als Wolf zu leben, würde er versuchen, einen normalen Job zu bekommen, einen Anzug zu tragen und freiwillig bei der Feuerwehr des Städtchens mitzuarbeiten. Vielleicht würde er herausfinden, dass er sich selbst gegenüber aufrichtig sein musste, bevor er sich auf seine Heldin einlassen konnte.

Ja, dachte sie. Das könnte funktionieren. Das würde zu einer erheblichen Überarbeitung führen, aber das wäre nicht das erste oder das letzte Mal. Es war Zeit, sich an die Arbeit zu machen.

～

„GEORGIA, HOPE IST FÜR DICH BEREIT", sagte Lena, die zierliche Empfangsdame bei *A Touch of Magic.* „Du kannst gleich nach hinten durchgehen. Sie wartet drinnen auf dich."

„Danke, Lena." Georgia merkte sich vor, auf dem Weg nach draußen einen weiteren Termin zu buchen. Sie hatte immer vorgehabt, Massagen zu einem regelmäßigen Teil ihres Wohlfühlprogramms zu machen, aber sie vergaß einfach immer, sich um sich selbst zu kümmern, wenn sie eine Deadline hatte. Nicht mehr, versprach sie sich. Sie würde es einfach zu einem regelmäßigen Ding machen. Wie Zahnreinigung. Nur in schön.

Hope Garber, ihre Massagetherapeutin der Wahl, wartete gleich auf der anderen Seite der Tür auf Georgia. „Hey. Lange nicht gesehen", sagte sie mit einem aufrichtigen Lächeln. „Ich höre, du warst beschäftigt."

„Sind wir das nicht alle?", sagte Georgia, die nicht über ihr Buch reden wollte. Sie war da, um sich zu entspannen, nicht um sich Sorgen um die fehlenden Szenen zu machen, die sie noch schreiben musste. „Was ist mit dir? Läuft das Geschäft?"

„Könnte nicht besser laufen", erwiderte sie. „Tatsächlich sieht es aus, als würden wir wieder jemanden einstellen müssen. Bei uns ist mehr los denn je, und nun, da Faith Drillinge bekommt, wird sie nicht mehr so viel da sein. Es ist eine Menge, aber ich freue mich darauf, eine größere Rolle zu spielen, damit sie Zeit mit ihrer Familie verbringen kann."

„Ich komm noch immer nicht über das Ding mit den Drillingen weg", sagte Georgia. „Ich kann mir nicht mal ein Baby vorstellen, ganz zu schweigen von drei."

„Da sind wir schon zwei!" Hope öffnete eine Tür und winkte sie in einen der Privaträume. „Chad und ich reden über ein Pflegekind. Da Levi und ich so viel durchgemacht haben, während wir aufgewachsen sind, möchte ich mein Heim wirklich in eine sichere Zuflucht für jemanden verwandeln, der eine braucht."

„Das ist großartig", sagte Georgia, die sie bewunderte. Sie selbst hatte nicht viel darüber nachgedacht, Kinder zu haben. Das war nie Teil ihrer Pläne gewesen, aber sie stellte sich vor, dass ein Pflegekind, obwohl es eine Herausforderung war, letztlich sehr lohnend sein würde.

„Wir sind erst mal immer noch in der Phase, in der wir darüber reden." Hope lächelte. „Aber nun, da es so aussieht, als würde Levi im nächsten Jahr oder so einen guten Teil seiner Zeit in L.A. verbringen, werden wir vermutlich etwas ernster planen. Ich werde es vermissen, einen Teenager im Haus zu haben."

Georgia war gerade dabei, ihre Jacke und die Handtasche an Wandhaken zu hängen, und sie ließ sie beinahe beide fallen, als Hope ihr das eröffnete. Als sie sich umdrehte, fragte sie: „Was meinst du damit, dass Levi in L.A. sein wird? Zieht er da hin, um Zeit mit Silas zu verbringen?"

„Silas?" Sie runzelte die Stirn. „Nein. Silas dreht in den nächsten paar Monaten oben in Vancouver. Levi geht runter mit Seth, um ein Album aufzunehmen. Hat Logan dir nicht erzählt, dass Seths Plattenfirma sie von hinten bis vorne umwirbt? Sie will sie als Duo unter Vertrag nehmen."

Georgia schüttelte langsam den Kopf und fragte sich, weshalb Logan nicht angerufen hatte. Aber dann wurde ihr klar, dass sie ihm gesagt hatte, dass sie mit ihrem Buch fertig werden musste. Vielleicht sparte er die Neuigkeiten für später auf. „Das ist echt großartig, Hope. Levi hat so viel Talent. Ich war völlig von den Socken, als ich ein paar der Songs gehört habe, an denen er mit Seth gearbeitet hat."

„Stimmt, oder? Ich hatte ehrlich keine Ahnung, dass er so ein Talent besitzt. Wieso wusste ich nicht, dass er so eine engelsgleiche Singstimme hat?"

„Ich habe gehört, er hat es unter der Dusche versteckt", sagte Georgia.

„Das schätze ich auch." Hope strahlte, während sie anfügte: „Chad sagte, er hätte echt schnell Schlagzeug und Klavier gelernt. Also sieht es so aus, als wäre das vielleicht seine Berufung. Zumindest vorerst. Das heißt, dass er sein Praktikum bei Heilerin Snow aufgibt, aber sie ist in dieser Sache echt toll. Sie hat gesagt, er kann einfach damit weitermachen, wann immer er will. Dass sein Talent dafür nicht nachlassen würde. Ich freue mich einfach so für ihn und wie weit er gekommen ist." Sie legte sich eine Faust an die Brust. „Er macht seine Schwester echt stolz."

„Du hast jeden Grund, stolz zu sein. Er ist ein toller junger Mann. Und ganz gleich, wo es letztlich mit seinen Karriereentscheidungen hingeht, ich bin sicher, er wird es toll machen."

Hope lachte leise. „Ja. Das wird er. Und dann werden er und Silas ein absolutes Power Couple. Kannst du dir das vorstellen? Filmstar und Rockstar? Ihnen wird die Welt zu Füßen liegen."

Georgia nickte. Es war aufregend, sich vorzustellen, dass Levi in der Musikindustrie groß rauskam. Er hatte die Persönlichkeit dafür. Geerdet, entschlossen und eine solide Familie hinter ihm, die ihn unterstützte. Sie hoffte einfach, dass er sich nicht in den ganzen Glanz und Ruhm verstricken würde. Oder vom Andrang der Menschen plattgewalzt werden, die etwas von ihm wollen würden. Georgia hätte in so einer Situation keine zwei Wochen durchgehalten. Trotzdem war sie begeistert für ihn. „Wart nur mal, in ein paar Jahren werden er und Silas die Sexiest Men Alive. Und du wirst dir das halb nackte Abbild deines Bruders auf einem oder zwanzig Magazinen anschauen müssen."

Mit einem Stöhnen drückte Hope sich eine Hand auf die Augen. „Danke für diese geistige Vorstellung. Jetzt brauche ich eine Gehirnsäuberung."

Sie lachen beide noch leise, während Hope das Zimmer verließ, damit Georgia sich für ihre Massage bereit machen konnte. Zehn Minuten später waren alle Gedanken an Musikverträge, Deadlines und Magazincover verschwunden. Das Einzige, was in diesem Augenblick noch eine Rolle spielte, war Hopes magische Berührung, die Georgias aufgestaute Anspannung linderte.

KAPITEL 23

*L*ogan hüpfte auf Georgias Veranda auf und ab. Er hatte sie unbedingt anrufen wollen, ihr alles erzählen, was in den letzten zwei Tagen vorgefallen war, aber er wusste, dass sie versuchte, ihr Buch abzuschließen. An dieser Stelle war er schon öfter gewesen, als er zählen konnte, und er wollte sie nicht ablenken.

Aber sie hatte ihn angerufen und ihn zum Abendessen eingeladen, also war heute Abend der Abend, an dem er sie mit den tollen Nachrichten überraschen würde.

Die Tür öffnete sich, bevor er auch nur klopfen konnte, und Georgia stand da, in einer aufwendig zerrissenen Jeans und einem weinroten Samtoberteil. Ihre Haut strahlte, und sie leuchtete mehr oder weniger.

„Wow. Du siehst heute Abend toll aus", sagte er und beugte sich vor, um sie auf die Wange zu küssen.

„Danke. Du siehst auch nicht schlecht aus." Sie ging zur Seite, lud ihn nach drinnen ein.

Logan trug eine schwarze Jeans, einen cremefarbenen Pulli und schwarze Stiefel. Das war sein übliches Date-Outfit. Der

Geruch nach Basilikum und Rosmarin hing in der Luft, sodass Logans Magen voller Vorfreude knurrte. „Hier drin riecht es wunderbar."

„Danke. Auf dem Herd steht ein Toskana-Meeresfrüchte-Eintopf, und im Ofen ist Knoblauchbrot."

„Du hast gekocht? Heißt das, dass das Buch fertig ist?", fragte er, wollte ihr schon gratulieren.

„Ach, nein. Aber ich habe ziemliche Fortschritte gemacht. Es gibt noch einen Abschnitt, den ich ausarbeiten muss." Sie führte ihn in die Küche hinten im Haus, wo sie zwei Weingläser hingestellt hatte. Sie schnappte sich beide und reichte eines Logan. „Da."

Er nahm es, hielt das Glas hoch und sagte: „Auf das, was als nächstes kommt."

Georgia beäugte ihn einen Augenblick, als würde sie versuchen, zu erschließen, worauf er sich da bezog, aber dann entspannte sie sich und stieß mit ihrem Glas an seines. „Auf das, was als nächstes kommt."

Sie schauten einander in die Augen, während sie an dem Merlot nippten.

Logan war so von ihr gebannt, dass er sein Glas abstellte und näher kam, die Arme um ihre Taille legte und sie dicht an sich zog. „Ich habe dich in den letzten paar Tagen vermisst."

Ihre Lippen wölbten sich zu einem erfreuten Lächeln. „Echt? Warum hast du nicht angerufen?"

„Ich wollte nicht stören. Ich weiß, wie ich bin, wenn ich ein Buch fertigmachen will. Ich dachte mir, du würdest mich anrufen, wenn du bereit wärst, aus deinem Arbeitszimmer zu kommen." Logan spürte, wie ihr Körper sich unter seiner Berührung entspannte und sie sich an ihn lehnte.

„Was habe ich getan, um so ein Glück zu haben? Niemand

versteht jemals diesen Teil des Prozesses. Nur andere Schriftsteller."

„Das ist für mich auch das erste Mal." Er schob ihr eine dunkle Locke hinters Ohr. „Danke, dass du Abendessen gemacht hast. Ich bin sicher, es ist köstlich."

Sie lachte leise. „Vielleicht hältst du dich mit deinem Urteil noch zurück, bis du es probiert hast. Ich habe schon ewig nicht mehr gekocht."

„Wie wäre es, wenn ich hier anfange." Er neigte den Kopf und drückte seine Lippen auf ihre. Als sie sich für ihn öffnete, vertiefte er den Kuss, schmeckte den Merlot auf ihrer Zunge. Ihre Hände glitten langsam seinen Rücken nach oben, bis eine Hand in seinen Haaren vergraben war. Er liebte die Art, wie er sich bei ihr völlig lebendig fühlte, wenn sie ihn berührte. Und er wollte ihre Hände überall spüren.

„Logan?", murmelte sie.

„Hmm?" Er nutzte die Gelegenheit, um ihr Küsse den Hals entlang zu geben, liebte die Art, wie sie erbebte, als er an ihrer Pulsader knabberte.

Ihre Hände fassten fester nach ihm, und ihr Atem beschleunigte sich.

Logan lächelte an ihrer Haut und strich mit der Hand entlang ihrer Kurven nach unten. „Ich glaube, dass ich auf sehr viel mehr Hunger habe als nur das Abendessen."

Georgia versteifte sich und zog sich zurück.

Er runzelte die Stirn, während er auf ihre angeschwollenen Lippen und geröteten Wangen hinabschaute. „Ist alles in Ordnung?"

„Ja, ich ..." Sie strich sich mit der Hand über ihre in Unordnung gebrachten Locken und stieß ein nervöses Lachen aus. „Ich habe nicht erwartet, dass der Abend ganz so schnell eskaliert."

„Oh." Er trat einen Schritt zurück und zwang seine Libido dazu, sich verflixt noch mal zu beruhigen. Er wollte sie unbedingt. Es half nicht, dass er in der letzten Woche jede Nacht von ihrem umwerfenden Körper geträumt hatte, ihren weichen Lippen und den leisen Geräuschen, die sie von sich gab, wenn sie angetörnt war. „Tut mir leid. Vielleicht bin ich ein bisschen zu voreilig."

„Da sind wir schon zwei." Ihre Lippen wölbten sich zu einem schiefen Lächeln. „Aber das Essen ist fertig, und ich möchte ein wenig auf den neusten Stand kommen."

„Du hast recht." Er seufzte und schnappte sich wieder das Weinglas. „Gibt es irgendwas, womit ich helfen kann?"

„Klar. Teil den Eintopf aus, und ich kümmere mich um das Brot."

Sobald sie das Essen auf dem Tisch hatten und ihre Weingläser nachgefüllt, setzte sich Georgia ihm gegenüber hin und sagte: „Also, erzähl mir, was du in den letzten Tagen getrieben hast."

„An dich gedacht habe ich", sagte er mit einem schelmischen Lächeln.

Georgia verdrehte die Augen, konnte aber nicht verhindern, dass sie lächelte. Ihr gefiel seine kokette Seite. „Okay, was hast du sonst noch gemacht?"

Er nahm einen großen Schluck von seinem Wein. „Es war eine echt interessante Woche."

„Das habe ich gehört", sagte sie und schaute ihn aus zusammengekniffenen Augen an.

Sein Mund klappte vor Überraschung auf. „Du hast es gehört? Was hast du gehört?"

„Etwas von einem Plattenvertrag." Sie lehnte sich vor, stützte die Ellbogen auf den Tisch.

Er stieß angehaltene Luft aus. „Na, jemand hat die Überraschung verdorben. Wer war es? Seth? Levi?"

„Hope. Ich bin heute ins Spa gegangen." Sie warf ihm ein selbstzufriedenes Lächeln zu.

„Hope", sagte er, lehnte sich in seinem Stuhl zurück und war erleichtert. „Sie hat dir von Levi und Seth erzählt?"

„Ja, dass Seths Plattenfirma will, dass sie einen Vertrag unterschreiben und ein Album aufnehmen. Warum hast du mir das nicht gleich erzählt?", wollte sie wissen, von ihrer Begeisterung für Levi und Seth überwältigt. Sie grinste über beide Ohren, als sie anfügte: „Das ist großartig. Levi ist sicher ganz außer sich. Erst vor ein paar Wochen hat er bei *Magic Notes* rumgespielt, und nun will ihn eine schicke Plattenfirma. Wie ist es passiert? Erzähl mir alles."

Logan lachte, in seinen Augen funkelte Erheiterung. „Na, Seth hat seinen Vertreter bei der Plattenfirma angerufen und ihm gesagt, was er gemacht hat. Sie wollten seine neuen Sachen hören, also hat er sie rübergeschickt. Innerhalb von zwei Stunden haben sie ihn zurückgerufen und wollten übers Geschäft reden."

„Wow, also lieben sie es. Seth ist wohl ganz hin und weg."

„So ist es." Er beugte sich vor, passte sich ihrer Haltung an. „Und hier ist der Knaller. Sie haben Seth gesagt, wenn er und Levi als neue Künstler unterschreiben, lassen sie ihn aus seinem Vertrag mit Lost Pearl raus. Wie es sich erweist, weigert sich Cal, zurückzukehren, wenn Seth da ist. Die Plattenfirma hat die Schnauze voll, gegen ihn zu kämpfen, und sie glaubt, es wäre besser, wenn sie einfach nur einen Workaround finden. Sie sehen es als Win-Win-Situation. Seth wird auf Tour weiterhin ‚The One', spielen, also wird das auch helfen, ihn und Levi als neue Band bekanntzumachen. Das

Label wird damit zwei erfolgreiche Künstler haben, nicht nur einen, und sehr viel weniger Drama."

„Hui." Georgia nach schnappte sich ihren Wein und nahm einen Schluck. „Das ist ein ziemlicher Plan. Wie geht es Seth damit?"

„Gut. Er hat auch die Schnauze voll vom Drama und will einfach nur spielen. Und da er die Zusammenarbeit mit Levi echt genießt, hat er sich auf die Gelegenheit gestürzt. Ende der Woche fliegen sie runter, um die Verträge zu unterschreiben."

„Wow. Das geht schnell. Da lassen sie sich nicht viel Zeit, oder?", fragte Georgia.

„Nein. Ich schätze, Lost Pearl hat ein paar Tour-Daten, die sie nicht absagen wollen. Wenn sie diesen Deal unterzeichnet kriegen, können sie Cal zurückholen und weitermachen, ohne den Großteil der Tickets zu erstatten."

„Es geht immer ums Geld, nicht wahr?", sagte Georgia, die den Kopf schüttelte. „Aber wenn es zu Seths und Levis Gunsten funktioniert, dann freue ich mich für sie."

Logan nickte und nahm sich einen Augenblick, um den Meeresfrüchteeintopf zu probieren. „Hmmm", sagte er, während auf seinem Gesicht die reine Zufriedenheit stand. „Der ist echt unfassbar gut."

„Vielen Dank." Georgia tauchte den Löffel ein und wollte gerade einen Bissen nehmen, als Logan sich räusperte. Sie hob die Augenbrauen, wollte hören, was er zu sagen hatte.

Er rückte nervös auf seinem Stuhl herum. „Was hast du dieses Wochenende vor?"

„Na ja, ich hatte gehofft, mein Freund würde etwas Witziges unternehmen wollen. Da gibt es das Herbstfest auf dem Weingut der Pelshes. Viele Künstler sind angeblich dort. Ich habe auch gehört, dass über ein Golfmobilrennen geredet

wird, um Geld für das Weihnachtsfestival aufzutreiben. Oder
…"

„Wie wäre es mit einer Filmpremiere?", fragte er und schnitt ihr das Wort ab.

„Eine Filmpremiere?", wiederholte sie, als hätte sie ihn nicht gehört.

„Ja. Seths Plattenfirma war für die Originalmusik verantwortlich und hat uns Tickets angeboten. Er heißt *First Note*, glaube ich." Logan klammerte sich an sein Weinglas, wirkte nervöser denn je.

„Tickets für *uns*?", fragte sie, konnte nicht verstehen, weshalb die Plattenfirma sich für Seths Bruder und seine Freundin ins Zeug legte. „Wie kommen wir denn zu diesem Glück?"

„Wir es sich erweist, hat Seth mit seiner und Levis Demo auch den Song an die Plattenfirma geschickt, den wir aufgenommen haben. Und sie haben uns einen Vertrag zum Verlegen des Songs angeboten."

Georgia blinzelte ihn an, war sich sicher, ihn falsch verstanden zu haben. „Was hast du gerade gesagt?"

„Die Plattenfirma liebt unseren Song. Sie wollen, dass wir unter Vertrag gehen und mehr schreiben."

„Du machst doch Witze." Sie setzte sich zurück, völlig verblüfft. „Wie ist das passiert? Ich habe in meinem Leben nur diesen einen Song geschrieben, Logan. Sie wollen mich doch ganz bestimmt nicht, nachdem sie nur einen Song gehört haben."

„Georgia. Das ist eine große Plattenfirma. Glaubst du nicht, dass sie recherchiert haben? Sie wissen, dass du eine erfolgreiche Schriftstellerin bist. Natürlich wollen sie dich schnappen, bevor es jemand anderes tut. Außerdem kennen sie meine Vorgeschichte als ehemaliger Musiker. Der Vertrag ist auch sehr großzügig für uns. Wir dürfen schreiben, was immer wir wollen, und sie machen die Verträge mit den Künstlern aus, die die Lieder wollen. Also kein echter Druck."

„Das ... das kann doch nicht wahr sein", sagte sie. „Wir arbeiten in unserer freien Zeit an Songs, und wir haben jemanden, der sie für uns verkauft?"

„Das ist es so ziemlich", bestätigte er. „Also, hast du dieses Wochenende Zeit? Die Premiere ist Freitagabend. Wir würden am Vormittag losziehen."

„Ja!" Sie sprang auf, lief zu ihm herüber und setzte sich auf seinen Schoß, während sie die Arme um ihn legte. Ihre Lippen trafen sich, und Georgia ließ jede Zurückhaltung fallen, die sie jemals gespürt hatte. Ihre Hände waren in seinen Haaren, während seine eine auf ihrem Oberschenkel lag, die andere um ihren Nacken. Es war nicht genug. Sie wollte ihn ganz spüren und wollte, dass er sie ganz spürte. Als sie den Kuss abbrach, sagte sie: „Ich will dich."

Er war atemlos, als er ihre Worte an sie zurückgab. „Ich will dich."

„Gut." Georgia stand auf und hielt ihm ihre Hand hin.

Er warf einen Blick auf das Essen auf dem Tisch. „Sollten wir erst mal aufräumen?"

George schüttelte den Kopf. „Nein."

Ein schräges Lächeln breitete sich auf seinem Gesicht aus, während er aufstand und ihr nach oben folgte.

KAPITEL 24

„Ich kann nicht glauben, dass sie ein Privatflugzeug geschickt haben", sagte Georgia, der beinahe die Augen aus dem Kopf fielen, als sie in den Jet der Plattenfirma stieg. Er war luxuriös, mit großen, extrabreiten Ledersitzen. Sie hatte erwartet, dass sie sich in einen Linienflug quetschen würden, der täglich runter zum Flughafen von L.A. ging.

Die Stewardess trug hellblau und hatte Champagnergläser auf einem Tablett vorne im Flugzeug. Sie lächelte Georgia zu und bot ihr eines an. Georgia war sich nicht sicher, ob sie um acht Uhr morgens Champagner brauchte, aber sie würde es auf gar keinen Fall ablehnen. Das war vielleicht ihre einzige Chance, mal privat zu fliegen. Sie würde jeden Augenblick davon genießen.

„Vielen Dank", sagte sie zur Flugbegleiterin. Sobald sie neben Logan saß, beugte sie sich über ihn und flüsterte: „Sie haben nicht mal nach meinem Ausweis gefragt."

Er lachte leise. „Seltsam, oder?"

„Es ist die einzige Art zu fliegen", sagte Seth, der sich ihnen gegenüber hinsetzte. Er drückte auf einen Knopf, und der Sessel fuhr ruckelfrei zurück.

Levi setzte sich neben ihn und beugte sich vor, hielt sich an seinem eigenen Champagnerglas fest. „Das ist schon was, oder? Ich bin ein paar Mal mit Silas geflogen, und wenn es irgendwas auf der Welt gibt, das mich neidisch auf die Reichen und Berühmten macht, dann ist es das. Sogar erste Klasse ist ein holpriger Ritt im Vergleich dazu."

Logan lachte leise. „Ist leicht, sich schnell daran zu gewöhnen."

Georgia schaute ihn von der Seite an. „Ich schätze, du bist ziemlich oft im Privatjet geflogen, als du mit deinen verschiedenen Bands unterwegs warst." Er wurde nüchtern, und Georgia wollte sich treten, weil sie eine schmerzhafte Zeit in seinem Leben angesprochen hatte. „Tut mir leid", sagte sie und drückte ihm die Hand.

„Ist schon gut." Logan beugte sich herüber und küsste sie auf die Schläfe. „Ich erwarte nicht, dass du meine Vergangenheit niemals ansprichst. Ja, wir sind gegen Ende ziemlich oft in Privatflugzeugen unterwegs gewesen. Nur so haben wir die ganzen Tourdaten rechtzeitig geschafft."

Danach war er still, und Georgia beschloss, dass sie ihn seine Gefühle verarbeiten lassen würde, die aufkamen, weil er wieder im Musikbusiness unterwegs war. Es war nicht dasselbe wie damals, als er in einer Band gewesen war. Songs zu verlegen war etwas ganz anderes, aber das hieß nicht, dass die Rückkehr nach L.A. ihm nichts abverlangte.

Sie wandte sich an Levi. „Wie schade, dass Silas nicht mitkommen konnte."

„Ja. Ich hätte ihn nur zu gerne dabei gehabt, wenn ich den Vertrag unterschreibe, aber er musste zurück zum Dreh. Gerade jetzt ist sein zeitlicher Ablauf ziemlich fordernd. Er war bereits sehr beschäftigt, aber dann kam die Oscar-Nominierung, und du kannst dir vorstellen, dass Shannon extra Überstunden macht, um die ganzen Angebote zu sortieren. Es ist schön, dass er Optionen hat, aber es bedeutet auch, dass es ihm schwerfällt, Nein zu sagen, denn es gibt eine Menge Projekte, bei denen die Qualität stimmt." Er zuckte mit den Schultern. „Ich bin sicher, er wird ewig so beschäftigt sein."

„Er ist nicht der Einzige, der beschäftigt sein wird", erwiderte sie sanft.

„Ja." Er seufzte. „Es ist seltsam, denn ich bin echt gespannt auf dieses neue Abenteuer. Ich dachte, ich würde meinen Weg kennen, und plötzlich fällt mir das in den Schoß. Wenn es mir nicht so viel Spaß machen würde, mit Seth zu spielen, hätte ich es niemals in Betracht gezogen. Hope und Chad sind meine einzige wahre Familie, und ich hätte mir nie vorgestellt, dass ich Keating Hollow verlasse. Ich liebe es, dort zu leben. Aber etwas sagt mir, wenn ich das nicht mache, werde ich es mein Leben lang bedauern."

„Das ist ein guter Grund, um es anzupacken", sagte sie. „Es ist niemals ein falscher Schritt, deinem Herzen zu folgen."

„Aber folge ich meinem Herzen?", fragte er, seine Miene war qualvoll verzogen. „Ist Silas nicht mein Herz? Er hat mich gebeten, mit ihm zu kommen, wenn er vor Ort einen Dreh hat, aber ich sage immer Nein. Ich hatte das Praktikum, das mich beschäftigt hält, aber wichtiger war, ich wollte nicht losziehen und mich fühlen, als würde ich die ganze Zeit nur rumsitzen und auf ihn warten. Und jetzt bin ich hier, laufe weg, um Musiker zu werden, etwas, das ich eigentlich gar nicht in Betracht gezogen habe. Ich habe mein Praktikum sausen lassen, ich werde Hope verlassen, wenn sie mich gerade am allermeisten braucht, und ich habe richtig Schiss davor, was das mit meiner Beziehung zu Silas anstellt. Wir haben bereits unsere Probleme wegen seiner Arbeit. Ich kann mir nicht vorstellen, dass es dadurch besser wird."

Georgia fühlte mit ihm, aber sie wusste auch, dass er sich eine Menge Druck machte, obwohl er erst achtzehn Jahre alt war. „Eines nach dem anderen. Ich schätze, wenn du sagst, dass Hope dich braucht, meinst du, weil sie die Pflegeelternschaft in Betracht zieht, oder?"

Er nickte. „Wir hatten beide eine echt beschissene Kindheit. Ich verstehe, weshalb sie ein Pflegekind nehmen will. Ich habe mich darauf gefreut, für jemanden, der uns braucht, da zu sein."

Bei den Göttern, der Kleine hatte ein Herz aus Gold. Georgia wollte ihn in die Arme nehmen und mit aller Kraft drücken. „Das ist wunderbar für dich, Levi. Ich bin sicher, du wirst immer noch nach Hause kommen und Zeit mit deiner Schwester verbringen. Wenn sie ein Pflegekind bekommt, wirst du in seinem oder ihrem Leben trotzdem eine Rolle spielen. Selbst wenn du nicht direkt anwesend bist, kannst du immer noch auf bedeutungsvolle Art in ihrem Leben sein. Die Technik ist echt gut darin, Familien über lange Entfernungen hinweg in Verbindung zu halten."

„Ich weiß", sagte er mit einem Nicken. „Du hast recht. Ich glaube, ich habe nur Angst davor, wie sich die Dinge verändern könnten."

„Ich verstehe das. Veränderung ist für uns alle schwer. Aber wenn du deine Komfortzone nicht verlässt, wirst du nie wissen, was hätte sein können. Es ist gesund für dich, dass du dich an erste Stelle setzt. Besonders in deinem Alter. Hope versteht das. Ich bin sicher, das tut auch Silas."

Levi wurde rot, während er in sein volles Champagnerglas

schaute. „Das tut er. Silas könnte mich gar nicht mehr unterstützen."

„Das ist toll."

Er nickte. „Ist es. Ich vermisse ihn nur einfach. Ich wollte wirklich, dass er heute hier ist."

„Ich weiß." Sie nahm seine Hand und drückte sie. „Es wird sicher weitere besondere Augenblicke geben. Und wenn es dir ein besseres Gefühl gibt, kannst du morgen Abend bei der Premiere mein Date sein."

„Hast du nicht bereits eins?", fragte er und schaute rüber zu Logan.

Sie zuckte mit den Schultern, und dann zwinkerte sie, während sie sagte: „Klar, aber wer würde nicht gern von zwei gut aussehenden Männern begleitet werden?"

Er lachte. „Ich würde dazu nicht Nein sagen."

Logan setzte sich plötzlich gerade hin und sagte: „Georgia, ich wollte dir sagen, dass ich den Vertrag von meinem Anwalt zurückbekommen habe. Wir sollten ihn durchgehen, bevor wir uns mit den Vertretern im Büro treffen."

„Oh, ja. Das klingt nach einer guten Idee." Sie lächelte Levi an. „Versuch, dir nicht wegen allem so viele Sorgen zu machen. Nimm einfach alles auf und genieße es erst mal."

„Das mache ich. Danke, Georgia." Er lehnte sich auf seinem Platz zurück und schickte sich schließlich an, an seinem Champagner zu nippen

LOGAN HATTE SICH SELTSAM BENOMMEN, seit dem Zeitpunkt, als sie aus dem Flugzeug ausgestiegen waren. Georgia beobachtete ihn, während er in der Lobby der Plattenfirma auf und ab ging. Seth und Levi waren bereits in ihrem Meeting, und Georgia

und Logan warteten darauf, dass die Rechtsabteilung die Änderungen vornahm, die sein Anwalt eingefordert hatte. Keine davon schien entscheidend zu sein, also brauchten sie einfach nur neue Verträge.

„Entschuldigung", sagte eine Frau mit blauen Haaren und Augenbrauenpiercing. „Tut mir leid, dass ich störe, aber sind Sie diese Sängerin im Video zu ‚Neubeginn'?"

Georgia sah sie einen Augenblick lang an, während sie zu verarbeiten suchte, was sie gerade gesagt hatte. Video zu ‚Neubeginn'? Wovon in aller Welt redete sie da? Vielleicht hatte Georgia sie falsch verstanden. „Nein, ich habe keine Musikvideos gemacht. Das kann ich nicht gewesen sein."

Die Frau biss sich auf die Unterlippe, während sich ihre Stirn in Falten legte. „Ich könnte schwören …" Sie zog ihr Handy heraus und tippte ein paar Mal darauf. ‚Neubeginn' fing an, während Georgia aus vollem Herzen sang. Die Frau drehte ihr Handy, damit Georgia es sehen konnte. „Wenn das nicht Sie sind, dann haben Sie eine Doppelgängerin, denn diese Frau sieht genauso aus wie Sie."

Georgia konnte nicht glauben, was sie da sah. Das war auf jeden Fall sie auf dem Bildschirm. Das war ein Video von dem Tag, an dem sie ‚Neubeginn' mit Silas im Studio aufgenommen hatten. Sie stand vor der Band, während sie aus vollster Brust sang. Die Gefühle, die von ihr ausströmten, waren intensiv und wurzelten teilweise in dem bittersüßen Schmerz, den sie jedes Mal spürte, wenn sie es sang. „Wie ist das auf Ihr Handy gekommen?", fragte Georgia die Frau.

„Sie meinen YouTube?"

Georgia nickte.

„Ich bin mir nicht sicher. Sieht aus, als hätte es jemand geleakt. Das ist kein Account, den ich kenne. Jeder glaubt, Sie und Logan hätten es selbst rausgebracht. Wenn ja, dann mein

Respekt. Das Ding ist so viral gegangen, dass Sie eine viel bessere Position in den Verhandlungen haben."

„Wir haben den Vertrag bereits ausgearbeitet", sagte Georgia. „Wir warten nur auf die Rechtsabteilung."

Die Augen der Frau leuchteten. „Echt? Das ist großartig. Ich kann es nicht erwarten, Sie live zu sehen."

„Live? Das ist doch nicht …"

„Ich muss los. Es war echt schön, Sie kennenzulernen." Sie eilte durch den Gang davon und verschwand in einem der Büros.

Georgia nahm ihr Telefon, öffnete YouTube und suchte nach ihrem Namen. Das Video tauchte sofort auf. Es trendete und war die Nummer 3 auf der ganzen Seite. Georgia schnappte heftig nach Luft. Die Tatsache, dass es trendete, konnte doch kein Zufall sein. Die Frau hatte recht gehabt. Wer immer es hochgeladen hatte, hatte das mit einem neuen Namen gemacht, also gab es keine Möglichkeit, herauszufinden, wer es sein könnte. Was bedeutete, dass der- oder diejenige null Publikum hatte, und jemand arbeitete hinter den Kulissen sehr heftig daran, dafür zu sorgen, dass möglichst viele Leute das Video sahen und anklickten.

Aber warum? Sie schaute zu Logan auf und stellte fest, dass er sie ansah. Da wurde ihr Herz schwer. Sie drehte das Handy, um ihm zu zeigen, dass sie das Video gefunden hatte. „Du wusstest davon, oder nicht?"

„Georgia", setzte er an.

Sie hob die Hand. „Ja oder nein?"

„Ja. Ich wusste es." Er kam, um sich neben sie zu setzen, und legte die Hände aneinander, während er sich an sie wandte.

„Warst du es?" Ihr Tonfall war schärfer, als sie beabsichtigt hatte, aber sie kam nicht dagegen an. Sie war tierisch angepisst. Niemand hatte nach ihrer Meinung gefragt, ob sie ein Video von sich selbst als Sängerin online haben wollte.

„Nein. Ich verspreche, das war ich nicht." Er verzog das Gesicht. „Mir war nicht mal klar, dass an diesem Tag gefilmt wurde."

Sie stieß ein ungläubiges Schnauben aus. „Klar, Logan. Ich soll glauben, dass wir an dem Tag, an dem du mich gebeten hast, es zu singen, unabsichtlich aufgenommen wurden, *und* dass unsere Session im Studio ohne dein Wissen gefilmt wurde?"

„Ich weiß, wie das klingt. Aber ich wusste es echt nicht. Silas sah den Schalter im Tonstudio für Video und hat den Knopf gedrückt, nur für den Fall, dass wir es sehen wollten. Ich habe die Kameras an den Wänden gesehen, aber ich wusste nicht, dass sie an diesem Tag gelaufen sind."

„Okay. Gut. Aber wem hast du es gegeben, und weshalb haben sie es online veröffentlicht?", wollte sie wissen.

„Seth …"

„Ah, Mr. Malone, Ms. Exler, wir sind jetzt für Sie bereit", sagte eine zierliche Blondine mit Zehn-Zentimeter-Absätzen, während sie herübergeklappert kam. Ihre Haare waren zu einem asymmetrischen Bob frisiert, und sie hatte ein warmes Lächeln auf dem Gesicht. „Ich kann Ihnen gar nicht sagen, wie sehr es mich freut, Sie als Teil der Desert-Sky-Familie begrüßen zu dürfen."

Logan stand auf und hielt ihr seine Hand hin. „Schön, Sie kennenzulernen, Ms. …"

Sie nahm seine Hand und sagte: „Nennen Sie mich Betty."

Georgia erhob sich und schüttelte der Frau die Hand, während sie grübelte, welche Funktion sie bei der Plattenfirma hatte. Aber anstatt zu fragen, blieb sie still, während sie ihnen zurück in einen Konferenzraum folgte.

„Setzen Sie sich. Das Team wird bald da sein", sagte Betty, dann rauschte sie aus dem Zimmer, sodass Georgia und Logan allein zurückblieben.

„Also ...", setzte Georgia an. „Seth hat irgendwas mit dem Video gemacht?"

Logan seufzte und rieb sich über die Stirn. „Ich wollte nicht, dass das so läuft."

Sie hob die Augenbrauen. „Was heißt das?"

„Seth hat ihnen die Aufzeichnung gegeben, und auch den Videomitschnitt mitgeschickt", sagte er.

„Warum?" Georgia war ehrlich neugierig. Was war denn der Sinn dahinter, diesen Mitschnitt zu schicken?

„Weil du umwerfend bist, wenn du singst, Georgia. Du bist sowieso umwerfend, aber wenn du singst, ist es reine Magie. Das weißt du doch bestimmt." Er schaute sie eindringlich an.

„Ich weiß nichts von Magie. Aber so oder so, was spielt es denn für eine Rolle, wie ich aussehe, wenn ich singe? Ich habe nur den Text aufgenommen, damit eine andere Künstlerin entscheiden kann, ob das für sie funktioniert", sagte sie und versuchte, das Loch zu ignorieren, das sich in ihrem Magen bildete. Sie wusste nicht, wie sehr Logan in das verwickelt war, was immer dieser Plan hier war, aber sie wusste, dass er informiert gewesen war und nichts gesagt hatte. Das war schlimm genug.

Er hob den Blick zu ihr und gestand schließlich. In seinen Augen stand Aufregung, und er konnte das Lächeln nicht verbergen, das auf seine Lippen treten wollte. „Ich habe gestern rausgefunden, dass die Plattenfirma uns auch als Künstler unter Vertrag nehmen möchte. Dich und mich. Ist das nicht toll? Ich wollte dich damit überraschen, wenn wir herkommen."

Georgia drehte sich der Magen um, und sie fragte sich

ernsthaft, ob sie sich übergeben würde. „Du dachtest, ich würde mich darüber freuen?"

Das Licht in seinen Augen erlosch, und er runzelte die Stirn. „Weshalb solltest du das denn nicht? Hast du nicht die ganzen Online-Kommentare zu diesem Video gesehen? Die Leute lieben dich, Georgia. Du berührst sie echt mit deiner Stimme."

„Woher soll ich denn wissen, dass diese Kommentare echt sind?", fragte sie trotzig. „Irgendwer hat Guerillamarketing betrieben, damit das so trendet. Die könnten doch mit Sockenpuppen-Accounts kommentieren."

Logan schnaubte. „Überhaupt nicht. Öffne doch noch mal Twitter und schau nach, wie viele Leute darüber reden und darauf verlinken. Vielleicht gab es einen Marketingschub, damit es ursprünglich mal gesehen wurde, aber das Interesse ist echt."

George konnte nicht leugnen, dass sie sich dabei gut fühlte. Wer wurde denn nicht gern für etwas wertgeschätzt, das er geschaffen hatte? Aber sie war höllisch angepisst, dass er ihr nichts gesagt hatte. Logan hatte ihr Informationen vorenthalten, was dazu geführt hatte, dass sie bei der Plattenfirma blind reingegangen war.

Die Tür öffnete sich, und zwei Männer und eine Frau in Anzügen kamen herein. Betty folgte ihnen, hielt einen Stapel mit Ordnern.

Die Frau stellte sich als Penny Kline vor, und die Männer waren George Pelner und Frank Frankle. Penny bat Betty, die Ordner zu verteilen, und dann wies sie alle an, sich hinzusetzen.

„Heute war ein aufregender Tag", sagte Penny mit einem Funkeln in den Augen. „Wir könnten nicht glücklicher sein, zu sehen, dass so viele Leute auf Ihr Video reagieren. Das ist bestimmt aufregend, oder?"

„Klar", sagte Logan.

Georgia zuckte nur mit den Schultern.

„Sie sind nicht glücklich mit dem Ergebnis?", fragte Penny Georgia. „Als ich letztes Mal nachgesehen habe, hat es auf YouTube und Twitter getrendet. So etwas gab es noch nie für ein unbekanntes Duo."

„Ich bin nur von dem allen überrascht", sagte Georgia. „Bis vor etwa zehn Minuten wusste ich nicht mal, dass es überhaupt einen Mitschnitt von diesem Tag gab. Stellen Sie sich bitte meine Verblüffung vor, als ich herausgefunden habe, dass jemand es ins Internet gestellt hat."

Penny drückte sich eine Hand auf die Brust und lachte. „Das war nur ein PR-Stunt, Georgia. So was kommt die ganze Zeit vor. Ich bin sicher, das wissen Sie. Wenn überhaupt hat der Erfolg Ihnen und Logan geholfen. Ihre Vertragsbedingungen werden sehr viel günstiger ausfallen, wenn Sie schon einen ausgemachten Hit produziert haben."

Georgia warf einen Blick hinüber zu Logan. Er beobachtete sie eindringlich, und sie fragte sich, was er dachte. Sie konnte es nicht erkennen. Es war so schwer, ihn in diese Situation zu interpretieren. Und ehrlich gesagt glaubte sie nicht, dass es ihr gefiel. „Ich dachte, ich wäre heute hergekommen, um einen Vertrag für das Verlegen von Songs zu unterschreiben, aber ganz ehrlich, ich bin mir letztlich nicht mal mehr damit sicher. Mir gefällt nicht, wenn ich nicht informiert werde."

Die drei Produzenten schauten sie an, als hätte sie gerade eine Fremdsprache gesprochen.

Logan räusperte sich. „Das tut mir leid, Leute. Das ist meine Schuld. Alles ist so schnell gegangen, dass Georgia und ich keine Gelegenheit bekamen, darüber zu sprechen.

Vielleicht könnten Sie uns mal schnell zusammenfassen, was Sie uns anbieten, dann können wir es besprechen?"

Die drei Bosse der Plattenfirma schauten einander alle mit verblüfften Mienen an. Es bestand kein Zweifel, dass sie daran gewöhnt waren, dass Menschen sich wie wild auf einen Vertrag stürzten. Georgia verstand das. Sie hatte eine Zeit lang versucht, bei großen Buchverlagen rauszukommen, und es war für die meisten Autorinnen so schwer, einen Fuß in die Tür zu bekommen, dass sie jeden Vertrag nehmen würden, der angeboten wurde, ganz gleich, wie gut oder schlecht er war.

Sie selbst hatte schreckliche Verträge angeboten bekommen und schon beschlossen, die Kröte zu schlucken und sich ein Publikum aufzubauen. Aber dann war das Self-Publishing aufgekommen, und sie musste sich keine Sorgen mehr darum machen, die Zustimmung anderer zu erhalten. Alles, was wichtig war, waren ihre Leser. Und das war die befreiendste Entscheidung gewesen, die sie je getroffen hatte.

„Okay, klar", sagte Penny. „Machen Sie und öffnen Sie Ihre Ordner. Wir wollen Ihnen tatsächlich einen Deal zum Verlegen von Songs anbieten. Wir würden sie auch gerne beide als Künstler unter Vertrag nehmen. Wir werden erst eine Single aufnehmen und Sie dann mit Seth und Levi auf Tour schicken. Die Tour würde mit drei Monaten anfangen, aber sehr wahrscheinlich auf sechs verlängert werden, solange die Veranstaltungsorte noch gut ausgebucht sind. Womit wir auch sehr zuversichtlich sind, denn beide Bands haben bereits eine Fanbase. Sie werden mit einem sehr starken Ausgangspunkt loslegen. Einem, der schließlich vielleicht sogar dazu führen könnte, dass Sie Superstars werden."

„Was, wenn ich kein Interesse an Touren habe?", fragte Georgia.

Wieder ließ sie alle sprachlos zurück.

Schließlich sagte Penny: „Die Tour ist das, womit Sie Geld verdienen. Wenn Sie in der Musikindustrie Erfolg haben wollen, müssen Sie auf Tour gehen."

„Ich verstehe", sagte Georgia.

„Wann würden wir anfangen?", fragte Logan.

„Mit der Single würden Sie gleich anfangen", erklärte Frank Frankle. „Ich schätze, die Tour würde dann in etwa sechs Monaten starten. Wir würden gern beide Bands losschicken, solange die Songs noch relativ frisch sind."

„Frank kümmert sich um die Sache mit der Tour", sagte Penny. „George betreut das Material. Alles, was Sie schreiben und singen wollen, geht über ihn. Ich bin nur diejenige, die die Schecks unterschreibt." Sie warf ihnen ein selbstironisches Lächeln zu, das Georgia als völlig gekünstelt betrachtete. „Also, was meinen Sie?"

„Hätten wir die volle Kontrolle darüber, welche Songs wir aufnehmen?", fragte Logan.

„Normalerweise ist das nichts, was wir in den Vertrag schreiben würden", sagte Penny.

„Was, wenn anders kein Deal zustande kommt?", entgegnete Logan.

Sie lachte leise. „Ich mag Sie. Die Verhandlungen werden witzig. Aber um Ihre Frage zu beantworten, für Ihre erste Single ist es unwahrscheinlich. Wir wollen, dass das Marketing die Entscheidungen trifft, damit wir sicher sein können, dass Sie auf der Platte einen Hit nach dem anderen haben. Aber wenn Sie sich beweisen, ist das schon etwas, über das unsere besten Künstler die Kontrolle haben."

„Hätten wir ein Vetorecht?", fragte Logan mit einer erhobenen Augenbraue.

Ihre Lippen krümmten sich zu einem gerissenen Lächeln.

„Wir würden Sie nie dazu zwingen, ein Lied aufzunehmen, das Sie nicht leiden können."

Logan schnaubte. „Das habe ich schon mal gehört."

Sie nickte. „Das ist eine Bedingung, mit der wir arbeiten können."

„Vielen Dank." Logan schien sehr zufrieden mit sich, aber Georgia konnte nur daran denken, dass sie hier raus wollte. Sie musste das Angebot verarbeiten und sicherstellen, dass es nichts war, was sie wollte, bevor sie ihnen allen sagte, dass sie sich zum Teufel scheren konnten. Würde sie es bedauern? Vielleicht. Aber ihre Lage war nicht dieselbe wie die von Levi. Er war ein Teenager, der bereit war, die Welt zu erkunden. Georgia hatte das bereits gemacht. Jetzt war sie bereit für etwas Frieden.

„Georgia?", rief Penny.

„Ja?", erwiderte Georgia, nachdem sie sich aus ihrem Gedankenprozess wachgerüttelt hatte.

„Ich will Ihnen nur sagen, dass Sie eine wunderbare Stimme haben. Es wäre uns eine Ehre, Sie bei unserer Firma zu haben. Sie haben die Verträge. Bitte lassen Sie sie ganz genau durchschauen, und wenn es irgendwelche Veränderungen gibt, die Sie gern vornehmen lassen möchten, lassen Sie es uns nur wissen, und wir werden sehen, was wir tun können." Penny erhob sich, und die anderen Anzugträger standen mit ihr auf. Als Penny zur Tür kam, warf sie einen Blick zurück und fügte dann an: „Lassen Sie uns nur nicht zu lange warten. Das Angebot läuft in drei Tagen aus."

„Drei Tage?", fragte Logan.

„Ja", erwiderte Penny. „Wenn wir aus diesem geleakten Video was rausholen wollen, dann müssen wir gleich weitermachen. Wir hätten sozusagen gestern anfangen müssen. Also verschlafen Sie dieses Angebot nicht."

Sie gingen alle wieder nach draußen, sodass Georgia und Logan allein zurückblieben.

Georgia erhob sich, steckte den Ordner in ihre Umhängetasche und ging hinaus, ohne noch ein Wort zu sagen. Logan war derjenige, der die ganzen Gespräche würde übernehmen müssen, denn sie würde als allererstes am nächsten Morgen in ein Flugzeug steigen und zurück nach Keating Hollow fliegen.

KAPITEL 25

*L*ogan folgte Georgia ins Hotel, war sich nicht sicher, was er sagen sollte. Er hatte es wirklich vermasselt. Weshalb hatte er gedacht, dass sie so erpicht darauf sein würde, einen Plattenvertrag zu unterschreiben? Weil er erpicht darauf war, einen Plattenvertrag zu unterschreiben. Seit dem Zeitpunkt, als er herausgefunden hatte, dass Desert Sky sie beide wollte, hatte er nicht aufhören können, darüber nachzudenken.

Das war nicht wie letztes Mal, als er unbedingt den Ruhm gewollt hatte. Damit war er durch. Nein, hier ging es darum, zu leben, ohne es später zu bedauern, und einem Traum nachzujagen, ganz gleich, wie spät er sich einstellte. Er setzte sich auf die Bettkante und beobachtete, wie Georgia am Fenster stand, die Arme vor der Brust verschränkt.

Er musste etwas sagen, um ihr zu helfen, zu verstehen, weshalb er das so dringend wollte. „Weißt du noch, als du Levi im Flugzeug erzählt hast, dass er die Gelegenheit ergreifen muss, seinen Träumen zu folgen, ganz gleich, wohin ihn das bringt?"

„Ja", sagte sie müde.

„An diesem Punkt stehe ich mit diesem Angebot."

„Also sagst du, du kannst es dir nicht entgehen lassen, weil du es ewig bedauern wirst, wenn du es nicht machst?", fragte Georgia.

„So was in der Art. Ja. Aber da ist noch mehr dran. Als Cherry gestorben ist, habe ich mich völlig zurückgezogen. Ich konnte nicht mal mehr meine Instrumente anschauen. Oder zuhören, während Seths Band stundenlang in der Garage gespielt hat. Mir kam jegliches Verlangen abhanden, Musik zu schaffen."

„Wann ist es zurückgekommen?", fragte sie, wirkte interessiert an dem, was er zum ersten Mal zu sagen hatte, seit sie die Plattenfirma verlassen hatten.

„Nachdem ich nach Keating Hollow gezogen bin, hatte ich wieder den Wunsch, Instrumente zu spielen. Es war seltsam und unbehaglich, zu versuchen, mich daran zu erinnern, wo meine Finger hinsollten, aber es erwies sich, dass ich ein Muskelgedächtnis besaß. Also fing ich an, einfach ein wenig mit den Instrumenten herumzuspielen. Erst als ich dir begegnet bin, hatte ich dieses richtige Verlangen, wieder aufzutreten."

„Als du mir begegnet bist?", fragte Georgia. Sie runzelte die Stirn, als sie fortfuhr: „Du versuchst doch nicht, mich mit Schuldgefühlen dazu zu treiben, irgendwas zu unterschreiben, oder? Du brauchst mich nicht, um die Musik zu genießen."

„Du hast recht; das tue ich nicht. Und nein, ich würde dich niemals mit Schuldgefühlen zu etwas überreden, was du nicht möchtest. Aber du verdienst zu wissen, dass es an unserer Verbindung liegt, wenn wir spielen, dass ich das Gefühl habe, es noch einmal versuchen zu müssen."

„Unserer Verbindung? Aber was, wenn ich Nein sage und das nicht mit dir mache?", entgegnete sie. „Wirst du es trotzdem tun?"

Logan nahm sich Zeit, um über diese Frage nachzugrübeln, und letztlich nickte er. „Ja. Obwohl ich es offensichtlich vorziehen würde, mit dir auf der Bühne zu stehen, ist es okay, wenn du das nicht möchtest. Diese Verbindung, die wir haben? Sie hat meine Liebe für alles wieder erweckt, was mit Musik zu tun hat. Und wenn ich darauf verzichte, werde ich mich immer fragen, was hätte sein können."

Georgia kam, um sich neben ihn zu setzen, schien wirklich zu hören, was er zu sagen hatte. „Und was, wenn ich dir sagen würde, dass der Gedanke an eine Tour, daran, die ganze Zeit unterwegs zu sein, mich fast aus der Haut fahren lässt?"

Er verabscheute es, das zu hören, aber er wollte auch keinen Druck auf sie ausüben, damit sie etwas tat, nur weil es das war, was er wollte. „Dann würde ich dir sagen müssen, dass du ihren Vertrag nicht unterschreiben solltest. Ich will nicht, dass du etwas tust, das dich unglücklich macht." Er nahm ihre Hand in seine und hielt sie mit beiden Händen fest. „Es tut mir so leid, wie die Dinge heute gelaufen sind. Ich war so aufgeregt, dass ich keine einzige Sekunde überlegt habe, dass es dir anders gehen könnte. Was wirklich verflixt dumm ist, denn ich weiß, wie sehr du Keating Hollow liebst. Du hast mir schon früher erzählt, wie nervös du bei Auftritten wirst, und mir hätte klar sein sollen, dass mein Traum nicht dein Traum ist. Ich schätze, ich dachte einfach überhaupt nicht, dass du auf die Chance verzichten könntest, jeden Abend mit mir zu singen, wenn man bedenkt, welche Magie wir teilen."

Sie warf ihm ein bedauerndes Lächeln zu. „Versuchst du es doch noch mit Schuldgefühlen?"

Er lachte, denn er wusste, dass sie scherzte. „Nein, niemals. Ich will dir nur meine Wahrheit erklären."

„Und hier ist meine", sagte sie, ihr Blick war plötzlich ernst. „Mein Traum war immer, Schriftstellerin zu sein. Ich liebe es, ehrlich. Wenn ich Songs schreibe, ist das gewissermaßen derselbe Ideenraum. Ich spiele gern mit Worten, versuche herauszufinden, was eine gute Strophe oder einen guten Übergang abgibt. In diesem Sinne war ich auf jeden Fall dabei, mit dir Songs zu schreiben. Und was das Singen angeht, mir gefällt es, wenn du da bist. Wie du sagtest, wir haben diese Magie. Sie ist wirklich wunderbar. Aber ich bin nicht scharf darauf, für andere Menschen zu spielen oder Rekorde zu brechen oder auch nur zu sehen, wie ich auf YouTube viral gehe. Ich wäre glücklich damit, jedes Wochenende mit dir einen oder zwei Songs in der Brauerei zu spielen. Aber ich will nicht unterwegs leben. Ich bevorzuge mein Haus in Keating Hollow. Also schätze ich, ich sage, es tut mir wirklich leid, aber ich kann keinen Plattenvertrag bei der Firma unterschreiben. Wenn ich das täte, würde ich es für dich tun, und mir würde es elend gehen."

Logan hatte das Gefühl, als würde sein Herz entzweibrechen. Er hatte Georgia gerade erst gefunden. Er wollte sie nicht aufgeben. Aber er hatte auch das Gefühl, dass er sich die Gelegenheit nicht entgehen lassen konnte, das Leben zu leben, das ihm vor all den Jahren gestohlen worden war. Außerdem meldete sich in seinem Verstand auch diese beharrliche Stimme, die ihm sagte, dass es nur zu seinem Besten wäre. Wenn er nicht mit Georgia zusammen blieb, wäre sie sicher. Nichts würde ihr passieren, wie es bei Cherry und Brit geschehen war. „Wenn ich das absage, werde ich es bedauern, Georgia. Vielleicht sogar anfangen, dich zu hassen, denn der einzige Grund, weshalb ich Nein sagen würde, wäre, dass mir der Gedanke wehtut, dich zu verlassen. Und mehr als alles andere möchte ich weder dich hassen, noch mein Leben so führen, dass ich es anschließend bereue."

Georgia rückte näher und legte die Arme um ihn. „Glaubst du, sie werden dich als Solokünstler haben wollen?"

Er nickte. „Sie haben mir bereits gesagt, dass sie versucht haben, auf der Basis dessen, was sie über mich wissen, Seth zu überzeugen, mich zurück ins Geschäft zu holen. Ich bin mir sicher, sie werden irgendwas ausarbeiten, wenn nur ich interessiert bin."

Lange Zeit saßen sie zusammen, jeder von ihnen arrangierte sich mit seinen Entscheidungen. Schließlich sagte George: „Ich unterschreibe immer noch den Vertrag fürs Verlegen von Songs mit dir, wenn du möchtest. Und ich lasse sie unser Lied haben. Sie können es mit meinem Gesang rausbringen, wenn sie wollen. Aber ich werde keine Live-Auftritte machen."

Er schaute auf sie herab. „Bist du sicher?"

Sie nickte. „Ich liebe dich, Logan. Und wenn es die Gelegenheit gibt, dass wir trotzdem noch zusammen Songs schreiben können, bin ich auf jeden Fall dabei. Sag ihnen, dass es eine Bedingung dafür ist, meinen Gesang zu nutzen, dass sie dir denselben Deal anbieten, den sie uns anbieten wollten. Wenn nicht, gibt es keine Abmachung."

Er lachte leise. „Du bist schon eine Nummer. Das weißt du, oder?"

Sie lächelte zu ihm auf, aber darin lag auch Traurigkeit. Er wollte es alles wegnehmen, ihr sagen, dass er zurück nach Keating Hollow gehen würde, seine zweite Chance auf eine Musikkarriere vergessen. Aber er konnte nicht. Das war keinem von ihnen gegenüber fair.

„Du bist auch eine Nummer, Logan Malone. Und ich

erwarte Tickets in der ersten Reihe für all deine Auftritte."

Er küsste sie auf den Kopf und strich ihr die Haare zurück. „Immer."

KAPITEL 26

*E*s standen Tränen in Georgias Augen, als sie in das Linienflugzeug stieg, das sie zurück nach Keating Hollow bringen würde. Sie hatte beschlossen, nicht zur Premiere zu bleiben. Es war einfach zu schmerzhaft gewesen, sich zu benehmen, als wäre alles in Ordnung, wo ihr doch das Herz brach.

Logan hatte versucht, sie zum Bleiben zu überreden. Einen weiteren Abend mit ihm zu genießen, bevor sein Leben auf den Kopf gestellt wurde, aber sie hatte sie sich geweigert. Stattdessen hatte sie ihn ganz fest gehalten, ihn geküsst und ihm gesagt, dass sie ihm die Daumen drückte.

Er hatte sie daran erinnert, dass sie zusammen Songs schreiben würden, also würde er eher früher als später wieder zurück sein. Sie wussten beide, dass das eine Lüge war. Die Plattenfirma hatte große Pläne, ihn wieder in der Musikszene zu etablieren. Sie würden ihn niemals ein paar Wochen lang verschwinden lassen, um an neuen Songs mit ihr zu arbeiten. Sie würden alles über Zoom oder FaceTime machen müssen. Diese Aussicht klang deprimierend.

Sie hatte Logan im Eingang seines luxuriösen Hotelzimmers stehen lassen, und nun saß sie auf dem Mittelsitz in der Economy Class zwischen einem schlaksigen Teenager, der ihren ganzen Fußraum beanspruchte, und einer Frau, die nicht nur ohne Unterbrechung redete, sondern es auch noch beim Essen machte. Georgia würde monatelang den halb gekauten Eiersalat dieser Frau vor ihrem inneren Auge sehen.

Bis sie in Eureka landete, hatte sich die Erschöpfung eingestellt, und sie tat alles, was sie konnte, um sich zusammenzureißen. Sie musste sich wirklich in ihrem Bett einrollen und sich die Augen aus dem Kopf heulen. Aber das würde warten müssen, denn sie musste noch herausfinden, wie sie eine Fahrt zurück in die Stadt organisiert bekam.

Georgia ging gerade aus dem kleinen Terminal, ihre Tasche in der Hand, als sie hörte, wie eine Frau ihren Namen rief. „Georgia. Hier drüben!"

Sie blinzelte durch ihre Tränen und sah Hope Garber, die ihr zu winkte. „Hope?"

„Hi." Die Frau lächelte sie sanft an, dann griff sie nach ihrer Tasche. „Dein freundliches Taxi nach Keating Hollow ist da, um dich abzuholen."

„Was?", Georgia verstand es ehrlich nicht. „Du hast einen Nebenjob als Taxifahrerin?"

„Nein, Dummerchen. Levi hat angerufen und gesagt, du könntest einen Abhol-Service gebrauchen." Sie legte einen Arm um Georgia und lotste sie zum Ausgang. „Das gilt natürlich nur, wenn du keine anderen Pläne hast."

Georgia stieß ein erleichtertes Seufzen aus. „Nein, nicht mal annähernd. Ich wollte ein Shuttle nehmen, aber ich habe keins vorab gebucht, weil …"

„Ich weiß", sagte Hope. „Mach dir bloß keine Sorgen. Ich habe alles im Griff."

Sie stiegen in Hopes SUV, und Georgia drückte den Kopf an das kühle Fenster.

„Du rettest mir das Leben", sagte Georgia. „Weißt du das?"

„Nicht direkt", scherzte Hope. „Aber es ist noch Zeit."

Normalerweise hätte Georgia darüber gelacht, aber das konnte sie gerade einfach nicht. Sie hatte nichts mehr übrig.

„Georgia?", fragte Hope. „Alles in Ordnung?"

Sie schüttelte den Kopf. „Nein, aber ich stelle mir vor, irgendwann ... ist es das wieder."

Hope griff nach ihrer Hand und drückte sie, dann drehte sie das Radio etwas lauter auf, was nahelegte, dass sie nicht reden mussten.

Georgia schenkte ihr ein dankbares Lächeln, bevor sie sich umdrehte, um aus dem Fenster auf die Straße zu schauen, die sie zurück nach Keating Hollow führte.

ALS GEORGIA NACH HAUSE KAM, ging sie direkt nach oben und wollte in ihr Bett steigen. Aber dann fiel ihr die eingedellte Stelle auf dem Kissen auf Logans Seite des Bettes auf. Sie nahm es und umarmte es, und ihre Tränen kamen schneller, als sie seinen verbliebenen Geruch spürte.

„Verdammt!", rief sie und schleuderte das Kissen durchs Zimmer. Es traf ein gerahmtes Bild, das krachend zu Boden fiel. Es war dasjenige von ihr mit Nick, wie sie am Strand lachten. Eine Erinnerung daran, dass sie niemals ihr glückliches Ende bekommen hatte, und jetzt würde sie auch keines kriegen.

Sie würde nicht das Leben einer ihrer Heldinnen in ihren Büchern führen.

Oder konnte sie das?

Die Worte ihrer Tante kehrten zu ihr zurück. *Schreib, was du willst.*

Während sie sich an ihren Laptop setzte, wurde Georgia klar, dass die Szene, die sie nicht aus dem Kopf bekommen hatte, als der Werwolf zurück zu seinem alten Leben gekehrt war, genau das widerspiegelte, was am Vortag mit Logan passiert war. Sie hatte den Abschnitt noch nicht mal geschrieben, und trotzdem war er noch passiert.

Schließlich kam es ihr, dass es keine Rolle spielte, was sie schrieb oder nicht schrieb. Das Leben würde so geschehen, wie es gedacht war. Aber das bedeutete nicht, dass sie nicht ein tolles Happy End schreiben konnte. Eines, das sowohl sie als auch ihre Heldin verdient hatten.

Als ihre Tränen getrocknet waren, setzte sich Georgia an ihren Schreibtisch und ließ die Finger fliegen. Sie hörte nicht auf, bis es früh am nächsten Morgen war, aber sie schaffte es. Ihr Held und ihre Heldin hatten wieder einen Weg zusammen gefunden, und das Buch war fertig.

Sie schrieb eine E-Mail an ihre Lektorin, schickte es rüber, und dann brach sie im Bett zusammen, spürte schließlich, dass sie Frieden mit ihrer seltsamen Fähigkeit geschlossen hatte, die Zukunft zu sehen.

KAPITEL 27

*L*ogan saß in der Ecke einer Kneipe, nippte warmes Bier und fragte sich, was zum Teufel er mit seinem Leben anstellte. Es war drei Wochen her, seit Georgia weggegangen und zurück nach Keating Hollow geflogen war. Er hatte ein paar Mal mit ihr geredet, und sie hatten Ideen für ihr nächstes Lied zusammengetragen, aber beide litten sie. Und obwohl er immer ihre Stimme hören wollte, war die Trennung noch zu frisch, und sie brauchten beide etwas Abstand, um zu heilen.

„Du siehst furchtbar aus", sagte Seth, der auf den Stuhl neben ihm sank.

Während er das Bier zu einem sarkastischen Gruß hob, zeigte Logan seinem Bruder den Mittelfinger.

Seth lachte einfach nur. „Immer noch ein Sonnenschein, wie ich sehe."

„Dir ging's nicht viel besser, als du und Cal euch getrennt habt", entgegnete Logan.

„Au. Du verletzt mich." Seth spielte vor, wie ihm ein Messer in die Brust gestoßen wurde.

Logan verdrehte die Augen. „Musst du nicht irgendwo anders hin? Wie etwa in zehn Minuten auf diese Bühne rauf?"

„Scheiße. Stimmt. Ich bin runtergekommen, um nach dir zu sehen. Während deines Sets hast du wirklich gewirkt, als wärst du neben dir, irgendwie gar keine Verbindung oder so was. Hast du heute von Georgia gehört?"

„Nö."

Jemand drehte die Musik auf, sodass es Seth das Gesicht verzog. „Ich muss los, aber wir reden später noch weiter, verstanden?"

„Klar", sagte Logan, der wusste, dass die Chance, dass Seth die Unterhaltung noch einmal aufnahm, unwahrscheinlich bis gar nicht vorhanden war. „Geh und spiel. Du wirst ihnen die Socken ausziehen, und ich kann nicht erwarten, das zu sehen."

Seth grinste seinen Bruder an und lief schließlich zurück hinter die Bühne, ließ ihn verflixt noch mal endlich allein, um sein warmes Bier zu trinken und sich selbst zu mitleiden. Logan wusste, dass sein Bruder recht hatte; er war von der Musik abgeschnitten gewesen. Es war das zweite Mal, dass er diese Woche live gespielt hatte, und das zweite Mal, dass er hinaus auf die Menge geschaut und absolut nichts gespürt hatte. Diese Zufriedenheit, die normalerweise über ihn hinwegströmte, wenn er spielte, war verschwunden. Das Brüllen der Menge brachte ihm nichts mehr als leichte Kopfschmerzen. Und er wollte nur zurück in sein Hotel gehen und Georgia anrufen. Aber es war spät, und sie würde wohl schon schlafen.

Vielleicht waren es die Songs, die er sang. Keiner in seinem Set gehörte ihm. Sie stammten von anderen Songwritern, und die Plattenfirma hatte ihn gebeten, sie aufzunehmen. Es waren keine schlechten Songs. Tatsächlich war einer davon ein Publikumsliebling, der es niemals verfehlte, die Stimmung anzuheizen. Er würde vermutlich häufig im Radio laufen, aber er hatte nicht dieses tiefe Gefühl, nach dem Logan strebte, wenn er seine eigene Musik schrieb. Es war einfach nicht er.

Als Seth und Levi auf die Bühne gingen, brach in der Bar Applaus aus. Sie waren diejenigen, für die die Leute gekommen waren. Nicht Logan. Diese Erkenntnis nervte ihn nicht mal. Er freute sich für sie. War sogar begeistert. Ihr Stern strebte nach oben, genauso, wie er es auch vorausgeahnt hatte. Und wenn sie ihre Songs spielten, waren die beiden elektrisierend. Sie hatten diese Magie. Die Magie, die ihm fehlte, seit Georgia gegangen war.

Logan stand auf, warf etwas Geld für das Bier auf den Tisch und ging, bevor sie auch nur ihren ersten Song beendeten.

LOGAN MUSTERTE den Text des neuen Songs, von dem die Plattenfirma wollte, dass er ihn ausprobierte, und stöhnte. Es war ein Lied über einen Mann und seinen Hund aus Kindheitstagen. „Das habe ich nicht gemeint, als ich darum gebeten habe, ob es irgendwelche Songs mit tieferer Bedeutung gibt."

„Der Songwriter sagte, alles ist eine Metapher fürs Leben", erklärte einer der Produzenten.

„Da bin ich mir sicher, aber ich singe doch nicht über einen Hund, als wäre er mein Lover. Hier ist nur eine der Textzeilen, die ich niemals singen werde: *Ich vermisse deinen warmen Atem und das Gewicht deines Körpers, wenn du mich am Morgen weckst.*"

Einer der Tonmeister kicherte.

„Okay, okay. Er ist raus. Was es mit den anderen?" Der Produzent klang ungeduldig.

Logan konnte es ihm nicht wirklich zum Vorwurf machen.

Nicht alle Songs waren schlecht. Ein paar waren tatsächlich ziemlich gut. Aber aus irgendeinem Grund konnte sich Logan einfach nicht darauf einlassen. Er setzte sich in einen der Ledersessel und fuhr sich mit der Hand übers Gesicht. „Das wäre sehr viel leichter, wenn ich meine eigenen Songs singen könnte."

„Logan, das haben wir doch bereits besprochen. Wir haben keine Zeit, dass du neue Texte schreibst, bevor du raus auf Tour gehst", sagte Penny von ihrem Platz ihm gegenüber in der schalldichten Kabine.

Falls *er auf Tour ging.*

Wo kam denn dieser Gedanke her? Logan war sich nicht sicher. Wollte er nicht auf Tour? Wenn man danach ging, wie er sich während der letzten paar Auftritte gefühlt hatte, war es durchaus eine Möglichkeit. Er seufzte. „Könnt ihr mir nicht einfach nur einen Nachmittag geben, um zu versuchen, ein paar Texte zu schreiben? Ich spüre dieses Zeug einfach nicht, und das merkt man, wenn ich auf der Bühne stehe."

„Da hat er recht", sagte Seth aus dem Eingang.

Logan grinste ihn an. „Wann bist du denn gekommen?"

„Ungefähr genau zu dem Zeitpunkt, an dem du dich geweigert hast, darüber zu singen, in deinem Bett einen Hund zu belästigen."

Der Tonmeister kicherte erneut.

„Okay. Das reicht", sagte Penny. „Das ist eben so ein Lied, bei dem Leute mitsingen, ohne auch nur die Bedeutung des Textes zu bemerken. Jeder von euch könnte sich glücklich schätzen, ihn zu haben. Aber da ihr dafür zu hochnäsig seid, schicke ich diesen Song zu Randy Giles. Er steht nicht über so was, und mit seiner Fan-Base hat er vermutlich schon in der ersten Woche die Goldene Schallplatte."

Da lag sie nicht falsch. Randy hatte eine riesige Fanbase, die ihn bewunderte. Er könnte über Schimmel im Kühlschrank singen, und seine Fans würden trotzdem auftauchen. Außerdem würde er eine Menge Spaß damit haben. Penny hätte ihm den Song gleich schicken sollen.

„Wie läuft's, Bruder?", fragte Seth.

Logan zuckte mit den Schultern. „Könnte besser laufen. Ich habe Schwierigkeiten, Songs auszusuchen."

„Das Problem ist, dass er keine aussucht", beschwerte sich Penny. „Der einzige, den er offenbar singen möchte, ist ‚Neubeginn'."

Seth nickte. „Das habe ich mir schon gedacht." Er packte Logan am Arm und sagte: „Gehen wir. Wir müssen reden."

„Aber ich bin hier mitten bei der Arbeit", widersetzte sich Logan.

„Nicht mehr." Penny stand auf und sammelte ihre Sachen ein. Sie warf einen Blick auf Seth. „Red ihm etwas Vernunft ein, okay? Wir müssen diese Platte auf den Weg bringen."

„Ich tue mein Bestes", versicherte ihr Seth. Dann drehte er sich um und wandte seine Aufmerksamkeit wieder Logan zu. „Bereit?"

„Ich glaube nicht, dass ich da noch eine Wahl habe, oder?"

„Nö." Seth führte ihn aus der Kabine, durch den Büroraum und die Stufen hinab. Er blieb erst stehen, als sie draußen auf dem Bürgersteig standen. „Kaffee oder Mittagessen?"

„Äh, Mittagessen, schätze ich." Logan konnte sich nicht erinnern, ob er gefrühstückt hatte oder nicht, aber wenn man nach dem Loch in seinem Bauch ging, schätzte er, dass er es nicht getan hatte. So oder so war Kaffee keine Option. Er brauchte nicht noch ein Magengeschwür obendrauf auf allem anderen.

„Hier entlang." Er ging über die Straße in ein Tante-Emma-Feinkostgeschäft, bestellte zwei Sandwiches mit Roastbeef, beides auf Sauerteigbrot mit würzigem Senf, Tomaten und Zwiebeln. Kein Salat. „Fritten?"

„Klar." Logan beobachtete ihn fasziniert. Das war eindeutig kein brüderliches Essen, wo sie sich hinsetzten und einander auf den neuesten Stand brachten. Seth war auf einer Mission, und die Essensbestellung war einfach nur ins Kreuzfeuer geraten.

„Zwei Eistees, kein Süßstoff und ein Kaffee", fügte Seth hinzu.

„Nimmst du eine doppelte Dosis Koffein?", fragte Logan ihn, als er einen der Eistees und den Kaffee vor sich stellte.

„Ja. Ich würde mir eine Infusion geben, wenn das möglich wäre. Ich bin erst um vier Uhr morgens ins Bett gekommen."

„Es klingt, als hätten du und Levi eine tolle Show hingelegt", sagte Logan.

Seth grinste. „Es ist völlig entgleist. Wie schade, dass du sie verpasst hast. Du bist nicht mal geblieben, um zu hören, wie wir ‚Neubeginn' spielen."

Logan riss die Augen auf. „Ihr habt Georgias Song gespielt? Wie ist das denn gelaufen? Hat die Menge ihn gemocht?"

Seths Lippen zuckten. „Sie haben ihn geliebt, Bruder. Es war der Favorit des Abends. Du hättest hören sollen, wie Levi ein paar dieser Töne singt. Das war schon was."

„Jetzt bedaure ich, dass ich gegangen bin", sagte Logan und meinte es beinahe ernst. Wenn der Song gut war, hatte ihn bestimmt jemand aufgenommen und ihn inzwischen auf YouTube gestellt. Er würde später danach suchen. „Obwohl ich schon um halb elf im Bett war, also war nicht alles umsonst."

„Du bist echt ein trauriger Tropf, weißt du das?", sagte Seth und schüttelte den Kopf. „Um halb elf im Bett. Wie alt bist du denn, achtzig?"

Logan lachte leise. „Warte nur. In ein paar Jahren kuschelst du dich auch in dein Kissen, bevor die Late-Night-Shows auf Sendung gehen."

„Das bezweifle ich, aber wenn du meinst."

Ihr Essen kam, und die Unterhaltung kam zum Stillstand, während sie sich ihre Sandwiches genehmigten. Aber als Seth mit der ersten Hälfte des seinen fertig war, legte er den Rest ab und beugte sich vor. „Was ist denn los mit dir?"

„Was meinst du denn?" Logan fragte nur, um die Unterhaltung zu verzögern, denn er wusste nicht, was er sagen sollte.

„Du weißt genau, was ich meine. Du bist nicht glücklich mit den Songs. Du bist nicht glücklich mit den Aufnahmen. Und du bist auf gar keinen Fall glücklich, wenn du auftrittst, was, wie ich sagen muss, verflixt seltsam ist, denn ich erinnere mich noch, wie du früher auf der Bühne warst. Du warst so scharf drauf. Es war, als würde die Musik einfach nur durch dich zu den Menschen sprechen. Aber jetzt? Du stehst nur da oben und ziehst einfach dein Ding ab. Du klingst gut. Das könnte keiner leugnen, aber dein Antrieb, eine Show hinzulegen, scheint dir irgendwie abhandengekommen."

Das lag daran, dass es so war. Und er wusste nicht, wie er ihn zurückbekommen sollte. Logan seufzte. „Ich weiß es nicht, Mann. Ich weiß es echt nicht."

„Lass mich dir folgende Frage stellen … Willst du das wirklich machen?"

„Ja", erwiderte er mechanisch. Das war sein Traum, oder nicht?

Seth hob skeptisch eine Augenbraue. „Lügst du dir was vor oder mir?"

Logan lehnte sich an seinem Stuhl zurück und verschränkte die Arme vor der Brust. „Warum machst du das?"

„Warum machst du es?", entgegnete Seth.

„Weil du mich gezwungen hast, mit dir zu Mittag zu essen", knurrte Logan beinahe. „Du hast mich aus einer Session geholt, und wofür? Um mich dazu zu bringen, aufzuhören?"

Seth spannte das Kinn an, während in seinen blauen Augen Zorn blitzte. „Glaubst du wirklich, ich möchte dich dazu bringen, deine Tour abzubrechen? Dass ich dich nicht dabei will? Meinst du das jetzt ernst? Ich will nichts mehr, als mit meinem Bruder durch das Land zu touren. Es klingt verflixt toll. Aber ich will das nicht, wenn du dich dabei elend fühlst. Denn gib's zu Bruder, so geht es dir doch. Ist es Georgia? Liegt es daran, dass sie nicht hier ist?"

Vermutlich. Vielleicht.

Logan stellte fest, dass er den Kopf schüttelte. „Ich will sie schon hier. Und ich vermisse sie wie verrückt, aber ich glaube nicht, dass es das ist. Zumindest nicht direkt. Ich bin sicher, wenn sie hier wäre, wäre alles anders. Wenn wir zusammen singen, ist einfach alles an seinem Platz. Ich fühle mich bei ihr zu Hause, weißt du?"

„Klar. Das habe ich doch live gesehen", stimmte er zu.

„Als sie beschlossen hat, dass sie dieses Leben nicht will, musste ich es akzeptieren, und das habe ich. Ich verstehe es. Aber weil sie es abgelehnt hat, musste ich entscheiden, ob ich zurück nach Keating Hollow gehe und mich frage, was ich hätte haben können, oder ob ich es wahrnehme. Ich bin mein ganzes Leben lang leidenschaftlicher Musiker gewesen. Ich brauche diese Magie nicht, die wir geschaffen haben, um es zu lieben. Also bin ich hier, gebe mein Bestes."

Seth schnaubte. „Nein, tust du nicht. Nicht mal annähernd."

Logan verzog das Gesicht. „Was soll denn das heißen?"

„Es heißt, dass du nicht dein Bestes gibst. Du ziehst einfach nur eine Nummer ab." Er lächelte Logan mitfühlend an. „Die

Frage ist, warum? Ich weiß, wie sehr du es geliebt hast, Songs aufzunehmen und aufzutreten. Und ziemlich häufig waren es nicht deine eigenen Textzeilen, als du noch einen Plattenvertrag hattest. Was ist denn diesmal passiert? Die meisten der Songs sind gut, trotz des einen mit dem Hundeporno."

Logan konnte nicht verhindern, dass er lachte. Dann wurde er nüchtern. „Ich weiß es nicht. Echt nicht. Ich fühle sie einfach alle nicht."

„Könnte es sein, dass dein Traum sich verändert hat?", fragte Seth sanft. „Vielleicht ist es nicht mehr, ein Rockstar zu sein."

„Das kannst du doch gar nicht wissen", erwiderte Logan, von Verärgerung überwältigt.

„Nein, kann ich nicht. Aber ich glaube, es ist etwas, das du dich fragen solltest, bevor du später in der Woche diese finalen Verträge unterschreibst."

„Du glaubst, ich habe die falsche Wahl getroffen, indem ich Georgia verlassen habe, um einem alten Traum nachzujagen?", fragte ihn Logan.

„Nein, glaube ich nicht. Du hattest eine Gelegenheit, und wenn du die abgelehnt hättest, hättest du dich immer gefragt, was gewesen wäre, wenn … Aber nun, da du mittendrin bist, hast du vielleicht Antworten auf deine Fragen gefunden. Ich weiß es nicht, Logan. Ich sehe nur, dass du Probleme hast, während ich der König der Welt bin. Das will ich für dich auch. Ich will, dass du dein Leben lebst, ohne etwas zu bedauern. Wenn du das hier machst, wirst du es bedauern, dich von Georgia und deiner Schreibkarriere abgewandt zu haben?"

„Ich habe mich von keinem abgewandt", beharrte Logan.

Seth sah ihn eindringlich an. „Hast du das wirklich nicht?"

„Nein." Er würde sich niemals von Georgia abwenden. Zumindest nicht für immer. Das konnte er nicht.

„Wenn du es sagst." Seth nahm die zweite Hälfte seines Sandwiches und biss ab. Offensichtlich war die Redezeit beim Mittagessen um.

KAPITEL 28

*G*eorgia lag auf dem Sofa, starrte an die Decke. War das etwa ein Spinnennetz? Sie musste wirklich in Erwägung ziehen, eine Reinigungskraft einzustellen. Denn der Gedanke daran, sich mit dem Besen über die Decke her zu machen, deprimierte sie.

Es war drei Wochen her, seit sie ihr letztes Buch fertig geschrieben hatte, und abgesehen davon, dass sie sich mit den Lektoratsvorschlägen und Überarbeitungen herumgeschlagen hatte, hatte sie keine weitere Arbeit erledigt. Sie hatte sich aber ein fundiertes Wissen über den Inhalt ihres Kühlschranks und der Speisekammer angeeignet. Es war erstaunlich, wie viele Packungen mit Keksen sie dort hinten aufbewahrte. Leider waren die Kekse alle weg, und der Kühlschrank war zum Großteil leer. Die einzigen Snacks, die noch da waren, waren ein Glas Erdnussbutter und ein paar lasche Tortilla-Chips.

Sie würde später einkaufen gehen. Und es gab immer Lieferessen. Und die Überreste von Thanksgiving, falls sie es zum Haus der Townsends schaffte. Es war erst ein paar Tage her, und sie hatten sie eingeladen, aber das bedeutete, sie würde sich saubere Kleidung anziehen und die Haare kämmen müssen.

Ein Klopfen erklang an der Tür, und sie rollte sich mit einem Stöhnen herum. Vielleicht, wenn sie so tat, als wäre sie nicht zu Hause, würde der- oder diejenige gehen.

Kein Glück. Als sie auf das Klopfen nicht antwortete, versuchte es, wer immer es war, mit der Glocke. Immer und immer wieder.

„Okay, ist ja gut! Ich komme." Sie stieg vom Sofa, erhaschte den Hauch eines unangenehmen Körpergeruchs, und rümpfte die Nase. Vielleicht würde ihr Gestank denjenigen vertreiben, der ihre Grübeleien unterbrach. Sie riss die Tür auf und stellte fest, dass Hope auf ihrer Veranda stand, die Hände in die Hüften gestemmt. „Hope, äh, Hi. Was machst du denn hier?"

„Ich bin gekommen, um dich vor dir zu retten." Uneingeladen kam sie herein und ging zum Sofa, wo alte Keksverpackungen und leere Popcorntüten sich mit leeren Dosencocktails den Platz streitig machten. „Hast du das die ganze Woche lang gegessen?"

„So ziemlich. Ich habe beschlossen, einfach zu essen, was da ist, und mich durch meine Speisekammer zu arbeiten, bevor ich wieder einkaufe."

„Oder mal duschst?", fragte sie mit erhobenen Augenbrauen.

„Diese Tatsache hättest doch höflich übersehen sollen", sagte Georgia, die nicht mal genervt war. Es stimmte. Sie erinnerte sich nicht an das letzte Mal, als sie die Dusche betreten hatte. Zwei, vielleicht drei … o nein, vier Tage? Es war keine ganze Woche gewesen, so viel wusste sie, weil sie sich immer am Freitag die Beine rasierte.

„Freunde lassen ihre Freunde nicht im eigenen Dreck stecken. Jetzt geh, dusch dich, und zieh dich an. Du kommst heute hier raus, und wenn es uns beide umbringt." Sie schnappte sich eine der leeren Popcorntüten und nutzte sie als Mülltüte für die restlichen leeren Behälter, die den Beistelltisch übersäten.

Georgias Manieren machten sich bemerkbar, und sie versuchte, ihrem Gast die Tüte abzunehmen. „Ich kümmere mich darum. Setz dich hin, während ich …"

Hope schnappte sie sich wieder. „Nö. Ich übernehme das. Deine einzige Aufgabe ist es, dich zu duschen und anzuziehen. Los."

„Du wirkst heute etwas aggressiv", bemerkte Georgia.

„Echt jetzt?", fragte Hope unschuldig. „Warte erst noch, bis du siehst, was ich mache, wenn du nicht nach oben unter die Dusche gehst."

Ihre Dreistigkeit ließ Georgia zum ersten Mal seit Tagen lachen. Vielleicht seit Wochen. „Also gut. Ich geh ja schon. Aber fass bloß nicht die Küche an. Darum kümmere ich mich, wenn ich wieder runterkomme."

„Mm-hmm." Hoppe winkte zu den Stufen, dann trug sie eine Ladung Müll in die Küche.

Sobald Georgia unter dem Strom aus heißem Wasser stand, fragte sie sich, warum sie so lange gewartet hatte. Sie blieb länger als nötig unter der Dusche, redete sich ganz vernünftig ein, dass sie bereits Wasser gespart hatte, weil sie die letzten vier, vielleicht fünf Tage nicht geduscht hatte. Aber bis sie fertig war, sich angezogen hatte, und ihre Haare wieder so frisiert hatte, dass sie sich der Welt stellen konnte, war sie gute fünfundvierzig Minuten oben gewesen.

„Hope?", rief sie von der untersten Stufe aus. „Tut mir leid, dass ich so – was ist denn hier passiert?" Der ganze Müll war weg, die Decken waren zusammengelegt und auf den Sofas künstlerisch als Farbklecks verteilt, ihr Beistelltisch war sauber, und ihr Teppich hatte frische Spuren vom Staubsauger. „Habe ich eine Haushälterin eingestellt und es vergessen?"

Hope kam aus der Küche, beäugte Georgia und sagte dann: „Perfektes Timing. Gehen wir."

Georgia machte einen Schritt zur Küche und bemerkte, dass der Berg aus Geschirr gespült war, und ihr Tresen glänzte. „Ich hab doch gesagt, du sollst die Küche nicht anfassen."

Hope verdrehte die Augen. „Was willst du denn tun? Mir eine Rechnung schicken, weil ich deinen Saustall durcheinandergebracht habe?"

„Haha. Dankeschön. Das hättest du wirklich nicht tun müssen. Ich hätte mich früher oder später schon darum gekümmert", beharrte Georgia, während sie Hope nach draußen folgte.

„Ich weiß. Ich wollte es", sagte sie und nickte zu dem funkelnden violetten Golfmobil hin, das hinter Georgias Audi geparkt war. „Spring rein. Wir machen eine Ausfahrt."

„Wohin?" Georgia tat wie geheißen, zum Großteil, weil es einfach leichter war, als sich zu sträuben. Aber sie musste zugeben, dass die späte Novembersonne auf ihrem Gesicht wirklich guttat. Sie sollte echt mehr nach draußen gehen. Vielleicht einen winterlichen Garten anfangen. Oder etwas weniger ehrgeiziges, wie einfach nur täglich ein wenig durch die Straßen marschieren. Sicher würde sie nicht stürzen und sich den Fuß brechen, während sie über den Bürgersteig ging, oder? Denn es gab niemanden Keating Hollow, der sie noch herumtrug. Sie musste besser aufpassen.

„Zum Fluss." Hope warf einen Blick zu ihr rüber. „Schnall dich an."

„Ja, Ma'am." Georgia richtete den Sicherheitsgurt, und dann fuhr sie damit fort, sich völlig bescheuert zu benehmen, indem sie von Hope verlangte, dass sie aufs Gas trat und den Toyota schnitt, der an einer Ampel vor ihnen stehen blieb. „Mit dir kann man keinen Spaß haben", maulte sie, als Hope sie ignorierte.

Hope schnaubte. „Man kann mit mir Spaß haben. Jede Menge Spaß. Aber nicht, wenn ich fahre. Sicherheit steht an erster Stelle."

„Das ist das schlimmste Golfmobilrennen aller Zeiten", beschwerte sich Georgia.

„Bist du betrunken oder was? Das ist doch kein Rennen, solange es kein weiteres Golfmobil gibt, gegen das man ein Rennen fahren kann, Georgia."

„Nein, ich bin nur leicht verrückt, weil ich drei Wochen lang niemanden getroffen habe. Ich habe der Spinne auf meiner Decke allerdings einen Namen gegeben. Netzi. Er und ich stehen uns ziemlich nahe, obwohl er die Tatsache nicht zu schätzen weiß, dass ich ihm immer wieder sage, sein Netz muss weg."

„Netzi", sagte Hope und verdrehte die Augen. „Wie originell."

„Danke, ich versuch's", erwiderte Georgia, die sich weigerte, anzubeißen und über den Namen der Spinne zu diskutieren.

Bei der Göttin, vielleicht *war* sie betrunken. Hatte sie heute Morgen den Sekt ausgetrunken? Oder war es gestern gewesen? Sie hatte keine Ahnung. Alle Tage fingen an, ineinander zu verschwimmen.

Schließlich, nach gefühlten Stunden, obwohl es vermutlich nur Minuten waren, fuhr Hope das Golfmobil hinab an den Fluss, wo ein weiteres oranges Golfmobil wartete.

„Ooohhh", rief Georgia. „Wir bekommen wirklich ein Golfmobilrennen!"

„Nee. Heute nicht. Aber ich habe eine andere Überraschung

für dich." Sie fuhr den Wagen dicht an den anderen und deutete auf den Fahrer.

„Logan!", rief Georgia und fiel beinahe aus dem Golfmobil, während sie versuchte, zu ihm zu laufen. „Was machst du denn hier?"

Er nahm sie an der Hand und half ihr in den Wagen, um sich neben ihn zu setzen. Sobald sie saß, ließ er ihre Hand nicht los. Stattdessen tat er sein Ding, wo er sie mit seinen beiden Händen hielt, sodass er ihr das Gefühl gab, er würde sie niemals loslassen. „Ich saß gestern im Park und dachte an all die Dinge, die wir zusammen hier in Keating Hollow getan haben, und all die Dinge, die du vorgeschlagen hast, für die wir aber nicht die Zeit hatten. Das eine, was du erwähnt hast, und an dem ich unbedingt mal teilnehmen wollte, waren die berühmten Golfmobilrennen."

Georgia warf einen Blick über die Schulter auf den Wagen, den Hope gefahren hatte. Sie war gerade auf die Hauptstraße abgebogen und sah aus, als wäre sie wohl unterwegs zu *A Touch of Magic*. „Ich glaube, unser zweites Golfmobil ist gerade verschollen."

Er lachte leise. „Alle Arbeiten gerade, aber Hope hatte etwa eine Stunde, um mir auszuhelfen. Wir werden zwar heute kein Rennen fahren, aber wir machen einen Ausflug und arbeiten hoffentlich ein paar Dinge durch."

„Was denn durcharbeiten? Etwa, wann ich dich wiedersehen kann?", fragte sie hoffnungsvoll. Denn sie war sicher, dass das ein kurzer Ausflug werden würde. Sein Terminplan war zu dicht, als dass er die ganze Zeit zwischen L.A. und Keating Hollow hin und her reisen konnte.

„Eher schon, wie oft wir ein Date haben werden, an welchen Vormittagen wir Wanderungen unter den

Mammutbäumen unternehmen, und wie oft du mir erlaubst, bei dir zu übernachten, bevor du mich Miete zahlen lässt."

Georgia fühlte einen Hauch Hoffnung irgendwo tief in ihr aufblühen. „Was genau sagst du denn da?"

Seine Lippen zuckten vor Erheiterung. „Ich hatte gerade diesen Plan, dass ich sehr viel öfter da sein möchte, und will wissen, wie oft ich dich treffen kann, bevor du mich bei dir rauswirfst."

Diese Blase der Hoffnung wuchs von einer Erbse zu einer Wassermelone. Aber sie würde sich auf gar keinen Fall schon in Sicherheit wiegen. „Was ist mit einem Plattenvertrag? Sollst du nicht in ein paar Monaten auf Tour gehen?"

Er schüttelte den Kopf. „Keine Tour. Keine Platte."

Georgia versteifte sich, und dann wandte sie sich zu ihm, ein elendes Gefühl der Verheerung machte ihre Glieder schwer. „Haben diese Bastarde dich fallen lassen, nachdem du so hart gearbeitet hast? Das können sie nicht tun. Es gab Verträge. Sie haben uns beiden Versprechen gegeben. Damit kommen sie nicht weg. Wir werden sie verklagen, oder zumindest drohen, dass wir sie verklagen, und es alles öffentlich machen. Was ist mit Levi und Seth? Sind sie noch auf Tour oder …"

„Georgia", schnitt er ihr sanft das Wort ab. „Alles ist in Ordnung. Levi und Seth sind immer noch gut aufgestellt. Tatsächlich kriegen sie von allen Seiten neue Tourdaten. Was mich angeht, die Verträge waren nicht wirklich unterschrieben. Ich habe nach Veränderungen gefragt, und sie waren einverstanden, aber die Rechtsabteilung hat geschnarcht. Was auch gut so war. Ich habe immer noch überlegt, welche Songs ich aufnehmen wollte. Aber dann hat Seth ein paar Dinge zu mir gesagt, die mich heftig zum Nachdenken gebracht haben. Und letztendlich wurde mir klar, dass eine Tour durchs Land und das Leben als Rockstar mein alter Traum waren, nicht mein derzeitiger."

Ihr Herz fühlte sich an, als würde es ihr direkt aus der Brust springen. Hatte sie ihn gerade richtig verstanden? „Sagst du, du hast einen Rückzieher gemacht?"

Er nickte und hob ihre Hand, um sie auf die Handknöchel zu küssen. „Mir ging es miserabel, und ich war zu stur, um den Grund dafür zu erkennen."

„Sag nicht, dass du meinetwegen einen Rückzieher gemacht hast. Ich will nicht der Grund sein, dass du etwas so Großes verpasst." Eine sanfte Brise kam auf, und sie zitterte leicht.

Logan griff auf den Rücksitz des Golfmobils, schnappte sich einen Pulli und reichte ihn ihr. „Hier. Der sollte helfen."

Georgia zog ihn dankbar an und wurde vom schwachen Geruch seines Aftershaves belohnt. „Der riecht nach dir", sagte sie, lächelte zögerlich. „Das gefällt mir."

„Mir gefällt, dass dir das gefällt." Er räusperte sich. „Aber zurück zu unserem Gespräch. Ich habe nicht deinetwegen einen Rückzieher gemacht. Ich habe es meinetwegen gemacht. Ich habe beinahe alles daran verabscheut. Von der Tatsache, dass ich Songs singen sollte, die die Plattenfirma mich singen lassen wollte, bis hin zu den Auftritten an zwei oder drei Abenden die Woche, und dass ich in einem Hotel wohne. In meinen jüngeren Tagen hätte ich das alles ertragen, und noch mehr, für den Erfolg. Aber jetzt? Ich will singen und Songs schreiben, die ich liebe, nicht welche, die sich gut verkaufen. Ich will auch nicht meine ganzen Abende in einer lauten Bar verbringen, wenn ich eigentlich bei dir sein möchte. Es war einfach nicht das, was ich geglaubt hatte, dass es sein würde, und wie es sich erweist, brauche ich es nicht, oder will es auch nur."

„Wow. Du hast es zumindest probiert. Keine Reue?", fragte sie.

„Überhaupt nicht."

„Du könntest es später bedauern", fuhr sie fort, versuchte, alle Möglichkeiten abzudecken.

„Das bezweifle ich", sagte er und legte ihr einen Arm um die Schulter. „Nicht, wenn alles, was ich wirklich will, gleich hier in meinen Armen ist."

Georgia fühlte, wie heiße Tränen in ihren Augen brannten. „Das meinst du ernst? Echt? Du bleibst hier in Keating Hollow, bei mir?"

„Ich meine es ernst", sagte er und neigte den Kopf, sodass ihre Lippen nur noch wenige Zentimeter voneinander entfernt waren. „Was meinst du, Georgia? Freitagabend als Date Night und sonntags jede Woche Brunch?"

„Ich weiß nicht. Jede Woche ist schon eine ziemliche Verpflichtung. Ich muss mal in meinem Kalender nachschauen", neckte sie.

„Kann ich zumindest einen Freitagabend und Sonntagvormittag den Rest des Jahres lang beanspruchen?", fragte er.

„Ja", flüsterte sie. „Auf jeden Fall ja."

Logan küsste sie wieder, nahm sich Zeit, um dafür zu sorgen, dass sie wusste, wie sehr er sie vermisst hatte.

Als sie sich voneinander lösten, flüsterte sie: „Willkommen zu Hause."

KAPITEL 29

*L*ogan stand früh am Morgen am Tag der Wintersonnenwende auf und begab sich leise in die Küche, passte auf, dass er Georgia nicht weckte. Sie war in seinem Bett zusammengerollt und schlief fest, nachdem sie die halbe Nacht damit verbracht hatten, an einem weiteren Song zu arbeiten.

Sie hatten immer noch ihren Vertrag mit Desert Sky und schrieben Songs, wenn einer von ihnen eine Idee hatte. Dieser war von Georgia gekommen und hatte mit nur einem Wort angefangen, *Träumer*. Bis sie fertig waren, waren sie beide überzeugt, dass es ein Chart-Hit werden könnte. Levi und Seth hatten ihre Stimmen zu der von Georgia im Song „Neubeginn" angefügt und ihn dann in ihr Album aufgenommen. Es bestand eine gute Chance, dass er mehrfach Platinstatus erreichen und wichtige Musikpreise gewinnen würde.

Georgia waren die Preise nicht so wichtig, oder auch nur die Artikel in prestigeträchtigen Magazinen. Sie wollte nur ihre Bücher und ein paar Songs schreiben und Zeit mit Logan verbringen. Nachdem er nur ein paar Tage zurück in der Stadt gewesen war, hatte er sich gefragt, warum er überhaupt weggegangen war. Er schätzte, dass er so sehr in dem verstrickt gewesen war, was er vor all den Jahren verloren hatte, als Cherry gestorben war, dass er es hatte zurückhaben müssen, sobald die Musik ihn wieder gefunden hatte.

Es war nervig, zu merken, dass er die Jahre damit verbracht hatte, den Verlust einer Karriere zu betrauern, die ihm nicht mal mehr besonders gefiel. Es hatte Seths Worte und seinen Wunsch gebraucht, dass Logan glücklich werden sollte, damit er es sehen konnte. Aber sobald er das getan hatte, hatte er keine Zeit verschwendet. Er hatte die Plattenfirma wissen lassen, dass er raus war, am gleichen Tag gepackt und sich die Hilfe von Hope ergattert, damit er die Liebe seines Lebens überraschen konnte.

Logan lächelte vor sich hin, während er daran arbeitete, Heidelbeerpfannkuchen für Georgia zu machen. Vor ein paar Tagen hatte er erfahren, dass sie dafür eine Schwäche hatte. Und heute brauchte er alle Hilfe, die er bekommen konnte.

Als die Pfannkuchen fertig waren, und er sie auf ein Tablett zusammen mit frischgepresstem Orangensaft und Kaffee gestellt hatte, legte er die kleine Schachtel genau dort ab, wo die Gabel hin sollte, damit sie sie nicht übersah, während er sich zurück ins Schlafzimmer begab.

Er lächelte, als er bemerkte, wie sie ihn aus verschlafenen Augen anblinzelte. „Ich hab dich nicht geweckt, oder?"

„Nein", sagte sie mit einem Gähnen. „Überhaupt nicht." Ihre Blicke huschten zu dem Tablett, das er auf der Kommode hatte stehen lassen. „Ist es das, was ich glaube?"

„Das hängt davon ab. Was glaubst du denn, dass es ist?", fragte er und wunderte sich, ob sie die Überraschung schon erraten hatte.

„Äh, Heidelbeerpfannkuchen. Reich sie mir, Kumpel. Und

gleich zur Warnung, die inhaliere ich vom Teller, wenn dich das also stört, schau nicht hin."

Logan stieß ein herzliches Lachen aus. „Wenn es das täte, hättest du mich schon vor langer Zeit verscheucht."

„Ja, das sehe ich ein." Sie grinste und griff nach dem Tablett. „Zu meinem Glück – was ist denn das?" Sie schaute von dem Tablett auf und wieder nach unten auf die kleine Schachtel, dann wieder zu ihm hoch. „Logan? Was ist in der Schachtel?"

„Du musst sie öffnen, um es herauszufinden", sagte er.

Sie starrte ihn an und schüttelte den Kopf. „Nein. Kann ich nicht."

„Warum nicht?", fragte er sie, sowohl erheitert als auch mehr als nur ein bisschen nervös.

„Denn wenn es nicht das ist, was ich glaube, bin ich mir nicht sicher, ob ich damit gut umgehen kann."

Er nahm ihr das Tablett aus den Händen und stellte es aufs Bett. Als er die Schachtel nahm, schüttelte er sie ein wenig und sagte: „Georgia Exler, willst du bei mir einziehen?"

„Einziehen?", quietschte sie. „Hier?"

„Ja, hier. Mit mir, falls das nicht klar war", bestätigte er.

„Oh." Sie stieß ein offensichtlich enttäuschtes Schnauben aus und nickte. „Ja. Ich bin sowieso fast die ganze Zeit hier. Es ergibt schon Sinn, dass ich meine Klamotten herhole."

Ihre Enttäuschung brachte ihn um. Er hatte es spaßig gemeint, nicht als eine unbedachte Abwertung ihrer Beziehung. „Da ist ein Schlüssel für dich", drängte er.

„Okay. Den schiebe ich später auf meinen Anhänger." Sie küsste ihn auf die Wange. „Das ist sehr fürsorglich von dir, und danke dir für die tollen Pfannkuchen. Ich liebe sie."

„Georgia", sagte er, wartete darauf, dass sie ihn anschaute.

„Ja?", fragte sie, während sie sich einen Bissen Pfannkuchen in den Mund schob.

„Wie stehst du denn zum Heiraten?", fragte er, bereit, diesen Augenblick um jedem Preis weiterzutreiben.

„Allgemein, oder für mich?", fragte sie ihn.

„Für dich."

„Ich schätze, ich habe mich schon immer in einem langen weißen Kleid und in einem Haus an der Hügelflanke mit Blick auf die Berge gesehen. Mein Mann muss verantwortungsbewusst sein, aber auch bereit, mich ein wenig zu verwöhnen. Er muss auch clever sein. Das sind meine Bedingungen."

Logan nickte. „Es klingt, als hätte ich schon einen Vorsprung, da ich ein Haus an der Hügelflanke mit Blick auf die Berge habe."

„Das habe ich dazu gesagt, damit du einen Vorsprung hast", gab Georgia zu.

„Gut. Den brauche ich heute." Logan ging auf ein Knie, nahm die Schachtel mit dem Ring vom Tablett, öffnete sie und hielt den antiken Ring für sie hin, der seiner Großmutter gehört hatte. „Georgia Exler, willst du mich heiraten?"

Ihre Lippen krümmten sich zu dem Lächeln, das er so liebte, während sie einfach sagte: „Ja."

KAPITEL 30

*B*rinn Taylor betrat das Haus ihrer Cousine Wanda und fühlte sich superedel. Es war lange her, seit sie sich für irgendwas schick gemacht hatte, ganz zu schweigen von einer Wintersonnenwend-Party mit Thema. Sie mochte eigentlich keine großen Partys, stattdessen waren ihr kleine, vertraute Zusammenkünfte lieber. Aber die Party war sowohl ein Sonnenwendfest als auch die offizielle Hauseinweihung für Wandas und Camerons neues Haus.

Auf der Einladung hatte gestanden, dass sich die Gäste wie ein berühmtes Paar aus der Filmwelt kleiden sollen. Wenn man niemanden hatte, würde man einen Namen zugeteilt bekommen. Brinn hatte Rose aus *Titanic* bekommen. Wanda hatte sich voll ins Zeug gelegt und bestand darauf, dass Brinn die Frisur, das richtige Kleid und die Schuhe hatte und nicht zuletzt auch den Schmuck. Natürlich hatte sie sich für den falschen Hope-Diamanten entschieden.

Alles war perfekt, genauso wie Wandas brandneues Haus. Es war gleich außerhalb der Stadt auf der Familienfarm von Camerons Eltern in der Nähe des Weinguts der Pelshes. Sie hatten eine Aussicht auf die Weinhügel, den Fluss und die Berge. Brinn hatte ein paarmal gescherzt, dass sie in ihr Gästezimmer einziehen würde. Da sie Wanda kannte, wusste Brinn, wenn sie es ernst gemeint hätte, würde sie schon dort wohnen. So ein Mensch war Wanda einfach.

„Brinn! Sieh mal einer an!", rief Wanda, während sie zu ihr herüberlief. „Du siehst umwerfend aus. Ich kann nicht glauben, dass du dieses Spitzenkleid in einem Secondhand-Laden gefunden hast. Das sieht genauso aus wie aus das aus dem Film."

„Du siehst auch nicht schlecht aus." Wanda hatte sich in ein glitzerndes schwarzes Samtkleid geworfen und ihre Haare wie Tess aus *Die Waffen einer Frau* frisiert. „Deine Schultern sind unfassbar."

Wanda strahlte. „Ich habe dieses Thema für die Party gewählt, nur weil ich dieses Kleid tragen wollte. Genial, oder?"

Brinn lachte sie an. „Du findest doch immer eine Möglichkeit, zu kriegen, was du willst."

„Wo wir bei der Tatsache sind, dass ich bekomme, was ich will", sagte sie und beäugte Cameron, ihren Mann, den Drehbuchautor, der zu ihnen unterwegs war. Und natürlich war er als Jack Trainer aus demselben Film gekleidet, nur dass sein Look nicht annähernd so kultig war. Trotzdem hatte er seine Hemdsärmel hochgekrempelt und zeigte ziemlich überzeugende Unterarme.

Brinn winkte Cameron zu und sagte zu ihrer Cousine: „Ich bin gleich wieder da. Ich glaube, ich brauche was von der Bar."

„Hau rein, und vergiss nicht, dich unters Volk zu mischen!", rief ihr Wanda nach.

„Ich mische mich schon", murmelte Brinn tonlos. Ihre Cousine war extrem extrovertiert, und wenn jemand da war, der eher auf der stillen Seite stand, sah Wanda es als ihre

Pflicht, sie aus dem Schneckenhaus zu holen. Das war manchmal nett, aber sie brauchte Brinn auf der Party nicht als Babysitterin zur Seite zu springen. Brinn kam allein klar.

Die Bewohner von Keating Hollow enttäuschten nicht. Fast jeder in der Stadt war auf der Party, und zwar als alles gekleidet von Sonny und Cher bis hin zu Romeo und Julia. Ihr Lieblingspaar waren jedoch Levi und Silas. Sie waren als Harry Potter und Draco Malfoy gekommen. Zwei Daumen hoch für Fan Fiction.

Brinn machte die Runden, plauderte mit Yvette und Jacob, Abby und Clay, Noel und Drew, und Shannon und Brian, bevor sie sich verausgabt hatte und eine Ecke suchte, um ihre soziale Ader wieder zu laden. Sie beobachtete aus ihrer gemütlichen Nische, wie Georgia und Logan ihre Verlobung bekanntgaben. Beide strahlten vor Glück, und Brinn fragte sich, ob sie jemals wieder eine solche Liebe finden würde oder ob das eines dieser Dinge war, die man nur einmal erlebte, und dann nie wieder.

Wenn man bedachte, dass es fast fünf Jahre waren, seit ihre einzige ernste Beziehung geendet hatte, neigte sie zu einem Ja. Man bekam nur eine Chance.

Brinn seufzte, weil sie wusste, dass sie sich selbst sabotierte. Wozu brauchte sie denn überhaupt einen Mann? Sie war Rose aus *Titanic*. Sie würde sich davon ein Scheibchen abschneiden und anfangen, all die Dinge auf ihrer Wunschliste abzuarbeiten, selbst wenn das bedeutete, dass sie allein loszog, denn jeder, den sie kannte, hatte entweder Babys oder arbeitete wie verrückt. Es waren nicht viele Leute da, die Zeit hatten, mitten am Tag einen Schweißer-Kurs zu machen.

„Brinn, Hi!", rief Georgia, die zu ihr rüber lief. Die umwerfende Autorin und ihr Verlobter waren wie Jeannie und Major Nelson gekleidet. Georgia war süß in ihrer Pluderhose und der kurzen Samtweste über einem Seidenbustier. Natürlich war Logan schneidig in seiner Air-Force-Uniform. „Das liebe ich", sagte Georgia, die auf Brinns Perlenkleid deutete.

„Danke. Du siehst auch toll aus." Sie grinste sie an. Brinn hatte Georgia immer gemocht. Sie waren sich zum ersten Mal begegnet, als Georgia zu Miranda Moons erster Signierstunde bei *Hollow Books* gekommen war. Sie war freundlich gewesen, mitreißend und einfach nur nett. Das war nicht immer der Fall. „Ich höre, dass man gratulieren kann. Lass mich den Ring sehen."

Georgia hielt ihren antiken Ring stolz vor. „Ich liebe ihn. Er hat Logans Großmutter gehört."

Der Ring war wirklich sehr schön, und Brinn verbrachte Zeit damit, mit ihnen über ihre neuen Songs, neuen Bücher und anderen Projekte zu plaudern, in die sie involviert waren. Dann wurden sie weg gerufen, und Brinn sah ihre Fluchtmöglichkeit. Sie war hergekommen. Sie hatte mit ihrer Cousine und vielen aus dem Townsend-Clan geredet. Jetzt wollte sie einfach nur noch ein heißes Bad und einen Weihnachtsfilm auf Netflix.

Brinn war gerade an der Tür angekommen, als jemand zu ihr sagte: „Wenn du springst, dann springe ich auch."

Sie wirbelte herum und sah einen Jack-Nachahmer. Er trug eine braune Hose, Hosenträger, ein Hemd und schwarze Schuhe. Um der Sache die Krone aufzusetzen, hatte er diese blonden Haare, die ihm in ein Auge fielen. „Hallo auch, Jack Dawson", sagte sie und spielte mit. „Du siehst heute Abend aber gut …" Plötzlich versagte ihr die Stimme, als sie in Jack Dawsons Augen schaute und bemerkte, dass der Mann hinter dem Kostüm kein anderer war als Austin Steele.

Austin Steele, die Liebe ihres Lebens.

Derselbe Austin Steele, der vor fünf Jahren abgehauen war, ohne eine Nachricht zu hinterlassen.

Derjenige, der ihr das Herz herausgerissen und es zermalmt hatte.

Es war schon Wochen her, seit sie ihm in der Heilerpraxis begegnet war, und seither war sie ihm erfolgreich aus dem Weg gegangen. Sie wusste nicht, weshalb er nach Keating Hollow zurückgekehrt war, und sie hatte nicht vor, es herauszufinden.

„Entschuldigung", sagte Brinn. „Ich muss wohin."

„Ach, noch nicht, Rose." In seinen Augen stand ein schelmisches Glitzern, als er hinzufügte: „Du hast mich doch noch nicht mal gefragt, ob ich dich zeichnen kann wie eins meiner französischen Mädchen."

Brinns Wangen wurden heiß vor Verlegenheit, während sie an diesen Abend vor langer Zeit dachte, als sie ihn gebeten hatte, genau das zu tun. Wenn sie irgendwo anders gewesen wäre, nicht auf der Party ihrer Cousine, hätte sie ihm gesagt, wohin er sich den Skizzenblock schieben konnte, den er in der Hand hielt. Stattdessen hielt sie den Kopf hoch erhoben, ging direkt an ihm vorbei und sagte: „Machen Sie sich keine Mühe, Mr. Dawson. Von mir gibt es keine zweiten Chancen."

ÜBER DIE AUTORIN

Die *New York Times-* und *USA Today*-Bestseller-Autorin Deanna Chase ist gebürtige Kalifornierin, abgewandert ins südöstliche Louisiana, wo die Uhren etwas langsamer ticken. Wenn sie nicht gerade schreibt, genießt sie mit ihrem Mann das Leben in New Orleans oder spielt mit ihren Hunden, zwei Shih Tzus. Weitere Informationen und Updates zu ihren neuesten Büchern findet man auf ihrer Website www.deannachase.com